LES BOITEUX

Graphisme de couverture : Odile Chambaut
Image de couverture : © Philippe Vandenbroeck/Millennium Images, UK

www.lerouergue.com

Frédéric L'Homme

LES BOITEUX

roman

ROUERGUE
noir

À É. & T.
F.

1
Jura

L'insigne en forme d'étoile, au-dessus du radiateur, lui avait toujours fait l'effet d'un viseur – comme la mire d'une vieille mitrailleuse. Enfoncé dans le siège passager, Joël appréciait le confort de la Mercedes. La voiture avait presque vingt ans mais, même à cette vitesse, son silence de fonctionnement demeurait remarquable.

« Ralentis », fit-il. Nadia allégea sa pression sur l'accélérateur et l'aiguille de l'imposant tachymètre alla mollement rejoindre une portion plus réglementaire du cadran. Dans le rétroviseur de sa portière, qu'il avait réglé pour son propre usage, Joël surveillait les deux véhicules qui roulaient dans leur sillage, une vieille Datsun et, à sa suite, une déclinaison sportive de Citroën Visa, blanche, avec des bandes rouges et bleues. La Datsun profita de la première ligne droite pour dépasser la grosse allemande, puis disparut derrière une nouvelle série de virages. La petite sportive se rapprocha peu à peu, presque à contrecœur, pensa-t-il, et s'abstint de doubler. « Prends le chemin, à droite. » La conductrice ralentit, plus franchement, cette fois, et engagea la Mercedes sur la voie de débardage. « Avance, avance. » Elle enfonça la berline dans la forêt, couchant la végétation sous le volumineux capot. Les suspensions faisaient tout ce qu'elles pouvaient pour préserver la caisse des ornières creusées par les roues des engins. Il était encore capable de distinguer une portion de la route qu'ils venaient de quitter, dans le miroir. « Fais demi-tour. » La servodirection couina tandis que Nadia amenait autoritairement le volant en butée.

« Qu'est-ce qu'on fait ? » demanda-t-elle. Elle avait arrêté la voiture à la limite de l'asphalte.

Il enfonça le bouton de l'allume-cigare et sortit son paquet de Gauloises. « On attend. » Il alluma sa cigarette et jeta un regard à la jeune femme, qui continuait de scruter la petite route, derrière sa paire de Ray-Ban. Elle avait gardé ses mains sur le volant, et il s'amusait des imposantes bagues d'argent qu'elle portait à presque tous les doigts. Elle n'avait pas encore trente ans, c'était une métisse d'origine africaine et, avec son physique athlétique et sa crinière ébouriffée, on ne pouvait vraiment pas dire qu'elle passait inaperçue. Ce n'était pas forcément une mauvaise chose, d'ailleurs ; la discrétion n'était pas toujours un atout, dans la partie, même si peu de gens s'en rendaient compte.

Il avança le buste et s'assura que la petite Visa ne reparaissait pas. « C'est bon, tu peux y aller. » La jeune femme manœuvra le levier de vitesses, sous le volant, et la voiture reprit contact avec le bitume.

Les grandes fermes et les pâturages alternaient avec les vastes étendues boisées. Nadia avait déjà doublé une demi-douzaine de gros culs, emmenant les quelque 170 chevaux de la Mercedes avec une certaine virtuosité. Elle aussi aimait les bagnoles, et, contrairement à lui, elle savait s'en servir. Il s'enfonça plus profondément dans son siège, à la recherche d'une position qui fût susceptible de soulager son dos. Les premières douleurs de la hernie discale s'étaient invitées le jour de son quarantième anniversaire et ne l'avaient plus lâché depuis. Bien sûr, il n'était pas question de se faire opérer, en France, du moins : c'était un risque trop élevé, et tant qu'il réussissait encore à...

« C'est là ! » dit-il. Nadia dut faire plonger le nez de la voiture pour ne pas manquer la voie étroite, à peine une bande de macadam, qui descendait en forte pente entre les buissons d'orties. Le pied sur la pédale de frein, elle avança jusqu'à la clôture. De l'autre côté du portail, au fond du vaste pré, un corps de ferme s'élevait à l'orée d'un bois roussi.

Une lourde chaîne, d'aspect neuf, courait entre les barreaux d'acier amaigris à l'extrême par l'oxydation. Joël fut heureux de quitter son siège et de pouvoir étirer ses vertèbres. Il chercha la petite clé dans la poche de son jean, ouvrit le cadenas et écarta les battants.

La berline franchit le passage à vache en bringuebalant.

Jean-Marc vint vers eux dans la cour de la ferme, une paire de grosses jumelles autour du cou. Il approchait les cinquante ans mais il avait gardé sa silhouette de jeune homme ; il était grand, avait la taille svelte, et ses muscles saillaient sous sa peau épaisse. Son visage buriné, presque émacié, accueillait une barbe en collier, poivre et sel comme ses cheveux. L'homme tira sur sa cigarette et sourit : « Joël », fit-il, et il l'étreignit comme un frère.

Jean-Marc terminait d'impressionner par son regard acier. *L'intelligence derrière les yeux*, avait immédiatement pensé Joël, quelques années plutôt ; depuis, il avait affiné son sentiment : moins l'intelligence que la *ruse*. Jean-Marc faisait partie de ces hommes que, d'instinct, on répugnait à contredire.

« Je suis désolé pour Claudia », dit Joël. Il avait réfléchi à une meilleure formule, sur la route, mais n'avait rien trouvé de très intelligent à dire. Jean-Marc hocha la tête avec une gravité manifeste avant de porter son regard en direction de la Mercedes. La berline était restée en arrière, immobile, à côté d'une camionnette à la mode américaine – un véritable monstre, équipé d'une benne, d'un châssis surélevé et d'énormes roues tout-terrain.

« Alors ? Tu nous présentes pas ?

– Si, bien sûr. » Joël fit signe à Nadia, qui descendit à son tour de voiture. Quand elle les rejoignit, il se rendit compte qu'elle ne rendait que quelques centimètres à Jean-Marc. « Voilà, je te présente Nadia.

– Jean-Marc, enchanté. » Nadia serra la main de Jean-Marc, qui ne l'avait pas lâchée des yeux depuis le moment où elle avait ouvert sa portière. « Bienvenue. » Il continuait de la regarder, cherchant peut-être à percer l'opacité de ses lunettes noires. « Tu connaissais le Jura ?

– Non.

– Ça te plaît ? » Nadia haussa les épaules et Jean-Marc sourit à son absence flagrante d'enthousiasme ; il avait l'air de s'amuser de la personnalité de la jeune femme, et Joël en fut soulagé. Ce genre de rencontres était délicat, on marchait sur des œufs, et il suffisait de quelques secondes pour que deux personnalités décident qu'elles n'allaient pas s'accorder ; les choses pouvaient alors aller très, très vite. « T'as quel âge ?

– Vingt-huit.

– Combien de temps t'es restée avec les Ardéchois ?

– Deux ans. » Les questions étaient pour la forme : l'homme savait déjà tout du parcours de son interlocutrice.

« C'est Olivier qui t'a fait entrer ? » Elle hocha la tête. Jean-Marc laissa courir son regard sur la veste de football ; c'était la même veste que Nadia portait le jour où Joël l'avait rencontrée, jaune, avec des poignets verts et une fermeture Éclair sur le devant. À gauche, sur la poitrine, une tête de fauve était brodée – l'emblème des *Lions indomptables* du Cameroun.

Olivier avait chanté les louanges de la jeune femme pendant plusieurs mois avant que Joël accepte finalement de la rencontrer. Le rendez-vous avait été fixé au début de l'année dernière, dans un pavillon de banlieue dont Olivier avait hérité, à la frontière entre Arcueil et Cachan. La maison était située au pied d'un aqueduc qui avait paru à Joël d'une taille disproportionnée, surtout à cet endroit. Dans le minuscule jardin, plein de broussailles et de mauvaises herbes, il avait écouté l'histoire de Nadia, son passé de punk et de militante insatisfaite. Ils avaient occupé le reste de leur après-midi à fumer des cigarettes en regardant passer les RER, en contrebas de la rue. Deux mois plus tard, les flics débarquaient en force dans la planque de Châteaubourg, près de Valence, et tuaient Olivier d'une balle en pleine tête. L'opération qui s'y préparait comptait six hommes, en plus de Nadia, et la fusillade avait duré pas moins de vingt minutes. Joël ne s'y trouvait pas, mais, d'après ce qu'on lui avait rapporté, l'échange de tirs avait été d'une violence extrême : quatre camarades étaient tombés, deux en avaient réchappé, et ceux-là ne tarissaient plus d'éloges sur les aptitudes de la jeune métisse. Selon leurs propres termes, elle avait fait un putain de carton avant de s'engouffrer dans la voiture qui s'enfuyait.

Jean-Marc s'approcha encore de Nadia et fit glisser la fermeture Éclair de la veste, dévoilant la crosse du Colt 45 qu'elle portait rentré dans son jean. Elle ne fit pas un mouvement pour l'arrêter tandis qu'il s'emparait du semi-automatique.

« Belle arme », dit-il en restituant le pistolet à sa propriétaire. « Laisse pas la voiture dehors, il y a un garage. »

« Elle est bien, cette fille, fit Joël quand Nadia se fut éloignée.

– Tu m'étonnes, répondit Jean-Marc avec un sourire complice. Vous êtes ensemble ?

– Oui.

– Elle a du chien.

– C'est une guerrière. »

Joël tira une chaise et s'assit à la petite table de bois ciré, poisseuse à force d'être mal nettoyée. Un cadre avait été récemment décroché du mur : il avait laissé comme une empreinte de propre sur la peinture crème autrement recouverte de goudron et de nicotine. À côté du réfrigérateur, piqué de rouille, un antique calendrier des postes s'ornait d'un bouquet de fleurs fanées.

« Vous voulez un café ?

– Pas pour moi, dit Joël.

– Nadia ?

– Merci, non. »

Jean-Marc s'empara d'une grande casserole émaillée, décorée d'oiseaux multicolores, et mit de l'eau à chauffer.

« Ça va ? Tu t'en sors tout seul ? demanda Joël.

– Comme tu vois », répondit-il en versant du Nescafé au fond d'un verre de cantine.

Joël ne connaissait pas encore tous les détails de l'histoire, mais il compatissait sincèrement au chagrin de Jean-Marc. Claudia avait perdu la vie dans une embuscade, quatre mois plus tôt, dans un petit village du Maine-et-Loire où personne ne s'attendait à voir débarquer les condés. Depuis cinq ou six ans, elle était sa compagne, sa sœur d'armes, comme il l'appelait, même si elle avait moins de la moitié de son âge.

Claudia était issue d'une famille de maoïstes purs et durs, installée en Émilie-Romagne, et elle avait commencé sa carrière dans le groupe en acheminant du matériel entre l'Italie et la France. Elle avait été recrutée par Jean-Marc, d'abord pour nouer des liens avec des cibles potentielles. La petite souris – *piccolo topo*, le sobriquet lui collait à la peau depuis ses années de militante – s'était très vite rendue indispensable, et elle avait été de toutes les opérations importantes.

« Qu'est-ce qui est arrivé ? »

Jean-Marc versa l'eau frémissante dans le verre et alla s'appuyer contre l'évier. Il tournait le dos à l'unique fenêtre de la cuisine, qui donnait sur la forêt. « Ils l'ont tapée dans sa voiture, au feu rouge. » Il fit une pause avant de reprendre : « J'ai su que le légiste avait compté quarante-trois impacts de balle. »

Joël eut l'impression qu'il faisait attention à économiser ses mots, comme s'il devait payer le prix fort pour chacun d'eux. « Putains d'enculés », fit-il.

Jean-Marc but une gorgée de café et prit son paquet de Marlboro, dans sa poche de chemise. « Ils ont prétendu qu'elle avait sorti un pistolet-mitrailleur, fit-il en craquant l'allumette, mais je sais que ce n'est pas possible ; elle n'avait que son revolver et elle n'a certainement pas eu le temps de s'en servir.

– Ce sont les boiteux qui l'ont tapée ? »

Jean-Marc rejeta la fumée. « Même pas. La PJ.

– Sans blague ? C'est pourtant pas le style de la maison, les assassinats.

– T'as pas compris, ils cherchent tous à marquer des points, maintenant ; c'est la guerre des polices.

– T'en fais pas, ils paieront pour ce qu'ils ont fait, tous autant qu'ils sont. » Le regard acier s'intensifia ; bien sûr, Jean-Marc savait que Joël avait ses propres comptes à régler.

« On verra ça plus tard. Pour le moment on se focalise sur Bergier. » Il s'attira l'attention de Nadia ; jusqu'alors, elle était restée occupée à mâcher son chewing-gum.

« Quand ? demanda Joël.

– Demain.

– Et Maxime ?

– Il est déjà sur place, avec Jacques et Léon.

– Ça va faire du monde. »

Jean-Marc tira une nouvelle bouffée. « Je vais vous montrer le matos. »

Joël imaginait les disques de sa colonne qui cisaillaient méthodiquement son nerf sciatique. Il tenta de se distraire en cherchant la ferme, dans le rétroviseur de sa portière, mais fut incapable de distinguer le bâtiment, de l'autre côté des arbres.

Il tourna son regard vers Nadia, qui occupait le centre de la banquette, dans la cabine dépourvue de places arrière. Il la vit qui jetait des coups d'œil réguliers alentour. Il avait découvert que la jeune femme avait la manie de chercher des repères dans le paysage, chose qui expliquait peut-être son remarquable sens de l'orientation. Il se demanda quels éléments pouvaient bien retenir son attention, dans un environnement aussi monotone.

Le monstre dansait sur ses énormes ressorts de suspension. Jean-Marc jouait du volant et du couple à bas régime pour se frayer un chemin entre les sapins immenses, enfonçant toujours plus profondément la camionnette dans la forêt.

Sans trop qu'il sût pourquoi, Joël se rappela le cauchemar qu'il avait fait la nuit précédente : il était attaqué par une sorte de grand fauve, tigre ou panthère, qui avait été débarrassé de sa fourrure, comme s'il avait été entièrement tondu ; il se souvenait surtout de l'aspect blanc laiteux de la peau nue, comme celle du crâne, à la racine des cheveux. Avant de se faire dévorer vivant, il avait eu le temps de remarquer que les crocs de l'animal s'étaient mués en balles de fusil. Il avait identifié d'instinct la munition : 7,5 mm x 54 mm MAS, la même qui avait emporté son frère, huit ans plus tôt.

L'inscription DODGE s'étalait en grosses lettres embouties sur la benne, entre les feux stop. Joël fit basculer le plateau et Jean-Marc y déposa l'imposant paquet qu'il venait de déterrer ; le monstre s'affaissa légèrement sur son train arrière.

« Tout est là. » L'homme retira la toile cirée, décorée de larges fleurs marron, orange et jaunes, qui avait servi à protéger le sac ventru de l'humidité. « Je te laisse regarder. »

Joël ouvrit la fermeture Éclair, découvrant trois pistolets-mitrailleurs allemands ainsi qu'un impressionnant fusil d'assaut G3. Il compta les chargeurs : neuf pour les pistolets, trois pour le fusil. « C'est tout ce qu'il y a ? demanda-t-il.

– C'est déjà beaucoup trop pour ta bande d'anars. » Joël sourit à la pique. « C'est la dernière livraison de Claudia, alors tâchez d'en faire bon usage. »

Joël s'empara du fusil, inséra un chargeur et manœuvra la culasse. Il admira la douceur du mécanisme – *deutsche gründlichkeit*. Il visa une cible imaginaire, loin dans la forêt, et s'abstint à contrecœur de presser la détente. Il fallait économiser les munitions, et il y avait toujours le risque d'attirer l'attention, même en pleine saison de la chasse. En plus, ce n'était pas lui qui devrait se servir de l'arme.

Après l'affaire de Châteaubourg, Nadia s'était taillé une jolie réputation de flingueuse au sein de l'organisation. Quand il sut ce qui était arrivé, Joël se dit qu'il était temps d'agir et de la prier de rejoindre sa propre équipe. C'était autant une façon d'honorer la mémoire d'Olivier que d'éviter de se faire souffler la jeune femme sous le nez : il connaissait un certain nombre de gars dans l'organisation qui auraient fait n'importe quoi pour s'adjoindre les services d'une telle bombe.

Très tôt, il fit en sorte de l'associer aux opérations les plus délicates. Olivier avait eu raison de parler d'elle comme d'une élève naturellement douée, et Joël avait découvert qu'il était très rassurant de l'avoir à ses côtés quand quelque chose était susceptible de mal tourner. En vérité, elle avait déjà sauvé son cul plus d'une fois.

Il fit passer le G3 à sa propre sœur d'armes, qui l'épaula. « Il est lourd, observa-t-elle.

– Mais avec ça tu touches à six cents mètres, dit Jean-Marc.

– Hmm », fit-elle, et elle dévia légèrement sa ligne de visée.

La pensée vint à Joël que l'effroyable détonation avait dû faire s'envoler tous les oiseaux de la forêt. Un instant, il s'inquiéta pour Nadia : le recul du fusil avait-il pu lui casser l'épaule ? Non, c'était impossible, elle devait s'y être attendue.

La nausée l'envahit quand il se rendit compte que la poitrine de Jean-Marc avait été expulsée du reste de son corps, et que ses entrailles s'étaient répandues en une traînée vaguement visqueuse jusque sur la carrosserie du monstre.

Les informations contradictoires se bousculaient dans sa tête ; il s'aperçut qu'il n'avait plus du tout envie de réfléchir. Une ridicule portion de son esprit avait déjà compris depuis des lustres qu'il se trouvait à son tour au bout du canon de Nadia. Il était inutile d'espérer atteindre l'un des pistolets-mitrailleurs dans le sac, pas plus que de dégainer son propre revolver.

Nadia – comment avait-elle pu...

Il eut soudain conscience qu'elle disait quelque chose, mais il ne réussit pas à entendre les mots.

Sans savoir pourquoi, il se revit le matin même, devant le miroir de la salle de bains, s'amusant de ce que son début de calvitie le fît ressembler à son frère. Il eut presque le temps de sourire.

2
Fontenay-sous-Bois

François reconnut le grondement caractéristique et tourna son regard vers l'Alpine A310 qui débouchait au croisement, un peu plus bas. Il se tenait sur le trottoir, devant l'entrée de la petite maison ouvrière, dans une rue qui grimpait résolument en direction des dernières hauteurs de la commune. Les habitations qui bordaient la voie, toutes mitoyennes, avaient été érigées selon des plans rigoureusement analogues. Il était incapable de dire ce qui le dérangeait le plus, la stricte identité des maisons ou les arrangements réalisés par leurs occupants, dans le souci évident de se distinguer du voisinage.

Il observa l'Alpine, noire comme toutes celles des boiteux, qui remontait la rue à grande vitesse. À une autre époque, la police judiciaire avait elle-même envisagé d'acquérir quelques-uns de ces bolides – pour ne pas perdre la face, en réalité –, mais il était rapidement devenu clair que la vieille administration ne bénéficiait pas des largesses pécuniaires que l'État réservait à sa jeune rivale. Bien sûr, les choses étaient différentes aujourd'hui.

L'Alpine vint se ranger contre le trottoir, derrière la propre voiture de François ; eux n'avaient eu droit qu'aux *poires* de la régie, de bien modestes Renault 14 qui portaient l'éternelle robe pie de la PJ. Une nouvelle fois, il s'étonna de ce que la même inscription POLICE parât les portières des deux véhicules : qui pouvait croire que les deux administrations avaient encore une mission commune ?

Les boiteux, c'est-à-dire la police de sûreté et de surveillance, entretenaient avec la police judiciaire des rapports pour le moins conflictuels. Malgré cela, François ne pouvait s'empêcher d'éprouver de la sympathie pour l'homme qui s'extirpait à grand-peine de l'Alpine, manifestement trop basse pour lui. Perrin et lui n'avaient jamais été amis au sens classique du terme, mais ils étaient de la même génération, ce qui revenait pratiquement au même, passé un certain âge. On n'assistait pas quotidiennement à l'agonie de son époque sans que cela crée des liens. Il existait un camp des vieux.

« Maurice.

– François. »

Il fut immédiatement frappé par l'aspect négligé de Perrin : l'inspecteur des boiteux n'était ni rasé ni peigné, et donnait l'impression d'avoir dormi dans son imperméable trois ou quatre nuits d'affilée. François se sentit soudain étriqué dans son costume impeccable. « Il est dans le salon, dit-il. Je te laisse dix minutes, après on l'emmène. Je ne peux pas faire mieux. »

Perrin répondit d'un hochement de tête et gravit rapidement les quelques marches du perron.

« Maurice ? » fit François. L'inspecteur interrompit son mouvement. « Je suis désolé pour vous. » Il ajouta : « Sincèrement.

– Merci », fit Perrin avant d'entrer dans la maison.

*

Perrin reconnut l'armée du Nord, celle de Napoléon, avec ses quatre-vingts canons ; il identifia le duc de Wellington, à la tête des Alliés, Britanniques, Allemands et Néerlandais, qui seraient bientôt rejoints par un nombre considérable de Prussiens.

Tout près de lui, au bord de la table, le prince Jérôme Bonaparte lançait déjà l'infanterie à l'assaut de la ferme fortifiée de Hougoumont – ne survivrait qu'un jeune tambour, qui raconterait la foutue débâcle.

Waterloo.

Perrin ne pouvait se défaire de l'impression que Lecornu vivait encore. Le commissaire à la retraite était assis dans un profond fauteuil, à quelque distance de la maquette, en robe de chambre et pantoufles – ce qui lui ressemblait bien. Au début de sa carrière, Lecornu avait été un homme d'action, Perrin se le rappelait. Il s'était alors progressivement éloigné du terrain pour se réfugier dans la solitude de son bureau, ne s'occupant plus que de ses nombreux dossiers. D'une façon que Perrin ne s'expliquait pas, ce type de métamorphose était fréquent chez les boiteux, comme si les agents se trouvaient atteints de sénescence accélérée. Il s'imagina l'étrange affection qui suintait des murs de brique rouge, dans l'ancienne cité HLM qui servait de quartier général à l'administration, boulevard Soult.

François avait décroché son téléphone pour prévenir Perrin de ce qui était arrivé et lui communiquer les premières constatations des enquêteurs. Le rapport des experts de la balistique se ferait attendre, naturellement, mais Perrin croyait déjà savoir quelle arme avait été utilisée – non qu'il eût l'intention de partager son intuition avec François ; après tout, la situation était déjà bien assez embarrassante pour les boiteux.

Il chaussa des lunettes qui n'étaient plus tout à fait à sa vue et approcha son visage de la dépouille. L'orifice d'entrée de la balle, à l'emplacement du cœur, était difficilement visible, partiellement dissimulé par un pan de la robe de chambre. Perrin fit le tour du fauteuil et s'accroupit. L'ogive avait fait éclater le dossier à hauteur de la poitrine. Il observa l'ulcération des chairs, à l'autre bout du trou béant, et l'abondance des suppurations qui l'accompagnaient.

Il s'obligea à refréner le cours de ses pensées ; il devait éviter de se laisser influencer trop tôt par l'image qu'il se faisait du meurtrier. Il regretta de ne pouvoir procéder à un examen plus approfondi de la scène de crime, mais il ne pouvait toucher à rien : hormis François, personne au quai des Orfèvres ne devait savoir qu'un inspecteur des boiteux avait été admis à pénétrer dans la maison.

Du coin de l'œil, il vit que les colonnes de soldats s'étaient mises en mouvement. L'illusion ne dura qu'une seconde mais elle suscita en lui un malaise durable. Il eut un mauvais goût dans la bouche. Peut-être que ça y était, finalement, qu'il avait vu plus de cadavres qu'il ne pouvait le supporter.

Il s'éloigna du fauteuil et vint se pencher au-dessus de la maquette, admirant pour un instant la minutie du travail de peinture, les détails des uniformes et des visages de plomb. En voilà bien qui étaient des hommes d'action ! Après tout, les petits soldats avaient peut-être été mus par le désir de changer l'issue de la bataille, saisis par l'impression qu'ils avaient eux-mêmes d'être si réels. Qui pouvait dire combien de leurs camarades morts les militaires avaient vus ? Dix mille ? Vingt mille ? Quel était le chiffre qui les avait rendus fous ? Les figurines tombées étaient déjà nombreuses sur les chemins wallons, et leur sang se répandait en gouttelettes vermillon jusque sur les fourgons et les berlines.

Il s'apprêtait à enlever ses lunettes lorsqu'il vit le traître, le capitaine de carabiniers à cheval qui avait prévenu Wellington de l'imminence de la percée française.

Paris

Sa mission terminée, Louise cessa de se faire appeler Nadia. De son alter ego, elle n'avait conservé que la crinière, de plus en plus foutraque au fil des mois.

Elle remonta la fermeture de son bomber, un authentique MA-1 des stocks de l'US Air Force, vert olive, qu'elle avait déniché dans un surplus américain qui sentait fort le matériel militaire d'occasion – un mélange de moisissure et de graisse rance. Le blouson était à la fois plus lourd et mieux construit que son homologue civil, qui faisait un carton chez les skinheads.

On était déjà en avril, mais il continuait de faire froid. Elle alluma une clope avec le Dupont en argent qui avait appartenu à Olivier. Son recruteur avait lui-même reçu le briquet de son père, en cadeau ; pour une raison qu'elle ignorait, les fils de bonne famille étaient nombreux chez les apprentis révolutionnaires.

Elle était arrivée en avance et avait profité de la demi-heure de battement pour prendre un café dans un rade d'aspect sinistre, rue de la Voûte. Elle s'y était immanquablement attiré les regards ahuris des alcooliques du comptoir. L'une des faces cramoisies l'avait gratifiée d'un « Mademoiselle » enthousiaste ; un homme très maigre s'était redressé sur son tabouret à la manière d'un suricate, dans ce qu'elle avait interprété comme une tentative personnelle de réaffirmer sa dignité. Après quelques instants, un bigleux à moustache et veste de cuir avait fait mine de lui porter un toast – est-ce qu'il s'était arraché toutes les dents pour se les replanter lui-même ? –, « Vous êtes géniale », lui avait-il lancé de loin, sans qu'elle en sût la raison. Seul un type en santiags, pas plus grand qu'un jockey, était resté plongé dans son *Paris-Turf*.

Elle avait fumé une première clope à l'extrémité du zinc, devant la machine à cacahuètes ; ce n'était pas la meilleure place pour s'éviter les blagues racistes, elle le savait d'expérience, mais elle avait préféré garder ses distances avec le reste de la clientèle. Entre deux taffes, elle avait relu son ordre d'affectation : les Affaires internes – ça ne lui plaisait pas du tout.

Elle avait demandé à changer de service quelque temps après avoir liquidé Jean-Marc Aubert. Sa mission lui avait laissé un goût amer : à force de fréquenter si assidûment une bande d'idéologues marxistes, elle avait les idées embrouillées. Elle avait craint de devenir barge. À bientôt trente-trois ans, elle n'encaissait plus les contraintes de la double vie comme à vingt-cinq, et elle ne se sentait plus disposée à donner autant de sa personne. Ce n'était pas une aspiration illégitime ; même une fanatique comme Benedetti avait rendu son tablier après quelques rendez-vous arrangés, longtemps avant qu'elle ne devînt la compagne d'Aubert.

Louise avait écrasé sa cigarette en repensant à la jeune femme. Elle, ou plutôt Nadia, avait hérité de son exemplaire du petit livre rouge, cadeau d'Aubert avant qu'ils n'aillent déterrer les armes, dans la forêt. Elle avait été déconcertée par le geste et, à dire vrai, elle n'était pas encore parvenue à se débarrasser du bouquin, qui se trouvait toujours dans sa boîte à gants.

La localisation d'Aubert avait signifié le départ d'une série d'assauts menés par le Groupe de choc, un peu partout sur le territoire. Le succès de l'opération avait rendu justice au temps que les agents avaient consacré à la traque du chef terroriste. En neutralisant d'un seul coup la totalité des membres de l'Union des Combattants Prolétariens, le Choc avait fait encore une fois la preuve qu'il était devenu la véritable locomotive des boiteux, le service qui permettait à la maison de conserver un semblant de légitimité aux yeux de l'État.

En dépit de son efficacité, pourtant, le Choc était devenu si pauvre en moyens et en hommes que ses inspecteurs étaient constamment sollicités ; si Louise n'y avait pas pris garde, elle se serait retrouvée usée jusqu'à la moelle avant longtemps. De toute façon, elle n'avait jamais eu l'ambition de devenir la maman du groupe : à tout prendre, elle préférait se trouver jeune dans un service de vieux cons plutôt que l'inverse – mieux valait régner en enfer que servir au paradis. De là à intégrer les Affaires internes, cependant, il y avait un pas qu'elle n'entendait pas franchir ; la vie de bureau, les dossiers, absolument rien de tout ça n'était son truc. Elle allait devoir plaider sa cause.

« Messieurs », avait-elle lâché en quittant l'établissement. Par la vitre, elle avait vu le suricate s'affaisser sur sa dignité toute neuve. Le bigleux, lui, s'était fendu d'un dernier sourire.

Régner en enfer.

Louise passa sous le pont de l'antique voie de chemin de fer. Elle n'était pas revenue à Paris depuis des années et la capitale lui avait parue changée ; plus que tout, elle avait été surprise par les graffitis à la mode new-yorkaise, qui s'étalaient en nombre sur les façades aveugles.

Elle tourna pour remonter la rue du Gabon, le long du viaduc, et suivit l'avenue de Saint-Mandé jusqu'aux Maréchaux ; là s'élevait l'ancienne cité HLM qui abritait les locaux de la police de sûreté et de surveillance. L'adresse était fameuse au point que les gens parlaient du *boulevard Soult* pour désigner l'institution.

Elle franchit le porche en présentant sa carte au planton.

*

Perrin aurait aimé être ailleurs, n'importe où. Il était arrivé le dernier dans la petite salle enfumée et avait à peine salué les autres agents. Il n'appréciait guère ses collègues des Affaires internes, qui le lui rendaient bien ; autant que possible, il se débrouillait pour ne pas les fréquenter.

« Messieurs », fit Laffont en jetant un regard circulaire aux douze fonctionnaires qui s'étaient assis autour de la table, et Perrin pensa que ce n'était pas l'introduction la plus appropriée. Le directeur du service se tenait appuyé aux montants de la chaise devant lui, en position de présider la réunion. « Avant de commencer, je voudrais vous présenter à tous l'inspecteur Lassauve, qui rejoint aujourd'hui notre équipe. » Perrin vit les hommes se tourner dans un bel ensemble vers la jeune métisse à l'extravagante tignasse, assise au fond de la salle, sous une reproduction bleuie du *Joueur de fifre*. « L'inspecteur nous arrive du Choc, après avoir participé activement au démantèlement de l'UCP. »

Elle ne s'était même pas donné la peine de retirer son blouson de crâne rasé, et Perrin se dit que visiblement elle aussi aurait préféré être ailleurs.

L'affaire de l'UCP datait de six mois, à peu près, et il en savait surtout ce qu'en avait dit la presse, plus quelques inévitables bruits de couloirs auxquels il était difficile d'échapper, dans le service. Il se souvenait avoir pensé que l'opération n'avait été que modestement profitable, eu égard aux années passées à traquer les terroristes et à la mobilisation d'un si grand nombre d'agents, du Choc et de quelques autres unités, qui auraient été mieux employés sur des actions autrement discrètes. Mais aujourd'hui, il s'agissait surtout de faire du bruit.

« Je suis convaincu que vous lui réserverez le meilleur accueil », reprit Laffont, et quelque chose dans le ton de sa voix fit penser à Perrin qu'il doutait sérieusement de cette éventualité. « N'est-ce pas, Perrin ?

– Bien sûr, monsieur le Directeur.

– Bon, concéda-t-il après un moment, pour revenir à l'affaire qui nous occupe, et pour vous éviter de l'apprendre dans le journal, je dois vous informer que le commissaire Lecornu a été assassiné… lui aussi. »

Un brouhaha commença à s'élever dans la salle. C'était le second meurtre d'un fonctionnaire de la maison, après celui de Le Bars. Perrin nota que la jeune métisse demeurait silencieuse, l'air de s'emmerder.

« Il n'est donc pas impossible que nous soyons confrontés à une série de meurtres visant les agents de notre administration…

– Pas impossible, oui ! »

Le directeur contint son irritation : « … qu'ils soient encore en activité, ou bien à la retraite. L'enquête est entre les mains de la brigade criminelle… » Cette fois, ce fut un tollé, et Laffont dut hausser le ton : « … qui fera tout son possible pour la faire aboutir dans les meilleurs délais.

– Quelle connerie !

– Nous ne sommes pas habilités à enquêter sur des meurtres, reprit Laffont, c'est le travail de la PJ et du juge d'instruction.

– Les juges, ils rêvent que de nous voir crever !

– Ce n'est pas le moment de nous faire remarquer ! » Le directeur s'était fait tranchant. « Je n'ai pas besoin de vous rappeler à quel point notre situation est devenue précaire ; le contexte politique nous est extrêmement défavorable. » À l'autre bout de la table, la jeune métisse sortit un paquet de chewing-gum froissé de sa poche et s'en fourra une tablette dans la bouche. Elle leva les yeux vers Perrin, qui détourna le regard.

« Pour le moment nous n'avons pas d'autre choix que de faire profil bas. » Laffont ne disait que la stricte vérité ; les hommes le savaient, et ils se calmèrent un peu. « Cependant, reprit le directeur, en attendant les consignes définitives de la Direction générale, et pour ne pas rester les bras croisés, j'ai chargé l'inspecteur Perrin de mettre à profit ses bonnes relations avec la police judiciaire pour collecter les premières informations qui pourraient nous permettre de débrouiller cette affaire. » À l'évocation de ses *bonnes* relations, quelques hommes avaient ricané : on ne fricotait pas avec l'ennemi sans s'attirer les sarcasmes de ses pairs, dans la maison, et Perrin y était habitué. « Qu'avez-vous à nous apprendre, Perrin ?

– Rien d'autre que ce que je vous ai déjà communiqué, même mode opératoire dans les deux cas, avec une entrée par effraction au domicile de la victime ; tous les deux ont été tués d'une balle en plein cœur. Il y a donc de fortes chances pour qu'il s'agisse du même assassin.

– C'est tout ?

– La Crim' recherche une berline, peut-être une Renault 18, verte, qui a été vue en bas de chez Le Bars à l'heure présumée du meurtre. » Il se rendit compte qu'il n'avait presque pas dormi depuis sa visite à l'appartement de Le Bars – déjà une faveur de François.

« Des empreintes ?

– Je n'ai pas eu accès à cette information.

– Je vois. »

Une souris minuscule se faufila sous la porte et galopa le long du mur pour se réfugier derrière une plinthe déclouée. Un instant, il craignit d'avoir été le seul témoin de la scène ; il vit alors la jeune métisse pencher la tête en direction de l'endroit où le rongeur avait disparu, et s'en trouva soulagé.

Laffont dut élever la voix : « Je vous ai posé une question, Perrin !

– Eh bien, Le Bars et Lecornu ont collaboré sur plusieurs dossiers dans le passé ; on ne peut pas ignorer cette piste.

– Qu'est-ce qu'il faut faire, à votre avis ?

– Je crois qu'il faut commencer par dresser une liste de leurs enquêtes communes, en particulier celles qui ont conduit à une exécution ; il faudra s'intéresser aux complices connus, aux familles, aux conjoints et aux amis proches.

– Vous excluez totalement la piste du groupe d'activistes ? »

Il haussa les épaules. « Comme ça, je pencherais plutôt pour un homme seul. Il n'y a pas eu de revendication, pas de traces. » Il ajouta : « Aucune étoile rouge peinte à la bombe. » Quelques rires étouffés s'élevèrent autour de la table, et il s'abstint de regarder la nouvelle venue.

« Très bien, fit le directeur. Vous nous ferez part de vos avancées. Ce sera tout, messieurs. »

Il se leva et enfila sa gabardine ; il était passé chez lui en coup de vent pour se changer et faire un brin de toilette, il avait maintenant l'intention d'y retourner faire une sieste.

« Perrin ? »

Il se tourna vers Laffont : « Oui ?

– L'inspecteur Lassauve vous assistera désormais dans votre enquête. Vous en profiterez pour lui expliquer le fonctionnement du service. »

Il s'obligea à sauver les apparences, sachant que la bataille était déjà perdue : « Si je peux me permettre, monsieur le Directeur, je n'ai pas besoin d'aide.

– Ça, c'est ce que vous croyez. Allez attendre l'inspecteur dehors, j'ai encore quelques détails à régler avec elle. »

*

Louise se rassit à contrecœur, face au joueur de flûte cette fois, et détailla rapidement l'habit du garçon de troupe : calot et veste noire à boutons, un pantalon qui devait avoir été rouge, du temps où les boiteux étaient encore les chouchous de la République. Elle croyait se souvenir que c'était une jeune fille qui avait endossé l'uniforme pour le peintre – la reproduction du Manet avait eu la manie de figurer dans les salles de classe qu'elle avait fréquentées, au collège et au lycée.

« Combien de temps êtes-vous restée infiltrée au sein de l'UCP ? » Laffont s'était rendu à la fenêtre. La peinture s'écaillait sur les croisillons, découvrant de larges portions de bois nu.

« Trois ans.

– Je vois », fit-il, et elle se demanda ce qu'il pouvait bien voir ; surtout, elle sut à ce moment précis qu'il ne l'aimait pas du tout.

Elle se hasarda : « Je n'ai pas très bien compris pourquoi j'ai été affectée aux Affaires internes ; j'avais demandé à quitter la métropole, j'avais espéré intégrer le bureau africain. » Le directeur respirait aussi fort qu'un cheval fourbu. « C'est pas trop mon truc, reprit-elle, ce genre de boulot, les bureaux, les dossiers… » Elle allait ajouter « la jupe et le raglan », mais s'abstint.

« Si on vous a envoyée ici, c'est à ma requête, fit Laffont en se retournant. Officiellement, c'est vous qui avez réclamé ce poste, et vous l'avez obtenu en récompense de votre bon travail dans votre précédente affaire. Vous aurez donc à cœur d'assister l'inspecteur Perrin et de profiter de son expérience pour vous familiariser avec le bureau des Affaires internes. »

Elle sentait venir le sac de nœuds. « Et... officieusement ?

– Je vous charge de surveiller la façon dont Perrin mène cette enquête, en vous intéressant particulièrement aux relations qu'il entretient avec la police judiciaire. Je veux que vous sondiez son état d'esprit pour moi.

– Vous me demandez d'espionner un collègue ?

– Je vous demande de m'aider à appliquer la procédure. » Il avait insisté sur *procédure*. Encore un qui ne voulait pas se mouiller.

« Qu'est-ce que vous reprochez à Perrin ?

– Pour commencer, son attitude défaitiste, incompatible avec la mission qui incombe à un agent de notre administration. Ses rapports d'enquêtes sont de plus en plus émaillés d'opinions personnelles pour le moins inopportunes et de critiques à peine voilées envers l'état-major. »

Ce qui lui rendit immédiatement Perrin sympathique. « Je vois.

– Perrin a quelques belles affaires à son actif, mais il n'a jamais su gravir les échelons. Il est possible qu'il ait commencé à nourrir une certaine rancœur vis-à-vis de ses supérieurs, et peut-être même de la maison tout entière. C'est pourquoi je voudrais m'assurer qu'il n'a pas décidé d'entraver volontairement l'action du service. Ou qu'il ne collabore pas tout simplement avec la PJ, à travers ses amis du quai des Orfèvres. »

Elle se sentait de moins en moins à l'aise.

« Rassurez-vous, je ne compte pas vous retenir chez nous plus longtemps que nécessaire ; dès que vous m'aurez fourni assez d'éléments pour que je puisse faire mon rapport à la Direction générale, vous serez libre de rejoindre un autre service. » À l'évidence, ce moment lui tardait autant qu'à elle. « Avez-vous des questions ?

– Juste une.

– Oui ? » Il avait pris l'air agacé.

« On a un tueur de flics dans la nature, vous ne croyez pas qu'on devrait s'occuper de ça en priorité ?

– Oh, mais vous allez vous occuper de *ça* aussi. Vous êtes capable de mener deux enquêtes de front, n'est-ce pas, inspecteur ? » Il esquissa un sourire mauvais.

« Bien sûr.

– Nous ne pouvons plus nous offrir le luxe de faire le moindre faux pas, j'espère que vous comprenez bien ça. » Elle se contenta de hocher la tête. « Bien. Soyez dans mon bureau demain matin, à neuf heures, pour un premier rapport. Ce sera tout, vous pouvez disposer. »

Elle se leva de sa chaise et croisa une dernière fois le regard du joueur de flûte, dont elle se dit qu'il avait peut-être attiré les rats dans la pièce. Elle prit le chemin de la porte sans saluer.

« Une dernière chose, fit Laffont avant qu'elle ait pu saisir la poignée. Vous n'êtes plus chez les voyous, ici, alors vous pouvez vous habiller convenablement. »

Connard.

« Et aussi arranger vos cheveux. »

Parvenue dans le couloir, elle alluma une cigarette.

*

À l'autre bout de la rue du Niger, face à la Cité, un train cheminait pesamment sur les voies fatiguées de la Petite ceinture. L'imposante motrice diesel tirait un convoi de véhicules de transport de troupes, sanglés sur de longs wagons, très bas ; les nouvelles bêtes de somme de l'armée, avec leurs blindages épais et leurs gueules renfrognées, reposaient sur quatre énormes roues motrices dont les jantes, noir pétrole, se confondaient avec les pneus. Perrin se dit que le matériel flambant neuf partait à la guerre. En vérité, les engins allaient sûrement gagner l'un ou l'autre des territoires africains de l'Union française, mais personne en France métropolitaine ne pouvait plus croire qu'il s'agissait encore de *maintien de l'ordre*, là-bas.

Le convoi passé, il jeta un coup d'œil à son reflet, dans la glace du rétroviseur, et regretta de ne pas avoir pris le temps de se raser. Il attendait au volant de l'Alpine et se sentait engoncé dans l'habitacle étroit. Il n'avait jamais aimé ces voitures : elles vieillissaient mal, elles étaient bêtement voyantes et pas beaucoup plus rapides qu'une grosse Mercedes ; le six cylindres d'origine Renault, de l'avis de ceux qui s'y connaissaient, était trop lourd pour la caisse, et raté.

À travers le pare-brise, il tenta d'apercevoir les fenêtres du dernier étage de la Cité, le huitième, qui abritait les Affaires internes. Il ne cessait de s'interroger sur les intentions de Laffont : le directeur n'était certainement pas naïf au point de croire qu'un agent du Choc serait d'une utilité quelconque à l'enquête. Il se représenta le tête-à-tête, de l'autre côté des vitres, les ordres derrière les ordres. Évidemment, il ne devait pas négliger la possibilité que Laffont eût simplement voulu le contrarier ; après tout, leurs relations étaient notoirement exécrables, et elles s'étaient encore dégradées depuis quelques jours.

C'était le premier directeur des Affaires internes, « le vieux », qui avait recruté Perrin, à l'époque où le service s'occupait essentiellement de faire le ménage dans les rangs du boulevard Soult – de *débarrasser l'institution de ses propres métastases*, selon l'expression du vieux. En ce temps-là, les agents des Affaires internes étaient régulièrement comparés aux « bœuf-carottes » de l'IGS, la *police des polices*, qui remplissaient une fonction identique au sein de la PJ.

Contrairement à ce qu'on lisait de plus en plus fréquemment dans la presse, en effet, les hommes du boulevard Soult ne se substituaient pas à la justice, pas plus qu'ils n'étaient eux-mêmes au-dessus des lois. Si leurs opérations échappaient de fait au contrôle des juges, ils n'en étaient pas moins tenus de rendre des comptes à leur ministre de tutelle et de respecter les conditions et procédures établies par le Code de sûreté générale, qui encadrait strictement le délit politique.

En pratique, les Affaires internes pouvaient être saisies aussi bien par leur propre direction générale que par le ministère de l'Intérieur ; dès le départ, il s'était donc agi de donner des gages à l'État, qui n'entendait pas payer l'efficacité de la nouvelle administration au prix de son opacité. Après tout, la police de sûreté et de surveillance – c'était sa désignation officielle – était née de la volonté des parlementaires de contrôler ce qui relevait jusqu'alors des manigances barbousardes.

La belle machine avait fonctionné quelque temps, on était obligé de le reconnaître, avant que le régime ne décide de se réformer, pour un plus grand respect des libertés publiques et de la vie privée des citoyens. « Il est vain de vouloir s'opposer au mouvement de l'époque », avait dit le vieux devant les réserves de Perrin, quelques jours à peine avant de mourir d'un cancer généralisé.

Confrontée aux exigences de la nouvelle politique, la police de sûreté et de surveillance se mua progressivement en une administration anachronique ; en seulement quelques années, elle devint le boulet électoral du nouveau gouvernement, qui ne perdit plus alors une occasion de favoriser sa sœur ennemie, la police judiciaire.

Afin de se donner une chance de survivre, l'état-major du boulevard Soult décida de se servir des Affaires internes comme d'un garde-fou, afin de protéger l'institution des nombreuses chausse-trapes que lui réservait une législation de moins en moins accommodante ; dès lors, sous l'autorité d'un nouveau directeur, le service ne s'occupa plus que de truquer les rapports d'enquêtes, s'évertuant à couvrir les agissements des boiteux, qui débordaient de plus en plus fréquemment du cadre légal. Dans le même temps, et pour les mêmes raisons, les Affaires internes se chargèrent de porter de fausses accusations envers ceux des agents de la maison qui avaient eu le tort d'émettre des réserves sur ces méthodes.

Les boiteux méritaient-ils encore d'exister ? Un instant, Perrin se demanda ce que le vieux aurait pensé de cette question, puis il cessa d'y réfléchir. Il entrouvrit sa portière pour vider le contenu du cendrier ; personne ne s'était donné la peine de nettoyer l'intérieur de la voiture. Il chercha la petite montre de bord parmi les très nombreux cadrans de la console centrale, jauges, manomètres, thermomètres et autres voltmètres. À vrai dire, il hésitait sérieusement à planter là sa nouvelle coéquipière. Il tourna la clé de contact ; le six cylindres n'était peut-être pas assez puissant, mais il faisait du barouf.

*

Louise sortit côté périphérique et resserra les scratches aux chevilles de ses baskets toutes neuves. Les chaussures étaient tombées du camion, aux dires d'un récent client du Choc, qui lui en avait gracieusement cédé une paire. Un truc introuvable, d'après lui, de quoi faire d'elle la reine du quartier. C'était l'une des très rares missions qu'elle avait effectuées pour son groupe d'origine en pratiquement six mois. À partir du moment où elle avait fait part à ses supérieurs de son intention de quitter le service, ils ne l'avaient pratiquement plus sollicitée et elle avait passé le plus clair de son temps à la caserne, à courir, pratiquer le judo et s'entraîner au tir. Elle avait également étudié l'évolution de la situation politique au sein du vieil empire colonial ; le Tchad, bien sûr, avait retenu toute son attention.

Elle ne savait pas où Perrin était censé l'attendre exactement, mais elle ne pensait pas qu'il fût encore dans le bâtiment. Le vieux bonhomme n'était pas du genre à passer une seule minute de trop en compagnie de ses collègues. C'était ce qu'il lui avait semblé, en tout cas.

Il était clair que la collaboration n'irait pas de soi, et cette idée la contrariait ; elle n'entendait pas, elle non plus, passer plus de temps que nécessaire sous l'autorité de l'enfoiré. Il lui déplaisait d'imaginer que Laffont avait tout appris des détails de sa vie, professionnelle et personnelle ; les Affaires internes étaient vraiment un sale service, un ramassis de gratte-papier fouilleurs de merde qui s'ingéniaient à empêcher les autres agents de faire leur boulot. À l'abri de leur bureau, rivés à leur Code de sûreté générale, ils ignoraient complètement la réalité.

Elle envoya promener son mégot et longea le mur de brique en direction de l'avenue Courteline. La vieille cité HLM occupait tout le pâté de maison. Quelques grosses Renault 30 étaient garées contre le trottoir, mais les routières étaient réservées aux plus gradés, commissaires ou inspecteurs principaux.

Au son du V6, elle reconnut une Alpine A310 qui démarrait, côté boulevard : elle avait remarqué quelques voitures de service garées devant l'entrée principale, en arrivant. Elle pressa le pas dans cette direction, et la pensée lui vint que Perrin avait peut-être foutu le camp sans l'attendre – ça n'aurait rien eu d'étonnant.

*

L'inspectrice rangea son mètre soixante-quinze, au moins, dans la voiture. Perrin identifia la crosse d'un MAB quinze cartouches, qui dépassait de son étui de ceinture.

Gauchère.

« Vous avez faim ? » demanda-t-il. Il avait finalement attendu ; à cet instant, il était incapable de savoir s'il regrettait sa décision. Il avait enlevé sa gabardine du siège passager, et se prit à espérer que le vêtement ne sentait pas mauvais. « Je n'ai pas eu le temps de manger aujourd'hui, poursuivit-il, je connais un petit restaurant très bien, juste à côté d'ici, qui nous servira encore. »

Elle répondit d'un hochement de tête. « Je n'ai pas mangé non plus. »

*

Louise s'assit sur la banquette de skaï rouge. Perrin avait choisi une table éloignée de la rue, près de l'escalier qui menait aux toilettes. Rien n'avait encore été débarrassé ; les serviettes étaient en boule et les nappes de papier satiné pleines des auréoles laissées par les bouteilles de vin et les tasses de café. Sur le mur immédiatement à sa droite, une affiche à moitié déchirée informait les clients que Marlboro cherchait son pilote pour l'avant-dernière saison de Formule Ford.

« Messieurs dames !

– Bonjour, dit Perrin.

– Vous, je suis sûr que vous faites du sport. » Elle leva les yeux vers le patron, qui la regardait ; avec la chaleur qui régnait au fond du gastos, elle n'avait conservé que son débardeur.

« Il vous reste des plats du jour ? demanda Perrin.

– Cuisse de poulet à la crème et aux champignons ; il m'en reste deux !

– Très bien ; on va prendre ça avec un pot de rouge.

– Brouilly ou chinon ?

– Chinon. » Louise laissait faire l'animal ; elle observait ses façons. Elle posa son paquet de Camel sur la nappe toute neuve et alluma une clope. « Ça ne paye pas de mine, ici, mais c'est très bon », dit-il.

La serveuse, taches de son et grosses doudounes, posa un pichet de grès verni sur la table : « Le chinon.

– Merci », fit Perrin, et il servit le vin. « Bon, dit-il en levant son verre, à votre arrivée dans le service, alors. » Louise trinqua sans boire et tira une nouvelle latte. « Il pique un peu, quand même, fit l'inspecteur en s'essuyant la bouche. C'est vous qui avez demandé à venir chez nous, ou vous vous êtes juste retrouvée là ? »

Elle se laissa surprendre par la question, et cela lui coûta quelques instants d'hésitation. « C'est moi.

– C'est vrai ? » L'idée avait l'air de l'amuser franchement.

Elle hocha la tête.

« C'est curieux, dit-il.

– Quoi ?

– Je ne sais pas, vous n'avez pas la tête de l'emploi.

– C'est-à-dire ? » Elle faisait tout ce qu'elle pouvait pour garder sa contenance.

« Je ne vous imagine pas travailler dans un bureau. » Elle se sentait transparente. « Quel a été votre rôle, dans le démantèlement de l'UCP ? »

Le vieil inspecteur était tranquillement en train d'emporter la main. Elle devait absolument éviter de se laisser prendre au piège, sans quoi sa mission serait finie avant même d'avoir commencé. Elle s'imagina passer le reste de sa carrière au sous-sol de la Cité, à classer de vieux dossiers. « Comment comptez-vous procéder dans l'affaire qui nous occupe ? » C'était ce qu'elle avait trouvé de mieux.

Il haussa les épaules. « Vous avez entendu Laffont, c'est une enquête criminelle, c'est la chasse gardée de la PJ. Nous, on attend de voir venir.

– C'est tout ?

– Qu'est-ce que vous voulez faire d'autre ?

– Vous aviez parlé de croiser des dossiers.

– J'ai déjà établi une première liste de noms, mais ça représente trop de gens pour qu'on puisse les interroger tous. » Il ajouta : « Il nous faudrait de nouveaux éléments, pour pouvoir dégrossir l'inventaire.

– De nouvelles victimes, vous voulez dire.

– C'est ça. Il faut qu'on soit un peu patients. » Il avait dit ça d'une façon particulièrement désinvolte.

« Vous croyez que ça va continuer ?

– Disons que je ne vois pas de raison pour que ça s'arrête. »

Elle décida de le pousser un peu : « Comment était Lecornu ?

– Comment ça, comment ?

– Vous êtes allé chez lui, non ? »

Une ombre passa sur son visage. « Qu'est-ce que vous voulez que je vous dise ? Il était assis dans son fauteuil, dans son salon, avec une balle dans le cœur.

– Vous avez une idée du calibre ? »

Pour la première fois, il avait abandonné un peu de son flegme. « Je ne sais pas. Quelque chose de puissant.

– Puissant comment ?

– Assez puissant pour faire éclater le dossier du siège, dit-il en faisant la grimace. Avec de la chance, je pourrai jeter un œil au rapport de la balistique. »

Elle hocha la tête. « À quelle distance se tenait le tireur, d'après vous ? »

Il hésita. « Deux mètres ; peut-être moins. »

Il y avait manifestement quelque chose qu'il gardait pour lui. Elle tenta sa chance : « Il connaissait son meurtrier, d'après vous ?

– C'est possible, concéda-t-il.

– Vous n'avez rien dit de tout ça pendant la réunion.

– À quoi bon ? »

Il n'avait sans doute pas tort. « Et chez la première victime ?

– Le Bars ?

– Oui.

– Poulets ! » entendirent-ils en même temps que les assiettes apparaissaient sur le passe-plat, à la porte de la cuisine.

« Ah ! fit Perrin, qui s'écarta pour faciliter le passage des doudounes.

– Les deux poulets, dit la serveuse en posant les assiettes sur la table. C'est un plat de circonstance. »

Évidemment, elle n'avait pu faire autrement que de remarquer l'Alpine, de l'autre côté de la vitre. « C'est vrai, fit Perrin, qui sourit aimablement à la plaisanterie.

– Bon appétit.

– Merci. » Il glissa un coin de sa serviette dans l'encolure de sa chemise et couvrit sa cravate.

« Le Bars ? insista Louise.

– Même chose, fit-il. Ne laissez pas refroidir. »

Ce n'était plus la peine d'insister ; ce n'était pas grave, elle s'en était mieux tirée qu'elle avait craint. Elle écrasa sa cigarette et commença à manger.

« Alors ? demanda Perrin sans lever les yeux de son assiette.

– C'est bon. » C'était vrai.

« Vous voyez, je vous l'avais dit. »

Elle but une gorgée de vin – il était dégueulasse.

Ils terminaient leur dessert quand ils entendirent l'Alpine, dans la rue, se mettre à klaxonner furieusement.

*

Perrin saisit l'imposant combiné de la radio de bord, et la voiture cessa de trompeter.

« Perrin, j'écoute.

– Allô, Perrin ?

– Oui, Victor. » Il appréciait le jeune standardiste ; Victor pensait toujours à lui apporter un café quand il passait ses nuits aux archives, à lire d'anciens rapports.

« On a une autre victime. C'est Féron. On vient de nous appeler. Il a été tué chez lui, dans son appartement de Meaux. »

Il se laissa le temps d'assimiler la nouvelle. À côté de lui, sa coéquipière avait laissé sa portière ouverte ; elle l'observait en tirant sur sa cigarette, l'air de scruter sa réaction.

« Tué comment ?

– Par balle, apparemment.

– Qui vous a appelé ?

– Quelqu'un de l'immeuble ; il connaissait Féron, apparemment, il savait qu'il était de chez nous.

– Il a prévenu quelqu'un d'autre ?

– Je ne sais pas.

– Il y a qui, là-bas ?

– Personne encore. »

Il réfléchit ; contrairement à ce dont il avait l'habitude, dans les premiers temps d'une enquête, la piste qu'il suivait demeurait claire, s'élargissait, même – et ne semblait pas vouloir s'écarter du boulevard Soult. Il jeta un nouveau coup d'œil à sa coéquipière – comment Laffont avait-il dit qu'elle s'appelait ? Lassauve ? L'inspectrice n'avait manifestement aucune idée de ce que c'était que de travailler pour les Affaires internes ; son empressement trahissait son manque d'expérience et de lucidité. Elle ne pouvait imaginer ce que cela coûtait de s'en prendre à un flic, à un collègue, la façon dont les autres agents pouvaient vous le faire payer.

Les boiteux n'étaient pas, comme le disait la presse, que les exécuteurs de basses œuvres du gouvernement ; ils étaient avant tout des fonctionnaires de police, garants de l'unité républicaine et soucieux du rôle que la société leur avait assigné. Ils ne se reconnaissaient pas dans l'image d'inquisiteurs sadiques, tortionnaires et assassins qui leur collait à la peau depuis la création du service. Leur réputation, cependant, les condamnait à une forme d'isolement forcé ; en vérité, ils vivaient presque exclusivement entre eux, et, au sein du boulevard Soult, c'était bien la trahison qui était le péché capital.

La radio cracha : « Inspecteur ?

– On s'en occupe, fit-il savoir à Victor.

– Je vous donne l'adresse ?

– Ce n'est pas la peine. Je connais. » Il remit le combiné à sa place, sur la console centrale. « Vous voyez, il suffisait d'attendre, dit-il.

– C'est de l'ironie, ou vous vous foutez vraiment de ce qui arrive à vos collègues ?

– Oh, non, je ne m'en fous pas, dit-il. Féron était un bon ami. »

Il démarra. Il répugnait toujours à mettre la sirène. Lassauve referma sa portière et s'en chargea pour lui.

Plus loin, dans un virage, il se laissa surprendre par la poussée du moteur et faillit partir tout droit.

Foutues bagnoles.

Seine-et-Oise

Louise commençait à trouver le temps long. En près de cinquante kilomètres, ils n'avaient pratiquement pas échangé un mot. Seulement au début du trajet, Perrin avait brièvement évoqué le fonctionnement des Affaires internes et les attributions spécifiques aux policiers qui y travaillaient ; curieusement, ceux-ci étaient les seuls parmi les boiteux à ne pas être autorisés à tuer. La chose était d'autant plus insolite que la compétence du service s'étendait à toutes les catégories d'enquêtes, dès lors qu'un lien était établi, même ténu, avec les agissements d'un agent véreux. En réalité, il y avait toujours un agent véreux, lui avait dit Perrin.

L'inspecteur avait alors manqué de foutre la voiture dans le fossé, et elle avait décidé de ne pas prendre le risque de l'agacer davantage avec ses questions. Elle commençait à comprendre qu'il allait être extrêmement difficile de faire dire à son collègue le fond de sa pensée. Dans son Livre de la jungle, elle l'avait rapidement rangé dans la catégorie vieil ours, un Baloo version Kipling bien davantage que Disney.

Quelques années plus tôt, Olivier avait été Bagheera tandis que Jean-Marc Aubert avait été Akela – le grand loup. Elle eut alors conscience d'avoir commis une erreur ; en tant que flic, Perrin aurait dû appartenir au monde des hommes.

Elle referma sa portière et leva les yeux : des dizaines de mouettes tournoyaient dans le carré de ciel gris, au-dessus de la cour. « C'est quel étage ? » demanda-t-elle. L'immeuble formait une enceinte de béton sinistre, ouverte seulement par un porche étroit – c'était tout juste si l'Alpine avait réussi à y faire passer son cul.

« Sixième, je crois. » Perrin avait garé la voiture au pied de l'une des trois entrées que comptait le bâtiment. Ils escaladèrent les quelques marches du perron et s'arrêtèrent devant la porte vitrée, maintenue fermée par une serrure magnétique.

« Il y a un concierge ? demanda-t-elle en parcourant la liste de noms sur l'interphone.

– Il y a quelqu'un qui arrive. »

Elle lâcha l'interphone et vit le jeune homme, dans le hall, qui venait à leur rencontre. Il ouvrit la porte. « Vous êtes la police ? »

Ce devait être une question rhétorique. « C'est toi qui as appelé ? demanda-t-elle.

– Oui. » Il avait peut-être vingt-cinq ans ; il était blond, avec des cheveux longs noués en catogan.

« Il est où ? fit-elle.

– Dans sa cuisine. » Il avait l'air sincèrement secoué.

« T'es entré chez lui ?

– Non. » Elle continuait de le dévisager, attendant l'explication. « Je l'ai vu de ma fenêtre. Je suis en face, à l'étage au-dessus.

– Comment tu sais qu'il est mort ?

– Je sais pas, mais il y a du sang partout.

– T'as pas appelé les secours ? »

Il semblait seulement considérer cette éventualité. « Non. »

Perrin avait appuyé sur le bouton de l'ascenseur et l'ampoule clignotait mollement sous son cabochon rouge vif. Elle reprit : « Comment tu savais qu'il était de chez nous ?

– Il me l'avait dit. » Voilà bien qui n'était pas dans les habitudes des fonctionnaires de la maison. « T'as vu quelqu'un, chez lui ? demanda-t-elle encore.

– Non.

– T'as entendu des coups de feu ?

– Non.

– T'es juste allé à ta fenêtre, et tu l'as vu ? »

Il faisait des efforts manifestes pour réfléchir. « C'est ça.

– T'es allé voir les voisins ?

– Non. »

Adossée à la paroi de la cabine, elle continuait de l'observer. Il était assez maigre et un peu plus grand qu'elle, quoiqu'il se tînt voûté ; la pilosité de son visage fin était encore très incertaine. De la manche droite de son sweatshirt Iron Maiden émergeait une imposante montre à quartz – la même chose indestructible que ses collègues du Choc avaient adoptée en masse, l'année précédente.

Il était assez beau, en fait.

L'ascenseur parvint à destination et Perrin sortit le premier. « Rentre chez toi, on va venir te voir, dit-elle en appuyant elle-même sur le bouton de l'étage supérieur. C'est quoi, ton nom ?

– Pascal, fit-il, avant de comprendre et d'ajouter : Gendron. »

Elle rejoignit Perrin sur le palier et vit qu'il avait dégainé son revolver. Comme nombre de vieux boiteux, il était resté fidèle au Manurhin MR 73 à canon court, qui avait équipé l'administration au temps de sa superbe, en remplacement du pauvre « cure-dent » de 7,65 mm. En dépit de sa puissance d'arrêt colossale, certains fonctionnaires reprochaient à l'arme sa capacité restreinte, surtout par rapport au MAB qui pouvait emporter quinze cartouches. Les agents habitués au Manurhin réfutaient volontiers cet argument : « Il suffit d'une balle pour toucher un homme, disaient-ils, deux, si l'on manque de chance ; s'il en faut trois, on doit changer de métier. »

La porte n'était pas verrouillée. Elle sortit son propre automatique – elle avait toujours préféré le MAB – et prit autoritairement la tête des opérations.

*

Perrin ne s'expliquait pas pourquoi les gens de la jeune génération étaient si grands ; avec les années, il se sentait rétrécir.

Lassauve semblait s'intéresser beaucoup au jeune voisin de Féron qui, lui, gardait les yeux baissés sur les grosses chaussures de sport de l'inspectrice. Perrin considéra l'image du troupier, sur le chandail du môme, hussard ou lancier de la cavalerie britannique, qui s'était manifestement relevé d'entre les morts ; sabre au clair, il était peut-être le dernier de la brigade légère. « L'armée chargeait tandis que le monde s'interrogeait », avait écrit Tennyson à propos de l'absurde carnage.

Le mécanisme claqua sinistrement, au-dessus de leurs têtes, et la cabine eut un soubresaut. À ce moment, le môme releva la tête et sourit vaguement à Lassauve. Perrin songea à l'apparence physique de sa coéquipière ; elle n'était pas son type de femme – il gardait un faible éternel pour Simone Simon, chez Renoir et, surtout, chez Jacques Tourneur – mais il imaginait sans peine qu'elle plaisait aux hommes, en tout cas ceux que les gabarits athlétiques ne rebutaient pas. (Non plus que les peaux café au lait.)

L'ascenseur atteignit poussivement le sixième étage et Perrin fut soulagé de s'engager dans le couloir. Un réseau de tuyaux et de câbles électriques courait le long du mur bleu canard, quelques centimètres sous le plafond.

Il dégaina son arme avant d'arriver à la porte blindée, et vit que cette dernière n'était pas complètement fermée. Il repoussa prudemment la masse d'acier. Derrière lui, la cabine reprenait son ascension.

L'entrebâilleur n'était pas enclenché, et la porte se laissa ouvrir en grand. Perrin laissa sa coéquipière faire son numéro dans l'appartement ; pour sa part, il était sûr qu'il ne s'y trouvait plus personne.

Il rengaina son revolver et s'accroupit devant la dépouille de son camarade, qui gisait à plat ventre sur le carrelage. Par acquit de conscience, il chercha un éventuel pouls, qu'il ne trouva pas. Il ne put s'empêcher de remarquer l'affreux clown, sur le réfrigérateur, au dessus de la tête du mort – il détestait Buffet.

Il soupira, puis laissa ses yeux s'imprégner des détails de la scène. Féron avait dû opposer davantage de résistance que ses prédécesseurs ; la première balle devait avoir manqué le cœur, pas la seconde, qui avait achevé le pauvre commissaire alors qu'il rampait sur le carrelage, laissant derrière lui de distinctes traînées écarlates.

*

Louise laissa son coéquipier dans la cuisine et traversa le salon, son automatique pointé à quelques pas devant elle. La petite pièce était dominée par une bibliothèque très largement fournie. Pas d'éditions de luxe ou de grands formats, rien que des livres de poche aux dos racornis à force d'avoir été ouverts, qui se serraient sur les étagères en rangées multicolores.

Son regard continuait de traquer l'anomalie, l'indice susceptible de révéler une présence étrangère dans l'appartement. Elle inspecta les toilettes et s'attarda sur le dessin punaisé au revêtement de liège, au-dessus de la chasse d'eau : une jeune femme aux cheveux très noirs y était représentée, en jean et tee-shirt, exagérément filiforme. Elle lut : Annabel, 1960.

La salle de bains était vide, comme les chambres, dont l'une avait manifestement servi de débarras. Elle remarqua une grosse caisse à outils demeurée ouverte, quelques paires de chaussures de ville très usées, dont le cuir était devenu cassant à force de s'être rigidifié, une impressionnante collection d'*Action automobile* et d'une autre revue de petit format qu'elle ne connaissait pas : *Planète*. Un grand nombre de bouteilles du même vin rouge étaient stockées dans des cartons et sur un présentoir en fer, près de la porte. Un imperméable élimé, pratiquement identique à celui de Perrin, reposait négligemment sur une vieille cantine militaire.

Personne ne s'était caché dans le placard de la chambre à coucher. Elle rengaina son MAB, fit le tour du lit étroit et ouvrit la fenêtre, qui donnait sur la cour. Elle se pencha et vit l'Alpine, à l'aplomb, garée devant celle des trois entrées qui était la plus éloignée du porche. Les mégots s'accumulaient sur la saillie de béton moussue, au-dessus du perron. Elle cracha son chewing-gum.

Quand elle revint dans la cuisine, Perrin avait remballé son artillerie et s'était accroupi devant le cadavre ; il avait chaussé de grosses lunettes à monture d'écaille. Un instant, elle crut le voir sourire. Elle s'approcha et le sourire s'effaça – ou peut-être qu'il n'avait jamais été là.

Un abominable clown était dessiné dans le même style qu'Annabel, juste au-dessus de la tête de Féron, qui s'était traîné sur le sol avant de mourir au pied du réfrigérateur. Le sang du malheureux boiteux mouchetait le mur, au-dessus de la gazinière et du minuscule évier. Ils allaient devoir récupérer les ogives – le boulevard Soult ne disposait pas d'experts en balistique à proprement parler, mais il s'y trouvait des armuriers plus que compétents.

« Est-ce qu'il vivait seul ? demanda-t-elle.

– Bien sûr qu'il vivait seul.

– Vous savez s'il avait travaillé avec les deux autres ?

– Le Bars et Lecornu ?

– Oui.

– S'il l'a fait, ce n'était certainement pas de gaieté de cœur.

– Mais ce n'est pas inconcevable ?

– Bien sûr que non.

– Comment on pourra savoir ça ? »

Il s'agaça : « En allant fouiller aux archives », dit-il sur le ton de l'évidence.

Elle ne se laissa pas démonter. « En tout cas, il n'y a pas eu d'effraction, cette fois. »

Il n'émit qu'un grognement.

« Il a peut-être ouvert à son assassin », reprit-elle. Elle attendit que le vieil ours fît un commentaire, en vain. Elle tourna son regard en direction de la fenêtre, et de la façade en vis-à-vis : là, elle reconnut Pascal, qui les observait depuis son propre appartement, à l'étage supérieur, le dernier de l'immeuble. Se sachant repéré, le jeune homme s'écarta promptement de la vitre. « Vous ne croyez pas que le tueur a fait exprès d'attirer l'attention des voisins ? fit-elle en revenant à son partenaire. Les stores sont restés ouverts. » Encore une fois, il resta silencieux. Il s'était relevé mais demeurait face au mort, et elle commençait à croire qu'il se fichait complètement de ce qu'elle disait.

« Allez parler au môme, dit-il.
– Je vais vous aider ici, d'abord.
– Ce n'est vraiment pas la peine. » Elle se demanda soudain si Laffont avait établi une hiérarchie claire entre eux. « Allez-y », reprit-il.
Le vieil ours pouvait avoir une certaine autorité, il fallait en convenir.

Louise parvint au septième et s'engagea dans le couloir, à droite de l'ascenseur, cette fois. Elle vérifia le nom, écrit à la Dymo, et pressa la sonnette. Pascal ouvrit presque immédiatement.
« Je peux entrer ?
– Oui, bien sûr. » Il s'écarta pour la laisser passer.
La cuisine était un double symétrique presque exact de celle de Féron La seule différence visible résidait dans le damier du sol : ici, les carreaux orange alternaient avec les blancs ; ils étaient bleus chez le policier. Elle se rendit à la fenêtre et créa des interférences en passant devant la petite radio. « C'est de là que tu matais ?
– Oui », fit-il, légèrement mal à l'aise.
En face, Perrin avait déserté la cuisine. « T'as d'autres pièces qui donnent dans son appart' ?
– Non, il y a que celle-là ; après ça fait un angle.
– Il y a quelqu'un qui habite en dessous ?
– De chez Féron ?
– D'ici.
– Non, je crois que l'appartement n'est pas loué. »
Les gens du cinquième étaient trop bas pour avoir assisté à la scène, mais d'autres voisins avaient peut-être entendu quelque chose : elle devrait aller vérifier. Elle posa une fesse sur le radiateur en fonte, sous la fenêtre. Ainsi postée, elle pouvait guetter le retour de son coéquipier dans la cuisine. « Tu le connaissais comment, Féron ?

– Comme ça ; on discutait. » Elle percevait une certaine fébrilité dans ses réponses, comme s'il tenait sur l'adrénaline.

« Vous discutiez de quoi ?

– D'un peu de tout ; beaucoup de science. Il ne sortait pratiquement plus de chez lui, alors je lui faisais ses courses. On jouait aussi aux échecs. »

Elle détourna son regard du cadavre. « Je peux te demander un verre d'eau ?

– Heu... oui, bien sûr. »

À la radio, Scorpions entama *Love affair*, probablement pour la dixième fois de la journée. Le groupe allemand chantait en anglais et elle ne comprenait rien aux paroles. Elle n'aimait pas les slows des groupes de hard rock : c'était toujours de la soupe.

« J'ai que de l'eau du robinet, par contre, fit-il.

– C'est très bien. »

Il remplit un grand verre, qu'elle but d'un trait. Le chinon lui était resté sur l'estomac, et elle se sentait déshydratée.

« Vous en voulez encore ? »

Elle lui sourit. « Non, merci. Je peux fumer ?

– Oui, bien sûr. »

Elle alluma une clope, souffla la fumée et baissa les yeux sur le zombie fétiche d'Iron Maiden, passablement délavé. « T'as quel âge ? »

Il mit quelques instants à se le rappeler : « Vingt-cinq.

– T'habites ici avec ta copine ?

– Non, je... j'ai pas de copine.

– C'est à qui, les culottes, dans la salle de bains ? » Elle avait remarqué l'étendoir en entrant.

« C'est à ma sœur. Elle s'est séparée de son mec alors je l'héberge.

– Et elle, elle a rien vu ?

– Non, elle est pas là, elle bosse.

– Elle fait quoi ?

– Elle est médecin.
– Généraliste ?
– Non, elle... est interne en chirurgie. »
Elle hocha la tête : ce n'était pas rien. « Ici ?
– Oui, au CHU.
– C'est ta grande sœur ?
– Oui.
– Et toi, tu fais quoi ?
– Je suis dessinateur. »
Elle lui lança un regard interrogateur. « Pour la pub ?
– Non, je fais de la bande dessinée. »
Elle sourit. « T'es un artiste, alors ?
– Je sais pas si on peut dire ça.
– Tu bosses où ? Ici ? »
Il acquiesça. « Dans ma chambre. »
Elle tira une nouvelle bouffée. « Ça va, c'est pratique.
– Oui. » Elle croyait déceler chez lui un abattement grandissant. Elle jeta un nouveau coup d'œil à l'appartement de Féron : Perrin n'avait toujours pas reparu. Elle se demanda ce qu'il pouvait bien foutre.

« Excusez-moi, je me sens pas très bien. »

Elle eut l'impression qu'il était sur le point de défaillir. Elle quitta le radiateur. « Ça va pas ? Tu veux t'asseoir ? » Elle vint à son secours au moment où ses jambes le lâchaient. Elle soutint son poids et l'assit par terre, au pied de l'évier, tâchant de ne pas le brûler avec le bout de sa cigarette.

« Eh ! » Elle s'était accroupie face à lui. Son visage était blême ; il suait à grosses gouttes et semblait totalement privé d'énergie. « Ça va ?
– Oui... Pardon.
– C'est la vue du sang. Tu veux manger quelque chose ?
– Non, ça va aller.
– T'es sûr ?

– Oui. Je vais aller m'allonger un peu si vous avez plus de questions à me poser. »

Elle sourit. « Non, j'ai fini. » Elle ajouta : « Je vais juste prendre ton numéro de téléphone. »

Elle fit attention à ne pas marcher sur les planches de bande dessinée qui jonchaient la moquette, dont certaines avaient été passées à l'encre. La chambre était imprégnée d'une forte odeur de laque à cheveux – le produit devait être d'une utilité quelconque à son travail, pensa-t-elle, car il ne s'en servait manifestement pas pour la coiffure. Elle l'aida à s'allonger sur son lit – un vieux matelas posé à même le sol – et glissa l'oreiller sous sa tête.

Au pied de l'imposante table à dessin, elle remarqua une série de portraits de jeunes femmes, vraisemblablement réalisés d'après nature ; modèles professionnels ou petites amies, la plupart des filles étaient nues.

En seulement quelques traits de crayon, le réalisme était prodigieux.

*

Perrin reconnut les deux aquarelles de Tavernier, de part et d'autre de la bibliothèque, qui devaient avoir une certaine valeur. Il parcourut les rayonnages de livres ; il y avait, en vrac : Lévi-Strauss et ses *Tristes tropiques*, Zweig et Freud, Tocqueville – bien sûr –, Schoendoerffer : *La 317e Section* – il se rappelait avoir beaucoup aimé Bruno Cremer dans le film –, *Histoire d'O* et toute la série des Frison-Roche ; il fut surpris de trouver Einstein : *L'Évolution des idées en physique*, et quelques ouvrages plus ésotériques, dans le genre du *Matin des magiciens*. Évidemment, quand on était dans la condition de Féron, il fallait bien passer le temps.

Son regard se posa sur *Les Récits de la demi-brigade*, qui était le livre de chevet de l'ancien commissaire. Il s'empara du Giono et feuilleta les premières pages : « J'eus ce soir-là des démangeaisons dans la poignée de mon sabre. » Il connaissait le recueil de nouvelles par cœur ; le vieux capitaine de gendarmerie Langlois y traquait les ennemis de la toute jeune monarchie constitutionnelle avec un style encore très dragon. C'était fameux.

Il repensa à sa coéquipière : elle-même paraissait avoir des démangeaisons dans la crosse de son pistolet. Il referma le livre et s'assit dans le canapé ; il venait de prendre conscience d'un fait tout simple : la jeune femme devait être foutument douée, pour avoir réussi à berner la bande à Aubert – était-elle, en réalité, celle qui avait flingué le chef terroriste ? Il se mit à jouer avec l'idée ; sans savoir pourquoi, elle ne lui semblait pas invraisemblable. Quoi qu'il en soit, il n'était sans doute pas très futé de négliger ses compétences : déjà, au restaurant, elle n'avait pas manqué de poser les bonnes questions.

Il crut entendre la respiration sifflante de Féron, en provenance de la cuisine. Ce devait être la cabine d'ascenseur qui redescendait.

Il aurait voulu être déjà dans la voiture.

*

Est-ce qu'il dormait ? Un instant, Louise observa le visage du vieil homme, les poils de sa barbe naissante, aussi blancs que ses cheveux, qu'il portait étonnamment longs. Il était assis sur le divan du salon, les mains croisées sur un livre. Elle baissa les yeux sur ses chaussures, les mêmes vieilles tatanes à grosses semelles crantées qu'elle avait vues aux pieds de son grand-père, quand elle était petite fille. Son sang ne fit qu'un tour quand elle imagina qu'il pût avoir rendu son dernier souffle. « Qu'est-ce que vous foutez ? » demanda-t-elle.

Perrin ouvrit les yeux ; à présent, il semblait tout à fait réveillé. « Ce n'est pas la peine de crier, je vous entends. Pour répondre à votre question, je réfléchis.

– Vous réfléchissez à quoi ?

– Aux différents scénarios pour le futur. Vous avez interrogé le môme ?

– Dites-moi d'abord ce que vous avez trouvé.

– Rien d'intéressant. » Il se redressa et posa le bouquin à côté de lui. « Mais notre homme a passé un moment ici, avant ou après avoir liquidé Féron.

– Qu'est-ce qui vous fait dire ça ?

– L'odeur de cigarette. Féron ne fumait plus depuis longtemps, on lui avait enlevé un poumon. C'est pour ça qu'il avait pris une retraite anticipée. »

Le soleil réussit à percer les nuages et vint illuminer la façade, par-delà la fenêtre.

« Je vais aller sonner aux portes, dit-elle, demander si quelqu'un a entendu quelque chose.

– Laissez, c'est le travail de la PJ, maintenant. J'ai prévenu la brigade criminelle, elle est en route, elle sera ici dans une demi-heure. »

Elle vit le vieux téléphone de bakélite posé sur le guéridon, à côté de l'accoudoir. « Et les balles ? Le calibre ?

– On n'entre plus dans cette foutue cuisine. Il se releva en prenant appui sur ses cuisses. On a déjà suffisamment pollué la scène de crime. »

*

Perrin prit l'escalier plutôt que l'ascenseur, qui ne lui inspirait pas confiance. Lassauve en profita pour le précéder dans la cour de l'immeuble et s'installer au volant de la voiture. Si elle préférait conduire, il n'allait pas s'en plaindre ; de bon gré, il prit la place du mort.

La jeune femme avait reculé le siège baquet de vingt bons centimètres. Elle démarra, et le grondement des pots d'échappement se répercuta en écho sur les quatre faces du bâtiment. « Où est-ce qu'on va ? » demanda-t-elle. Elle avait chaussé une paire de lunettes de soleil d'aspect militaire, le genre de modèle qui était très en vogue chez les jeunes flics.

« Vous allez me déposer aux archives, dit-il. Que je vérifie tout ça.

– Je viens pas avec vous ? »

Il pouvait presque la voir se rembrunir, derrière ses verres teintés. « Que je sache, vous n'avez pas encore l'habilitation. » Il ajouta : « Je vous tiendrai informée.

– O. K. », finit-elle par lâcher. Elle agrippa le volant d'une main, porta son regard en direction de la lunette arrière – à travers laquelle il était quasiment impossible de voir quoi que ce soit, tant elle était étroite – et entama une marche arrière rugissante. Elle ne ralentit pratiquement pas pour passer le porche.

Lassauve s'engagea dans la rue à sens unique, au pied de l'immeuble, et pila derrière un camion poubelle. « Merde, j'aurais pas dû faire ça. » Elle jeta un regard entre les appuie-tête, envisageant de reculer jusqu'au croisement le plus proche, mais d'autres voitures s'étaient déjà engagées dans la rue et leur bloquaient le passage.

Faute de pouvoir s'extraire de la circulation, elle joua avec la commande électrique de sa portière, s'employant à modifier l'orientation des rétroviseurs extérieurs. Maintenant qu'il était simple passager, Perrin sentait le sommeil le gagner, légèrement hypnotisé par l'infatigable rotation du compacteur d'ordures, devant eux.

« Quelle couleur, la R18 ? »

– Pardon ? » Il dut lutter pour ramener son esprit à la réalité.

« En bas de chez Le Bars. »

Il se souvint qu'il avait mentionné ce détail pendant la réunion. « Verte.

– Regardez dans le rétro. »

Il inclina le buste pour tenter de corriger l'angle de sa vision, dans le miroir, mais il fut incapable de localiser la moindre voiture suspecte. « Où ça ?

– En dernière position, dans la file. » Il s'apprêtait à se retourner quand il sentit la main de Lassauve se refermer sur son bras. « Ne faites pas ça. »

Elle avait raison, évidemment ; le meurtrier, si c'était lui, ne savait probablement pas que la police disposait d'une description de son véhicule. « C'est une Renault 18 ? »

Elle hocha la tête : « Vous croyez que c'est lui ? demanda-t-elle.

– Je n'en sais rien. Vous voyez son visage ?

– Pas à cette distance, non.

– Si c'est lui, alors il était peut-être encore chez Féron quand on est arrivés. » Il tenta de réfléchir. « Il nous a peut-être entendus arriver dans la cour. Il nous a vus nous garer et il s'est réfugié quelque part ailleurs dans l'immeuble. » Il se rappela soudain la respiration sifflante. « Est-ce que vous avez pris l'ascenseur pour redescendre de chez le môme ?

– Non. »

Devant eux, le camion reprit sa route pour s'arrêter un peu plus loin. La file de voitures suivit docilement, et Perrin se demanda si la Renault les avait repérés ; l'Alpine était foutument basse, évidemment, mais le gyrophare et la grande antenne devaient demeurer visibles, à travers la succession de pare-brise.

La voiture s'était-elle engagée dans la rue après les avoir vus quitter l'immeuble ? Est-ce qu'elle avait guetté leur sortie ? Avait-elle l'intention de les suivre ? Il n'imaginait pas son homme tenter de les coincer pour les abattre en pleine rue – ou alors, il se trompait lourdement sur son identité.

Les éboueurs regagnèrent leurs marchepieds, de part et d'autre du compacteur, et le plus râblé des deux siffla pour faire repartir le camion ; à la queue leu leu, les voitures reprirent leur lente procession. « Je n'aime pas l'idée qu'il puisse venir nous coller au cul », dit Lassauve comme pour faire écho à ses propres pensées. « Je vais essayer un truc. » Elle fit monter deux de ses roues sur le trottoir, à gauche de la rue, et enclencha ses feux de détresse.

« Qu'est-ce que vous faites ? » demanda-t-il. Elle ne répondit pas et tira sur la manette de déverrouillage du capot. Devant eux, le camion s'engouffra dans une rue perpendiculaire.

*

Louise saisit le becquet, à l'arrière, et souleva le hayon. Un autocollant Elf crasseux ornait la gamelle de la boîte à air, au-dessus du V6 en porte à faux. Certaines des A310 avaient reçu un moteur un peu plus gros, d'origine Volvo, qui atteignait les 190 chevaux : ce n'était pas le cas de celle-ci.

Les voitures de la file commencèrent à se frayer un passage, à leur droite. Elle fit mine de triturer les carbus.

*

Perrin avait pris la précaution de dégainer son revolver, qu'il maintenait à hauteur des genoux. Les véhicules qui s'étaient trouvés derrière eux les avaient déjà tous doublés ; seule la Renault 18 demeurait immobile, dans la glace du rétroviseur, répugnant manifestement à couvrir les cinquante mètres qui la séparaient encore de l'Alpine.

L'instinct, pensa-t-il, qui faisait savoir à son conducteur que quelque chose clochait.

La Renault commença à reculer. « Lassauve ! » fit Perrin, tâchant de se faire entendre par-dessus le ralenti du moteur. L'inspectrice tournait le dos à la voiture, mais elle devait avoir compris qu'il y avait un problème. Elle rabattit la lunette avec un bruit sourd qui le fit sursauter : il prit soudain conscience de son propre état de tension.

« Il a tourné dans la rue derrière, dit-il comme elle se rasseyait au volant.

– Je sais, j'ai vu.

– Il ne s'est pas laissé prendre au piège.

– Non. » Elle déroula sa ceinture de sécurité. « Attachez-vous. »

Elle quitta le trottoir sans ménagement et recula en faisant crisser les pneus.

Perrin se dit que la ceinture était une fameuse idée. Lassauve accélérait fort, freinait plus fort encore et traçait ses trajectoires à grands coups de volant brutaux. Elle avait enclenché la sirène et tentait de se rapprocher de la Renault, qui n'avait pas tardé à réapparaître dans la circulation.

« Il va prendre la nationale », dit-il. Ils avaient atteint les faubourgs et circulaient désormais sur une voie prioritaire. Lassauve franchit la ligne continue et accéléra pour doubler d'un seul coup une demi-douzaine de véhicules, avant de s'engager sur un sens giratoire à une vitesse proprement effrayante – comment la voiture ne partait-elle pas en tête-à-queue, dans ces conditions ? Derrière les sièges, le moteur vrombissait d'une façon inédite et semblait ne plus vouloir s'arrêter de pousser. Perrin pensa que la voiture de course avait fini par trouver son pilote ; en tout cas, elle faisait montre de ressources qu'il ne lui avait pas soupçonnées.

Il ferma les yeux, à peine quelques secondes, pour tenter d'apaiser son rythme cardiaque.

En dépit du savoir-faire de sa partenaire – le Choc, quelle unité, tout de même ! –, la Renault avait habilement manœuvré dans les rues de la ville et avait réussi à conserver une bonne partie de son avance ; la situation, cependant, allait inévitablement changer : ils s'étaient enfin extraits des faubourgs et l'Alpine, beaucoup plus puissante que sa devancière, gagnait inexorablement du terrain.

Les voitures dépassèrent un embranchement et s'engagèrent dans une courbe rapide ; pour un instant, Perrin suivit des yeux la route secondaire qui s'écartait en direction des bois, à leur droite. « Merde ! » fit Lassauve. Il fut projeté en avant par le coup de frein, et fut heureusement retenu par sa ceinture. Tout d'abord, il ne comprit pas pourquoi la Renault ne se trouvait plus devant eux ; il vit alors que la voiture avait franchi le talus : apparemment, le conducteur s'était mis en tête de traverser l'étendue de terrain qui séparait les deux routes.

Lassauve se déporta sur le bas-côté et termina d'immobiliser l'Alpine. Elle devait avoir laissé une quantité non négligeable de gomme sur le bitume. Perrin jeta un regard à sa coéquipière, qui gardait ses mains sur le volant ; elle répugnait manifestement à tailler dans l'herbe. À sa décharge, la voiture de course s'y trouverait inévitablement moins à l'aise que la Renault.

« On n'a pas la garde au sol », dit-il tandis que le fuyard atteignait sans encombre la route secondaire. Lassauve se mordit les lèvres, et Perrin réfléchit à la situation. Il ne leur était pas possible de faire demi-tour, à cause de la glissière qui délimitait les voies de circulation ; la seule solution consistait donc à demeurer sur le bas-côté et à reculer jusqu'à l'embranchement. Il enjoignit sa partenaire de ne pas perdre de temps.

*

Louise devait reconnaître que le conducteur de la R18 avait bien joué ; il savait se servir d'un volant, c'était entendu, mais il avait également fait preuve d'une remarquable intelligence de la route. Déjà, en ville, il avait utilisé la circulation à son avantage pour reprendre constamment du terrain à l'Alpine, et elle avait dû lutter pied à pied pour ne pas se laisser distancer. Plus elle y pensait, et plus elle se disait que ça sentait la formation administrative à plein nez – non qu'elle eût le loisir de se préoccuper de cette donnée pour l'instant. La voiture de police, en effet, raclait horriblement la terre, et les roues motrices ne cessaient de vouloir décrocher.

Elle n'avait pu faire autrement que de saisir la première occasion de s'opposer à Perrin, après la visite calamiteuse à l'appartement de Féron, où le vieil inspecteur s'était assez ostensiblement débarrassé d'elle.

Elle n'avait pas l'habitude des enquêtes de police, c'était entendu ; pour autant, elle ne pouvait accepter de se laisser mettre sur la touche. Elle devait prendre des initiatives, et cesser de se ranger continûment à l'avis de son coéquipier ; jamais elle n'obtiendrait la moindre confidence de sa part si elle ne trouvait pas rapidement l'occasion de forcer son estime. Elle *devait* faire passer la voiture.

L'Alpine perdit définitivement son adhérence au bout d'une trentaine de mètres dans les herbes hautes. « Chier », dit-elle pour dire quelque chose.

*

« Chier », dit sa partenaire. C'était peu dire qu'elle semblait contrariée, et Perrin jugea prudent de ne pas en rajouter. Au loin, la Renault avait repris de la vitesse et n'était plus qu'une maigre silhouette ; encore quelques instants et elle se laisserait avaler par les bois.

Lassauve entrouvrit sa portière pour se faire une idée de la situation, sous le ventre de l'Alpine ; elle écrasa l'accélérateur, faisant patiner ses roues motrices, d'abord en avant, puis en arrière. La voiture de course consentit alors à reculer, très lentement. Les pneus étaient près de fumer quand ils reprirent enfin contact avec l'asphalte.

Lassauve remonta la longue courbe en marche arrière, à cheval sur le bas-côté ; pour une fois, Perrin considéra favorablement la quantité de décibels émis par la sirène, alors que les automobilistes arrivaient à très grande vitesse, dans leur dos. Il fut extraordinairement soulagé quand la voiture atteignit enfin l'embranchement.

L'inspectrice s'engagea sur la route secondaire et accéléra, poussant chaque rapport jusqu'à la limite du surrégime. Elle traversa la petite forêt à fond de quatrième, à plus de deux cents kilomètres-heure. Perrin ne se souvenait pas avoir déjà roulé à une telle vitesse : le souffle du vent, contre le pare-brise, était effroyable.

Ils ne croisèrent aucune route, aucun chemin que la Renault eût été susceptible d'emprunter. Ce n'est qu'en atteignant la lisière des bois qu'ils stoppèrent à un premier croisement en T. Perrin porta son regard aussi loin que possible, dans les deux directions, sans être capable de distinguer aucune voiture.

« À gauche ou à droite ? demanda Lassauve.

– Je ne sais pas... À droite ? » Ils n'avaient plus qu'à s'en remettre au hasard. Elle repartit en faisant chasser le train arrière.

L'état de la route, plus étroite et moins bien entretenue, ne refroidit pas les ardeurs de sa coéquipière. Perrin chercha la voiture sur chacun des chemins de terre qui s'enfonçaient régulièrement dans la forêt, à sa droite. Il espérait qu'aucune machine ne déboucherait des voies de débardage ; à cette vitesse, ils auraient été incapables d'éviter l'accident. Un cours d'eau – quelque chose comme un canal de navigation – s'écoulait à leur gauche, en contrebas de la route ; bientôt, ils franchirent un premier pont.

« Là ! » fit-il. Il venait de repérer la Renault, immobile, au pied d'une vieille maison d'éclusier. Lassauve écrasa le frein et recula ; au passage, elle manqua de s'emplafonner une petite Simca qui alla rejoindre un champ d'orties, en bordure de la chaussée.

« Où ça ? » fit-elle en arrivant à hauteur de la maison. La voiture avait disparu. Il espéra qu'il ne se l'était pas simplement imaginée. « Elle était là, sous les fenêtres. »

Lassauve recula encore, jusqu'au seuil du pont : ils virent alors la Renault qui s'éloignait rapidement par le chemin de service, le long du cours d'eau, pour disparaître à nouveau. L'inspectrice quitta la route, à l'angle du pont, et contourna la barrière qui fermait l'accès aux berges – est-ce qu'elle avait réellement hésité à passer en dessous ? La voiture de course racla le talus avec un bruit hideux mais, cette fois, ne se laissa pas arrêter.

Lassauve rejoignit l'écluse, au bas de la pente, et s'engagea sur ce qui était sans doute une ancienne voie de halage. La bande de bitume, entre les hautes broussailles et le canal, était tout juste assez large pour contenir le train arrière de l'Alpine. À cet endroit, le six cylindres se trouvait de nouveau libre de pousser ; Perrin agrippa l'accoudoir tandis que sa partenaire accélérait jusqu'à atteindre une vitesse qui lui parut rien moins qu'indécente, dans ces conditions. Il lui semblait qu'ils avaient franchi le seuil au-delà duquel le monde commençait à perdre de sa cohérence.

La Renault reparut plus vite qu'ils ne s'y attendaient, à la sortie d'un virage masqué, et Lassauve dut presque se mettre debout sur la pédale de frein pour éviter de percuter sa devancière ; l'Alpine se mit à remuer dangereusement du postérieur, et Perrin crut un instant qu'ils allaient terminer leur course dans l'eau.

« Ce serait peut-être le moment de vous servir de votre arme », fit l'inspectrice, tandis qu'elle laissait l'écart se creuser graduellement entre les deux voitures. Dans l'urgence, il chercha vainement la manivelle, sous la vitre de sa portière, et perdit plusieurs secondes à tenter de retrouver la commande électrique ; quand il se rappela enfin son emplacement, sur la console centrale, il était trop tard : devant eux, la voie s'écartait déjà de la berge et remontait vers un nouveau pont. Sa fenêtre de tir était passée. C'était la seconde erreur grossière qu'il commettait depuis qu'il s'était installé sur le siège passager, et il s'en voulait de paraître aussi balourd.

À l'extrémité du chemin de service, la Renault reprit la route sous le nez de quelques véhicules qui s'apprêtaient à franchir le pont ; la première voiture pila, la deuxième voiture s'encastra dans la première, qui se mit en travers du pont, une troisième heurta le parapet, qui acheva de bloquer le passage. « Merde », fit l'inspectrice en stoppant l'Alpine. Par-delà l'amas de tôles froissées, elle suivit des yeux la course de la Renault qui disparut bientôt de leur champ de vision. Perrin jeta un coup d'œil au rétroviseur de sa portière : ils n'avaient d'autre choix que de faire demi-tour et de reprendre les bords du canal, quand bien même ils risquaient de perdre définitivement la trace du fuyard.

À son grand étonnement, Lassauve quitta la voie de service et s'engagea sur la petite route, dans le sens opposé à celui de la Renault. « Qu'est-ce vous faites ? demanda-t-il.

– Il faut qu'on trouve un autre pont », dit-elle en prenant de la vitesse.

C'était une foutue acharnée ; lui-même était à bout, et il se dit qu'il ne pourrait en supporter davantage. « Doucement, fit-il, on est à contresens, là ! Ralentissez ! » La route longeait une nouvelle parcelle de forêt, à leur droite, et décrivait un large cercle. Perrin porta son regard aussi loin que le lui permettait le rayon de la courbe, espérant qu'ils ne tarderaient pas à atteindre un nouveau croisement ; s'il arrivait autre chose qu'une voiture, ils n'auraient pas la place de passer. Un antique Berliet surgit alors du virage pour se présenter face à eux, obligeant Lassauve à freiner si fort qu'elle bloqua ses roues, évitant de justesse la collision frontale avec l'énorme camion.

Perrin sentit ses nerfs qui commençaient à le lâcher ; l'affreux crissement de pneus continuait de résonner dans sa tête, comme en écho. Il éleva la voix : « Ça suffit, maintenant, garez-vous ! » Plutôt que d'obtempérer, elle recula de quelques dizaines de mètres, scrutant les bois, et engagea la voiture sur un chemin forestier. « Je vais essayer par là », dit-elle.

Perrin coupa la sirène, singulièrement incongrue en ce lieu, et le silence soudain l'apaisa. C'était comme si les bois absorbaient tous les bruits superflus. Tandis que l'Alpine avançait à vitesse réduite, il saisit le combiné de la radio de bord et appuya sur le bouton : « Central, de Perrin, fit-il.

– Central, j'écoute.

– Ah, Victor, il faudrait lancer un avis de recherche pour une Renault 18, verte...

– Turbo, le coupa Lassauve.

– Une Renault 18 turbo, verte, immatriculée 2124 RL 64, aperçue pour la dernière fois... – il consulta la montre, sur la console centrale – à seize heures trente, aux environs de Meaux, avec à son bord un individu probablement armé et extrêmement dangereux.

– C'est tout ? »

Il s'abstint d'ajouter que l'homme était en fait l'assassin présumé des commissaires Le Bars, Lecornu, et Féron : la nouvelle de leur mort n'avait pas encore été communiquée au reste de la maison. « C'est tout.

– D'accord, je transmets.

– Merci, Victor. » Il raccrocha le combiné et défit sa ceinture de sécurité. Il actionna l'interrupteur, derrière le cendrier, et fit descendre la vitre de sa portière : il éprouvait un intense besoin de respirer un peu d'air frais.

Était-ce parce qu'ils étaient contraints de maintenir une allure extrêmement réduite ? Il avait l'impression que le temps s'écoulait désormais au ralenti. La voiture de course progressait entre les hêtres et secouait ses passagers en cadence ; devant eux, le chemin semblait se prolonger sans cesse, comme s'il ne devait jamais avoir de fin. Perrin jeta un regard à sa partenaire : elle-même semblait avoir abandonné tout espoir de reprendre la poursuite.

Un chevreuil bondit soudain en travers du chemin, à quelques mètres du capot ; Lassauve retira son pied de l'accélérateur et laissa la voiture s'arrêter toute seule. Elle sembla un moment hypnotisée par la course de l'animal, qui disparut bientôt dans l'épaisseur de végétation. « J'ai lu quelque part que ces machins-là pouvaient courir à cent kilomètres-heure, dit-il, presque aussi vite qu'un guépard.

– Hmm, fit-elle, l'air de s'en foutre.

– Allez, sortez-nous d'ici ; qu'on aille boire un coup. »

Perrin saisit sa gabardine et quitta son siège – il s'aperçut qu'il avait les jambes en coton. Ils avaient finalement réussi à s'extraire de la forêt, et ils avaient atteint un genre de gros bourg, dont il n'avait pas remarqué le nom. À sa demande, Lassauve avait rangé la voiture contre le trottoir, devant le bien nommé Auvergnat : spécialités d'aligot, truffade et tripoux. Il enfila l'imperméable et ne put s'empêcher de remarquer l'aiguille, sur le disque du parcmètre, qui leur accordait encore deux bons tiers du temps maximum. Il choisit d'y lire un signe favorable.

Quelques tables avaient été disposées sur le trottoir, devant l'établissement. Il ne faisait sans doute pas tout à fait assez bon pour profiter agréablement de la terrasse mais, après être resté si longtemps captif de l'habitacle étroit, il éprouvait une certaine angoisse à l'idée de s'enfermer à nouveau. Il s'assit face à la rue, sous l'hélice immobile d'un ventilateur encastré dans la vitre.

« Vous ne lâchez pas facilement votre proie, vous », dit-il. Lassauve avait pris la chaise d'en face. Elle ne répondit pas et alluma une cigarette. Elle n'avait pas décroché un mot depuis qu'ils étaient entrés dans la forêt et son visage demeurait fermé derrière ses lunettes noires. « Ne vous en faites pas, reprit-il, on finira bien par le coincer. » Il se surprit à ajouter : « On a le temps.

– Messieurs dames, bonjour. »

L'homme qui se tenait devant eux devait être le patron de l'établissement – l'Auvergnat lui-même. Perrin l'avait vu retenir une jeune serveuse, de l'autre côté de la vitre, quand il s'était installé. « Bonjour, alors, ce sera un petit blanc pour moi, et pour la dame, heu... » Il jeta un regard à sa partenaire, qui leva ses verres teintés vers le bougnat :

« Un café.

– Un blanc et un café », répéta l'homme avant de s'éloigner. Le soleil disparut derrière un nuage, au-dessus d'eux, et Lassauve remonta la fermeture Éclair de son blouson.

« Vous avez entendu ?

– Quoi ?

– Un blanc et un café. (Il souriait.) Quoique dans votre cas ce serait plutôt café au lait.

– Fermez-la, Perrin.

– C'est par votre père ou par votre mère que vous êtes africaine ?

– Pourquoi ? Ça vous dérange ?

– Pas du tout. Je m'intéresse.

– C'est ça.

– Ne vous fâchez pas, je ne voulais pas vous vexer. Je reconnais que ce n'est pas très fin, comme entrée en matière ; c'est juste pour essayer de vous connaître un peu. »

Elle tira sur sa cigarette : elle le regardait comme si elle cherchait à deviner ses intentions. « Par ma mère, fit-elle en soufflant la fumée.

– Vous avez grandi en France, ou...

– Je suis arrivée à douze ans.

– Vous habitiez où ?

– À Paris.

– Et avant ? En Afrique ?

– Fort-Lamy.

– Au Tchad.

– Oui.

– Comment vous vous êtes retrouvée dans la police ? »

Elle haussa les épaules. « J'ai fait mon droit.

– Mais vous auriez pu choisir la PJ ; pourquoi les boiteux ?

– Je ne fais aucune confiance aux juges. »

Cet argument le surprit. Les juges ne méritaient certainement aucune confiance, mais le choix entre les deux administrations relevait d'abord d'une certaine conception des valeurs de la République, et de la façon dont il convenait d'assurer sa pérennité – c'était encore plus vrai depuis que le boulevard Soult avait été contraint de raboter les salaires des nouvelles recrues et de les aligner sur ceux de la PJ : « Vous aviez tout de même des convictions ?

– Bien sûr, fit-elle, et vous, vous en aviez ? » Elle semblait agacée.

« Bien sûr ; en tout cas au début.

– Et maintenant ?

– Maintenant... je suis vieux. Je n'attends que de pouvoir passer la main. Je crois que Laffont sera très soulagé le jour où je prendrai enfin ma retraite.

– Il vous a pourtant confié une enquête particulièrement délicate.

– Une foutue enquête, oui. » Même si ce n'était probablement pas pour les raisons qu'elle croyait. Il fouilla dans la poche de sa gabardine et en sortit sa boîte de Panter ; il aimait fumer après un bon repas, et il n'en avait pas eu l'occasion plus tôt. « Je peux vous emprunter votre briquet ? » Elle lui tendit la flamme du Dupont et il tira sur le cigarillo. « Merci. »

Ils restèrent silencieux un moment. Il remarqua qu'elle avait gardé ses lunettes malgré l'absence de lumière. L'Auvergnat reparut avec son plateau et posa les consommations sur la table : « Un blanc et un café.

– Merci, dit Perrin ; attendez, je vais vous régler tout de suite.

– Laissez, c'est pour la maison.

– Ah ? C'est gentil, ça, merci.

– C'est moi. » Il ajouta : « C'est devenu rare de vous voir vous servir de ces voitures. »

Perrin jeta un regard à l'Alpine, dans le dos de sa collègue. L'inspectrice avait laissé le gyrophare, et le réflecteur continuait de tourner bêtement sous son gros cabochon bleu. « C'est vrai.

– Pour moi c'est un flic, fit Lassauve quand le bougnat eut regagné son établissement.

– Un flic ?

– PJ, RG, DST, peut-être même un gars de chez nous ; en tout cas, il connaissait la musique. »

Il l'observa qui déballait son sucre. Ce n'était vraiment pas mal, et il se dit qu'il ne tarderait plus à la mettre dans la confidence – en fait, dès qu'il se serait assuré de la validité de ses propres soupçons. « Le fort de Gravelle, près du bois de Vincennes, ça vous dit quelque chose ?

– Le fort de Gravelle ? Non, pourquoi ?

– Comme ça, une idée que j'ai eue. » Elle continuait de le regarder sans comprendre. Bien sûr, il eût été surprenant que la jeune génération connût l'histoire. « Je vous en reparlerai demain, reprit-il, il y a encore deux ou trois choses que je dois vérifier aux archives. »

Lassauve écrasa son mégot et le soleil reparut. Perrin ferma les yeux pour éviter d'être ébloui et profita de la chaleur des rayons sur son visage. Il repensa à la petite maison qu'il avait héritée de ses parents, au Croisic, face à l'océan ; cela faisait très longtemps qu'il n'y était pas retourné.

Il devait trouver le temps de dormir un peu.

Paris

Louise avait laissé Perrin à l'entrée de la Cité, boulevard Soult, dont le sous-sol abritait le département des archives.

Elle avait commis beaucoup d'erreurs, lors de cette première journée : à l'évidence, elle s'était tenue trop éloignée du terrain, ces six derniers mois. Malgré tout, son coéquipier s'était progressivement adouci ; elle sentait qu'il commençait à lui faire confiance, et c'était tout ce qui comptait. L'inspecteur ne lui avait pas encore tout dit de ce qu'il avait découvert – pas plus qu'à Laffont, probablement – mais elle avait cependant l'impression qu'il ne tarderait pas à s'épancher. Quelle était donc cette histoire de fort de Gravelle ? Elle se demanda ce qui pouvait le retenir de parler.

Elle songea au rapport qu'elle devrait faire au directeur du service, dès le lendemain matin. Elle serait obligée de lui raconter la façon dont Perrin s'était empressé de prévenir la PJ, depuis chez Féron, au mépris de toutes les procédures internes. Cette enquête dans l'enquête la mettait décidément mal à l'aise, et elle espérait que l'enfoiré ne mettrait pas longtemps à la libérer : en attendant, elle devait s'efforcer de ne penser à rien, sinon à se débarrasser au plus vite de cette *foutue* mission.

Après s'être séparée de Perrin, elle avait rejoint la rue Montéra, toute proche, où se trouvait le garage qui abritait la très grande majorité des véhicules de service. Le bâtiment, d'une surface considérable, avait préalablement servi à entreposer la flotte d'autocars d'une compagnie d'excursions touristiques.

Elle salua le gardien, dans sa guérite, enfonça résolument l'accélérateur et escalada la rampe accolée au mur. L'étage où dormaient traditionnellement les Alpine formait un genre de balcon au-dessus du rez-de-chaussée qui, pour sa part, était dévolu aux plus grosses routières et aux véhicules banalisés – principalement des Estafette d'un bleu Gauloises très reconnaissable, surtout des malfaiteurs.

Elle avança entre deux rangées d'A310 identiques à la sienne, même si beaucoup n'étaient pas en aussi bon état. Les boiteux avaient constitué leur parc de GT à la fin des années 1970 et n'en avaient plus acquis de nouvelles depuis. Les voitures n'avaient pas été ménagées et, faute d'argent pour assurer leur entretien, horriblement coûteux, bien peu d'entre elles se trouvaient encore en état de rouler.

Les pneus couinèrent sur la dalle de béton comme elle manœuvrait pour ranger la voiture entre deux de ses jumelles, au fond du parking, face à l'épave d'un vieux Saviem dont la dernière destination figurait encore au-dessus du vaste pare-brise : Paris. Abandonnant les clés sur le contact, elle quitta son siège et prit le petit escalier en colimaçon, au coin de la dalle, pour rejoindre le rez-de-chaussée.

Une sculpture de cheval en bois peint, grande comme la moitié d'un cheval réel, était suspendue par de longs câbles d'acier sous la verrière sale. Un petit malin avait réussi à se procurer une échelle assez haute pour aller décorer la croupe de l'animal d'un « Mort aux vaches » écrit au pinceau

– peut-être un employé de la compagnie d'autocars, dont le vieux canasson était l'emblème, au moment où la société avait été contrainte de se séparer de ses locaux. Quoi qu'il en fût, personne ne s'était encore risqué à aller effacer l'inscription, ni à décrocher la bête, qui dominait toujours le bâtiment de sa posture bizarrement furieuse.

Une Renault 20 franchit le seuil du garage en allumant ses phares, et la lumière jaune sale l'éblouit. Le conducteur ralentit à sa hauteur et le passager siffla par la vitre ouverte de sa portière. « Beau cul, la panthère !

– Va te faire foutre, dit-elle.

– Quand tu veux, ma grande ! »

La camionnette n'était pas encore prête. L'un des deux frères était venu à sa rencontre, du cambouis jusqu'aux oreilles, et lui avait dit qu'il y en avait encore pour une heure. Il mâchouillait le même genre d'infâmes petits cigares que Perrin.

Après avoir laissé l'Alpine, elle était montée dans l'autobus de la ligne PC et s'était arrêtée devant la vieille gare Masséna, récemment reconvertie en station de RER. (Elle avait remarqué de nombreux autres graffitis, sur les rives de la Seine, tandis qu'ils franchissaient le pont National.) Elle avait pris la rue du Chevaleret pour rejoindre l'atelier mécanique, puis s'était installée au Cosmonaute, sur le même trottoir, en attendant que le travail fût terminé. De sa table, contre la vitre, elle voyait le cul du Dodge qui dépassait du garage. Joël avait surnommé l'engin « le monstre ».

Les deux frères lui avaient été chaudement recommandés par un premier garagiste, spécialiste des 4x4 Toyota, qui avait vu arriver le monstre avec terreur : « C'est américain, ça, c'est pas mon rayon. C'est pas les mêmes pièces, et puis j'ai pas les outils. » Le matin même, elle avait perçu un jeu anormal dans les roues avant, tandis qu'elle rejoignait le boulevard Soult.

C'était l'un des privilèges des boiteux que d'être autorisés à s'approprier les véhicules des malfaiteurs qu'ils avaient encabanés – ou abattus – dès lors que ces derniers s'étaient rendus coupables de délit politique. Louise avait jeté son dévolu sur la camionnette de Jean-Marc Aubert, dont personne n'avait semblé vouloir s'encombrer. Pendant des semaines, elle s'était imaginée sillonner les pistes de brousse à son volant – c'était avant qu'elle ne reçût sa lettre d'affectation.

En d'autres circonstances, elle aurait évité de se montrer au volant de l'engin. L'anéantissement de l'UCP n'avait pas manqué de susciter la colère de quelques fractions maoïstes encore actives, en Allemagne et en Italie, qui n'attendaient peut-être que l'occasion de venger leurs coreligionnaires. D'après ce qu'elle avait appris, cependant, le Dodge n'avait jamais quitté les abords de la ferme d'Aubert où, en plus, aucun des membres de l'organisation n'avait jamais mis les pieds – à part elle et Joël, évidemment, et Benedetti, qui y faisait la popote. Il était donc très improbable que quiconque fût en mesure d'associer le véhicule à l'ancien chef terroriste, et d'identifier sa propriétaire actuelle comme un agent du boulevard Soult.

Tandis qu'ils se rendaient à la cache d'armes à bord de la même camionnette, Aubert lui avait raconté les circonstances de son acquisition. Il l'avait achetée une bouchée de pain aux enfants d'un riche paysan jurassien, à la mort de ce dernier. Le vieil homme avait passé les dernières années de sa vie à vivre comme un *rancher* américain, chapeau de cow-boy compris, et il avait fait venir le véhicule spécialement de Détroit, à très grands frais, pour le plus grand embarras de sa famille. La fille du *rancher*, qui s'était occupée de la vente, avait été très soulagée de se débarrasser de l'encombrant machin ; ils n'avaient pas l'utilité d'un second tracteur, avait-elle fait savoir à Aubert, sans compter que le

Dodge était devenu le symbole gênant des excentricités de leur géniteur auprès des gens de la région.

Après qu'elle avait récupéré le monstre, Louise avait fait repeindre la carrosserie, recouvrant le camouflage d'origine d'un éclatant orange « Omaha ». Encore une fois, elle était partie du principe qu'il valait mieux se faire voir plutôt que de tenter maladroitement de passer inaperçu – surtout à bord d'un tel engin. Pendant sa formation d'agent infiltré, un instructeur lui avait parlé de l'*aposématisme*, qui, dans le monde animal, était le contraire de la dissimulation. Plutôt que de se confondre avec la végétation, certains serpents et batraciens venimeux arboraient des couleurs très vives, qui signalaient aux prédateurs leur extrême dangerosité. Une stratégie mieux adaptée à son gabarit que le travestissement, avait conclu l'instructeur, qui ne croyait pas qu'elle réussirait jamais à passer indétectée : évidemment, elle n'avait rien d'une petite souris.

En dépit de sa taille minuscule, le garage des deux frères logeait simultanément une Fiat 500 Abarth, une Audi Quattro et une De Tomaso d'apparence récente, plus basse encore – et plus large – que l'Alpine – la vraie bête, celle-là. Les frères avaient inspecté les bas de caisse du monstre, entre les énormes roues tout-terrain, et s'étaient penchés sur le *big-block* de sept litres et 180 chevaux ; d'après ce qu'elle leur avait raconté, ils suspectaient un problème d'étanchéité dans les roulements avant : ils changeraient les joints, si nécessaire. Tout serait prêt pour la fin de l'après-midi.

Elle termina sa seconde bière et alluma une clope – la dernière, se dit-elle, avant d'aller récupérer le monstre. Il faisait froid au Cosmonaute, et elle en avait marre d'attendre. Elle aurait voulu être déjà rentrée chez elle. Sans savoir pourquoi, elle repensa au cheval suspendu, sous la verrière, au-dessus du parking de la rue Montéra. Volonté ou maladresse du sculpteur, il y avait quelque chose de dérangeant dans son expression : il avait le regard fou de la bête qu'on mène à l'abattoir, ou de celle qui, irrémédiablement mutilée, tente une dernière fois de se relever après la pluie d'obus.

« Tu cherches quoi ? À rencontrer la mort ? » demanda Grace Jones à la radio, dans un court passage en français. Quelques instants plus tard, la grande chanteuse et son accordéon cédaient la place à – encore – *Love affair*. Comme elle entendait les premières notes des guitares, Louise sentit une effroyable sensation de solitude s'emparer progressivement de tout son être.

« Vous avez le téléphone ? demanda-t-elle au serveur, qui sembla seulement remarquer l'arme qu'elle portait à la ceinture.

– Au sous-sol. »

Elle paya, contourna le bar et descendit l'escalier, si abrupt, étroit et bas de plafond qu'il aurait pu passer pour une bouche de l'enfer. Au bas des marches, l'appareil était à peine séparé des pissotières par un retour du mur. Un casque de moto GPA blanc était posé sur la tablette qui accueillait habituellement l'annuaire. Quelqu'un avait peint une étoile rouge au-dessus de la visière, largement griffée, en même temps que les lettres CCCP. S'il s'agissait là du casque de cosmonaute, c'était un assez piètre hommage aux pionniers soviétiques. Elle inséra une pièce de deux francs dans la fente, sortit la feuille de papier pliée de sa poche revolver et composa les sept chiffres du numéro sur le cadran.

Elle prit de ses nouvelles – est-ce qu'il s'était remis de ses émotions ? – et sut que les flics – ceux de la Crim' – ne lui avaient pas rendu visite. Elle posa quelques questions supplémentaires, pour la forme, et décida de se jeter à l'eau : « Et, heu... en fait j'appelais aussi pour savoir si t'avais envie d'aller boire un verre, ce soir. »

Le jeune homme ne s'attendait pas à une telle proposition, évidemment, et il crut d'abord à une démarche officielle : « Non, non, c'est juste comme ça, s'empressa-t-elle de corriger. Oui, comme ça, pour discuter. » Elle avait conscience d'agir à l'encontre des règles les plus élémentaires de la déontologie. « C'est juste pour faire connaissance », fit-elle en souriant au casque.

Elle lui proposa de venir le chercher en bas de chez lui – elle serait là dans une petite heure.

Elle attendit encore trois quarts d'heure, le temps de fumer plusieurs autres cigarettes, appuyée à une vieille pompe Antar, sur le trottoir. Elle observa les frères purger les différentiels du monstre et remplacer le chocolat au lait qui en sortait par de l'huile authentique. Ils s'étaient occupés de nettoyer la corrosion des roulements, apprit-elle, et avaient aussi remplacé le pot d'échappement, qui était endommagé.

Elle paya en gros billets, ce qui lui permit d'économiser quelques centaines de francs sur la facture, particulièrement salée. Quand elle reprit le volant du monstre, elle observa que le moteur avait acquis une sonorité nouvelle, plus « camionnesque ».

Meaux

Louise arrêta le monstre à cheval sur le trottoir, à distance prudente de la vieille DS ambulance et des trois *poires*, en livrée pie, de la PJ, qui se trouvaient désormais garées au pied de l'immeuble de Féron. De l'autre côté de la rue, deux loubards de foire, bracelets de force et rangers, tentaient vainement de faire démarrer une 103 graisseuse qui paraissait ne plus comporter aucune pièce d'origine. C'était le genre de truc qui atteignait facilement les cent kilomètres-heure – la vitesse d'un chevreuil, d'après Perrin. Les deux loulous interrompirent provisoirement leurs efforts pour jeter un regard au monstre, exhibant leur saisissante absence de carrure sous des marcels ridicules, noir pour le premier, léopard pour le second.

D'un appel de phares, elle attira l'attention de Pascal, qui attendait sur le trottoir, un peu à l'écart de la caravane des schmitts. Le jeune homme considéra la camionnette en plissant les yeux, et elle lui adressa un salut de la main. Il sourit et rejoignit le véhicule.

« Excuse-moi, je suis en retard », dit-elle comme il se hissait dans la cabine et s'asseyait sur la banquette. Il portait un blouson Harrington élimé, le même modèle à doublure tartan qu'elle avait elle-même trimballé de squat en squat six ou sept ans plus tôt, tandis qu'elle s'était mise à la remorque d'un petit groupe de punks d'extrême gauche particulièrement agressifs – son premier boulot d'informatrice, après son entrée au Choc. C'était son passé au sein de plusieurs communautés punks puis Red Skinheads qui lui avait permis de se construire une histoire crédible et d'attirer, tout à fait par hasard, l'attention – et l'affection, dans une certaine mesure – d'Olivier. Les boiteux n'avaient pas voulu laisser passer une telle occasion d'infiltrer les rangs de l'UCP, et les choses s'étaient enchaînées très, très vite. Olivier se chargeait de former ses recrues, et il l'avait rapidement considérée comme son élève la plus douée – c'était ce qu'il avait dit. Très tôt, il avait fait en sorte qu'elle ne le quitte plus.

« C'est pas grave », dit Pascal. Elle fit descendre ses roues du trottoir ; elle voulait quitter la rue sans tarder. Les voitures de police empiétaient largement sur la chaussée, et elle dut faire attention à ne pas emporter de rétroviseur. « C'est la camionnette de *L'homme qui tombe à pic* », fit son passager. Elle ne saisit pas l'allusion. La portière de la dernière poire s'ouvrit alors, devant eux, leur barrant le passage. Elle freina : celui-là, elle ne l'avait pas vu.

« Merde », dit-elle. Le flic en civil portait des santiags : encore un qui devait se prendre pour un cow-boy. Il avança vers eux. Elle amena le levier de la boîte automatique en position *R*, et commença à reculer. « Excuse-moi, fit-elle à l'attention du jeune homme, j'ai pas très envie d'entamer une conversation avec la police.

– Pourquoi, c'est pas vous, la police ? » Il ne semblait pas inquiet ; au contraire, il semblait s'amuser de la situation. Elle sourit à la remarque.

*

De l'autre côté du pare-brise, le cow-boy se mit à courir dans leur direction.

La brigade criminelle était arrivée une quinzaine de minutes à peine après le départ de la jeune flic et de son collègue. Pascal ne s'était pas relevé tout de suite, mais il avait entendu les condés qui montaient et descendaient bruyamment les escaliers de l'immeuble. Une petite demi-heure plus tard, il s'était senti suffisamment rétabli pour se mettre debout. Il avait regagné la cuisine et s'était posté à la fenêtre pour observer les enquêteurs, qui s'affairaient auprès du cadavre. Une équipe de spécialistes, vêtus de combinaisons blanches et de masques de chirurgien, s'étaient employés à faire divers prélèvements. En dépit du raffut qu'ils avaient fait dans les étages, aucun condé n'était venu sonner à sa porte.

Il avait encore le plus grand mal à comprendre ce qui s'était passé – ce qui continuait de se passer. Depuis l'instant où il avait remarqué le cadavre, le monde ne lui paraissait plus tout à fait aussi réel. Les choses autour de lui avaient perdu une grande part de leur consistance. Les flics, dans l'appartement d'en face, lui avaient donné l'impression d'être des fantômes, comme s'ils avaient fait partie d'un univers qui n'était plus véritablement le sien.

Il s'était souvenu d'une conversation qu'il avait eue avec Féron, peut-être à propos de Nietzsche, ou peut-être pas. L'être humain, pas plus que n'importe quelle autre espèce animale de cette planète, ne disposait pas d'un accès direct à la réalité. Cette dernière nécessitait d'être continuellement *stabilisée* par une grille de lecture appropriée, faite d'expériences personnelles et d'influences culturelles, de connaissances scientifiques et historiques et de bien d'autres choses encore, qui toutes aidaient à son décryptage. Le monde qui paraissait solide et authentique n'était que le résultat d'un incessant processus d'interprétation, qui se confrontait sans relâche à une entité bien plus flottante – plus effrayante, aussi.

Il s'était dit que c'était peut-être cela qui lui arrivait : sa grille de lecture avait été perturbée, endommagée par un événement que son propre système de références avait échoué à décoder, et sa perception de l'univers était soudain devenue chancelante. Dès lors, il n'avait plus éprouvé ni nausée ni malaise face à l'effroyable spectacle, ayant résolu de considérer ce qu'il voyait comme une manifestation de la nature véritable, bizarrement excentrique, des choses.

Dans le monde instable qui était désormais le sien, la proposition de la jeune flic ne lui était apparue que comme une extravagance supplémentaire.

Elle avait largué le cow-boy au premier croisement et s'était éloignée à fond la caisse.

Il lui jeta un regard, et elle lui sourit. « Ça va, à part ça ? fit-elle. Je vois que t'as repris des couleurs.

– Ouais. » Il se sentait un peu gêné de ce qui s'était passé dans l'appartement. « Franchement, je m'attendais pas à votre coup de fil, dit-il pour changer de sujet, surtout pour me proposer d'aller boire un verre.

– Tu t'es pas senti obligé d'accepter, au moins ?

– Non, non, pas du tout, c'est juste que... c'est un peu bizarre, comme situation.

– Ah oui ?

– Mais c'est cool.

– C'est cool ? » Elle avait pris l'air amusé. « C'était pas prémédité, en tout cas. J'avais envie de te connaître, un peu.

– Ah bon ?

– Tu m'as l'air de quelqu'un d'intéressant. »

Ce fut à son tour de trouver la chose amusante. « Ah ouais ? »

En fait, s'il exceptait la formidable incongruité de ce rendez-vous, étant donné les circonstances, il n'était pas étonné de se faire draguer – si c'était bien de cela qu'il s'agissait. Depuis longtemps, il avait l'habitude d'attirer l'attention des filles plus âgées que lui – au collège, il était sorti avec des lycéennes, au lycée, avec des étudiantes. Sa sœur avait émis une théorie, à son sujet : d'après elle, il émanait de lui un mélange de détermination et de vulnérabilité enfantine qui donnait à nombre de femmes l'envie de prendre soin de lui, et qui attirait fatalement toutes celles qui se sentaient une vocation de doctoresse ou d'infirmière – « À commencer par toutes mes copines de fac, ajoutait-elle. Bon, il y a aussi que t'es particulièrement beau gosse. »

Il ne savait pas s'il était réellement beau gosse, mais comme il était timide et naturellement assez peu doué pour tout ce qui concernait les rituels de séduction, il s'était volontiers accommodé de la situation ; contrairement à la grande majorité de ses camarades de classe, à Louis Forton, il n'avait jamais eu à se composer un personnage d'artiste pour se trouver des petites amies.

Par la vitre de sa portière, il vit défiler les magasins familiers de la galerie marchande, sous les arcades de béton lépreux ; boucherie, boulangerie, pharmacie, pressing, les quelques commerces qui étaient essentiels à la vie du quartier, majoritairement résidentiel. Il y avait aussi le bar-tabac-presse, à l'angle, où il achetait ses gommes et les mines de son Rotring quand il était en rade.

Il éprouvait un plaisir curieusement intense à traverser un paysage qu'il connaissait par cœur, assis à une hauteur inédite, très au-dessus de la chaussée. Son point de vue s'y trouvait singulièrement différent de celui qu'offrait sa minuscule LNA – la voiture était tombée en panne moins d'une semaine plus tôt, sans quoi il aurait rejoint la jeune flic par ses propres moyens. Il suffisait que le regard s'écarte de sa trajectoire habituelle de quelques dizaines de centimètres pour que le décor paraisse entièrement changé ; c'était encore plus excitant que de découvrir un paysage nouveau. Dieu – ou le diable, il ne savait plus – se nichait dans les détails : d'infimes variations dans l'organisation de la perspective permettaient à l'œil exercé d'extraire une dimension supplémentaire de l'univers quotidien, invisible autrement, et souvent insoupçonnée.

C'était surtout ça qui l'intéressait, dans le dessin : les paysages, les *décors*, depuis les bords de Marne jusqu'aux étranges réalisations urbaines du plan Italie 13, à Paris. Quand il ne travaillait pas sur ses planches de BD, il s'y rendait en voiture pour croquer les tours Apogée, Chambord et Super-Italie, et aussi les colossales structures qui devaient accueillir l'autoroute urbaine superposée, fantasme corbusien à jamais inachevé – la construction avait été laissée en l'état, croyait-il, à cause de l'épaisseur de béton et du coût prohibitif de sa démolition. Plus près de chez lui, il aimait les abords de Mammouth, le dimanche ; les mêmes wagons rouillés, immobiles depuis des lustres, derrière le grand parking.

Il y avait ça, et il y avait les portraits.

Il observa la jeune flic du coin de l'œil. Il lui était reconnaissant de l'éloigner de son appartement et de l'immeuble où son ami le vieux commissaire avait été sauvagement assassiné. Le trajet lui permettait de se laver les yeux et l'esprit. Plus tôt, il avait appelé sa sœur, à l'hôpital, pour la mettre au courant de ce qui était arrivé. La nouvelle ne l'avait pas particulièrement peinée ; comme presque tout le monde, elle détestait les boiteux, et elle considérait d'un mauvais œil l'amitié qui liait son frère à un ex-agent de la police secrète : « Probablement un ancien tortionnaire et un assassin. » Elle lui avait fait savoir qu'elle était de garde le soir même, et qu'elle ne repasserait que le lendemain après-midi, « pour récupérer des culottes propres ». Il avait néanmoins cru nécessaire de fermer les volets de la cuisine : c'était la première fois, depuis qu'il avait emménagé, et quelques lambeaux de peinture racornie étaient allés s'écraser dans la cour.

Il comprit soudain qu'il ne voudrait plus rentrer chez lui.

« Ça t'embête pas si on va chez moi ? » Sa question le tira de ses méditations. « C'est une vieille maison, sur les bords de Seine, avec une petite cour ; c'est agréable, et puis on sera tranquilles. »

Est-ce qu'elle pensait que les condés en bas de l'immeuble avaient signalé la camionnette ? C'était une bonne raison de vouloir éviter la capitale – même s'il ne voyait pas très bien comment des flics auraient pu arrêter d'autres flics. « O. K., dit-il.

– N'aie pas peur, hein, c'est pas un piège.

– J'ai pas peur.

– Bon », fit-elle avec un nouveau sourire.

Quai Maxime Laubeuf, Chatou

Ils avaient contourné Paris par le nord et longeaient à présent un bras de Seine, sur une route étriquée, en bord de rive. À leur gauche se succédaient de grandes maisons bourgeoises qui se dressaient souvent au milieu de vastes jardins – si proches de Paris, elles devaient valoir des millions de francs ; à droite, la berge descendait en pentes sauvages jusqu'à la rivière. De loin en loin, Pascal entrevoyait un embarcadère de fortune, à travers la végétation, où quelque canot se trouvait amarré, manifestement destiné à rejoindre l'île voisine. Les peintres impressionnistes avaient fréquenté l'endroit, avait-il appris, pour la qualité de sa lumière.

Il revint à la petite route et crut reconnaître un *mountain bike* qui arrivait en sens inverse, le premier qu'il eût jamais croisé. Le cycliste se déporta sur le bas-côté ; il devait avoir changé de vitesse – il y en avait pas moins d'une quinzaine, sur ces machines – car il ne parut pas du tout incommodé par l'irrégularité soudaine du terrain. Pascal réussit à lire « MBK » sur le cadre massif : est-ce que ce truc-là avait quelque chose à voir avec Motobécane ?

La jeune flic ralentit après un poste EDF, deux ou trois cents mètres plus loin, et immobilisa finalement la camionnette contre le mur d'enceinte de l'une des propriétés qui faisaient face à la rivière. Elle modifia la position du levier, au volant, et coupa le contact. « Voilà, c'est là. » Elle se pencha pratiquement sur lui pour fouiller dans la boîte à gants. « Tu peux descendre, j'arrive. »

Il ouvrit sa portière et hésita un instant sur la meilleure façon d'atteindre le sol, surpris de se trouver si haut perché. Faute de trouver une meilleure méthode, il sauta au bas de la cabine ; une certaine anxiété avait rendu ses mouvements singulièrement balourds, et il s'en fallut de peu qu'il ne se fracture la cheville.

Il contourna le véhicule pour se rendre à la grille de l'entrée et observa la jeune flic qui rejoignait souplement la terre ferme. Un massif de ronces prospérait en travers du portail ; les tiges s'étaient nouées autour des barreaux. Elle choisit la plus grosse clé du trousseau et sa main se fraya un chemin entre les épines épaisses.

« C'est remarquablement dissuasif », dit-il.

Elle sourit : « Oui. » Le vieux roncier se replia docilement sur lui-même quand elle repoussa le battant. Elle s'avança dans la petite cour, et il remarqua qu'elle portait toujours son arme à la ceinture. « Entre, fit-elle. Bienvenue.

– Merci. »

La propriété était plus modeste, et probablement beaucoup plus ancienne que ses voisines de la rue. La végétation avait tendance à prospérer tout autour du bâtiment, surtout les buissons de ronces, qui contribuaient à donner l'impression que la maison était inhabitée – ou qu'elle appartenait à une sorcière. Il y avait aussi une bambouseraie d'aspect sinistre, à droite, qui s'étendait jusqu'au mur d'enceinte. Les cannes s'élevaient en rangs serrés jusqu'à la hauteur des premières tuiles et dissimulaient en grande partie ce qui semblait être une très vieille serre, peut-être accolée au flanc de la bâtisse. Il fit quelques pas de côté pour révéler la structure à son regard, de l'autre côté des bambous : les panneaux qui n'étaient pas tombés donnaient l'impression d'avoir essuyé une très violente averse de grêle ; une mousse émeraude avait poussé dans les trous et dans les interstices, là où les vitres étaient en contact avec l'armature rouillée. Les saletés charriées par l'eau de pluie s'étaient chargées d'opacifier ce qui restait de verre à l'air libre.

« On va se mettre là, on sera bien. » À côté de l'entrée, une table de jardin et trois chaises en fer forgé s'efforçaient de maintenir leur équilibre au milieu des nombreux pavés délogés par les racines. « Qu'est-ce que tu veux boire ?

– Je sais pas... Vous avez quoi ?

– J'ai de la bière... En fait, j'ai surtout de la bière. » Elle souriait. « Il doit aussi y avoir quelques bouteilles de vin, à la cave, mais elles sont vieilles, je sais pas si elles sont encore bonnes.

– Une bière, c'est très bien.

– J'ai pas grand-chose à bouffer, par contre.

– C'est pas grave.

– Assieds-toi, je reviens. » Elle gravit rapidement les quelques marches du perron et entra dans la maison.

Plusieurs vitres cassées avaient été remplacées par des planches, aux fenêtres du rez-de-chaussée. Il leva les yeux vers la petite tour qui s'élevait au-dessus du deuxième étage, à l'angle de la façade. En dépit du manque d'entretien récent, il s'étonnait de ce qu'un simple fonctionnaire de police disposât d'un tel logement – surtout s'il comparait la demeure à l'appartement de Féron, funeste symétrique du sien.

Un tuyau de caoutchouc jaune-vert ondulait sur les pavés comme un mamba venant de la bambouseraie, passait entre les pieds de la table et s'introduisait dans la cave par un vasistas entrouvert. Depuis qu'il s'était assis sur la chaise en ferraille, la petite cour lui paraissait moins envahie, la végétation moins agressive. Au-delà de l'enceinte, il était capable de voir une large portion de l'île, entièrement boisée. La maison faisait vraisemblablement face à l'est, et le ciel, derrière la cime des arbres, était bleu saphir. Il se dit que le panorama devait être ensorceleur, de la tour.

Une nouvelle fois, il considéra la situation dans laquelle il se trouvait : les événements continuaient de dérouler leur cours infiniment étrange ; pourtant, si saugrenues que fussent les circonstances, il était soulagé d'avoir mis tous ces kilomètres entre lui et la scène de crime. Et puis, il n'était tout de même pas mal accompagné – c'est-à-dire que la jeune flic était particulièrement canon.

Il n'avait pas appris grand-chose d'elle, sur la route ; après ce qui s'était passé en bas de l'immeuble, ils avaient surtout évoqué les rapports que les boiteux entretenaient avec la police judiciaire.

Il était manifestement trop jeune pour avoir connu l'époque où le boulevard Soult accumulait les succès au détriment du quai des Orfèvres, et, à la différence de sa sœur, il ne faisait pas vraiment la différence entre les deux services de police : pour ce qui le concernait, un condé était un condé. Du reste, il s'était toujours trouvé du bon côté de la loi – s'il exceptait les quelques transgressions mineures que sa consommation régulière de cannabis, entre dix-sept et vingt ans, lui avait fait commettre –, si bien qu'il n'avait jamais eu affaire à aucun fonctionnaire de l'une ou l'autre administration.

La jeune flic lui avait expliqué que les boiteux disposaient d'un statut particulier, unique au sein des forces de l'ordre du pays, qui les autorisait à agir en dehors de tout contrôle judiciaire. C'était ce qui faisait leur force, et qui suscitait corollairement la jalousie – et la haine – de la PJ.

L'institution historique n'avait pas apprécié – c'était un euphémisme – qu'on vînt marcher sur ses plates-bandes, encore moins en usant de tels passe-droits.

La police de sûreté et de surveillance – le véritable nom du boulevard Soult – avait été créée à la fin des années 1950, dans un contexte troublé par les effets conjugués d'une contestation sociale massive et d'une fronde coloniale de plus en plus volontaire – et aguerrie. Face à la menace d'une guerre civile, la République de 57 avait décidé d'assurer sa continuité en se dotant d'une force de police aux pouvoirs étendus, majoritairement constituée d'anciens membres des Renseignements généraux, chargée de traquer et de neutraliser les individus qui s'étaient rendus coupables de délit politique – autrement dit ceux qui cherchaient à détruire l'unité de la Nation.

Le futur de son administration importait manifestement à la jeune flic, en même temps qu'il semblait beaucoup l'inquiéter ; elle s'était indignée en évoquant le discours des journalistes qui, encouragés par le gouvernement, habituaient progressivement les honnêtes gens à l'idée que les boiteux n'étaient plus de leur époque – « Comme si les méthodes de la PJ étaient plus respectueuses des droits civiques, avait-elle ajouté, comme si les magistrats n'envoyaient pas les gens à la bécane aussi souvent qu'il plaisait à leur ministre. »

Sans doute avait-elle espéré emporter son adhésion, en lui parlant de toutes ces choses ; la vérité, pourtant, c'était que ces questions le laissaient indifférent. Récemment, il s'était aperçu qu'il se tenait de plus en plus à l'écart des débats qui mobilisaient l'attention générale ; il ne regardait pas la télé, pas plus qu'il ne lisait la presse, la politique ne l'intéressait pas et il n'allait pas voter. C'était un autre sujet de discorde avec sa sœur : il réfléchissait beaucoup, disait-elle, et même beaucoup trop, mais jamais aux choses qui étaient *vraiment* importantes.

Quoi qu'il en soit, les avanies actuelles des boiteux lui demeuraient parfaitement étrangères, et ce d'autant plus que le vieux Féron ne parlait jamais, lui, de ses histoires de condé : il avait laissé toutes ces *saloperies* derrière lui, comme il disait.

Incidemment, il avait fini par perdre le fil de la conversation, à peu près au moment où ils s'étaient engagés sur l'autoroute ; il avait senti sa concentration se déliter et son esprit partir à la dérive sans qu'il fût capable de l'en empêcher. C'était le parfum de la jeune flic, dans la cabine, l'arôme de son haleine Hollywood fraise mêlée à l'odeur de cigarette. L'empreinte olfactive était identique à celle d'une autre fille qu'il avait connue au lycée, taille de guêpe et poitrine généreuse, la peau mate, qui l'intimidait autant qu'elle l'attirait irrépressiblement. Elle était assise à côté de lui en cours de sciences nat, juste après la récréation, et l'odeur de cigarette imprégnait chaque fois la masse de ses cheveux bouclés. Elle avait pris l'habitude de s'adosser à lui pendant les longues séances de diapos, appuyant les semelles de ses éternelles Dr. Martens cerise sur la porcelaine de la table en T ; la prof, elle, laissait faire. C'était le genre de proximité physique naturelle, désinvolte, qui s'affichait sans pudeur et ne pouvait exister qu'au collège et au lycée, à partir de la classe de quatrième, en gros, et jusqu'en seconde, ou en première. (En terminale, c'était déjà autre chose.)

Il lui avait parlé de Pink Floyd, l'album à la vache, *Atom heart mother* – non, ça ne voulait pas dire flamant rose, et pas non plus *Atomise ta mère* – ; grâce à elle, il avait découvert Starshooter, Père Ubu, Stéphanie Milord et Métal Urbain – il n'y avait pas encore les Bérus, à l'époque. Elle lui avait fait une cassette, une longue, de 90 minutes, avec les meilleures chansons ; à vrai dire, la compilation continuait de tourner en boucle dans son autoradio.

C'était la première fille dont il avait fait le portrait – le seul qu'il n'eût pas réalisé d'après nature. À sa demande, elle lui avait apporté une photographie, qu'elle était allée piocher dans l'album de famille. Ce n'était pas une très bonne image, mais elle avait l'avantage d'être à peu près récente ; elle se tenait simplement debout à côté de la balançoire, dans le jardin de ses parents, les mains dans les poches de son jean. Il s'était usé les yeux des soirées entières sur le minuscule visage et lui avait offert le dessin quelques jours plus tard.

Il n'avait pas eu le cœur de lui demander s'il pouvait garder la photo, de crainte de dévoiler ses sentiments. Pour elle – du moins c'était ce qu'il imaginait – ils n'étaient rien d'autre que de bons amis, à peine plus que des camarades de classe ; jamais elle n'avait été attirée par lui, ni n'avait eu l'intention de sortir avec lui. Avec le recul, pourtant, il se demandait si les choses avaient été si claires que ça. Il se souvenait d'une fois où elle avait approché son visage tout près du sien avant de sourire : « Yeux verts, yeux de vipère. » Elle avait continué de le regarder un moment et il avait bien cru qu'elle allait l'embrasser.

Elle avait quitté l'établissement l'année suivante, et il avait dû faire un immense effort de mémoire pour arriver à retrouver les traits de son visage, sur le papier ; depuis, elle hantait chacun de ses personnages féminins, d'une façon ou d'une autre.

Il l'avait revue, quatre ans plus tard, par hasard, alors qu'elle sortait d'un bar avec des amis. Ils avaient échangé quelques mots, il avait appris qu'elle terminait une école d'infirmière, à Bordeaux.

La jeune flic revint avec deux bouteilles de "33" Export et une paire de coussins en forme de galette. Elle avait retiré son blouson, portait désormais un pull ample, et s'était débarrassée de son arme.

« Tiens, pour tes fesses », dit-elle. (Il remarqua les feuilles de houx qui décoraient les housses.) Elle posa les bouteilles sur la table, avec un paquet de Camel.

« C'est pas une maison de fonction, ça, fit-il.

– Non. Elle était à une amie de ma grand-mère. Une comtesse.

– Ah ouais ?

– Je venais souvent ici, en vacances, quand j'étais petite. Elle n'avait pas de famille, cette femme, pas d'enfant. Elle m'a légué la baraque, avec de l'argent pour payer les droits de succession.

– C'est gentil de sa part. »

Elle sourit. « Oui. Faudrait que je m'en occupe, un peu ; il y a plein de trucs à refaire. » Elle fit sauter les capsules en s'aidant du rebord de la table. Comme elle lui tendait une bouteille, il jeta un regard furtif au creux de son décolleté et vit qu'elle ne portait pas de soutien-gorge – elle n'avait presque pas de poitrine, et il crut deviner des tétons proéminents. Il saisit aussi la ligne des épaules, le sterno-cléido-mastoïdien, la musculature athlétique. « Tu fumes ?

– Non.

– C'est bien. » Elle coinça une cigarette entre ses lèvres et sortit un briquet très chic de la poche de son jean.

« Vous avez du neuf, pour monsieur Féron ?

– C'est une affaire compliquée, dit-elle en abritant la flamme dans le creux de sa main.

– Ah. »

Elle souffla la fumée. « On va pas parler de ça maintenant, si ?

– Non, excusez-moi.

– T'excuse pas ; c'est moi qui t'ai soûlé avec mes histoires de boiteux, tout à l'heure. Mais je peux pas parler de l'enquête.

– Bien sûr. »

Elle sourit. « À quoi tu veux boire ?

– Je sais pas... Au futur ?

– Au futur, d'accord. » Ils entrechoquèrent leurs goulots et burent chacun une gorgée. « Alors, fit-elle après un instant, tu fais quoi, comme genre de bande dessinée ?

– De... la science-fiction.

– C'est technique, un peu, ça, non ? »

L'idée l'amusa. « Non, pas vraiment.

– Je suis désolée, j'y connais pas grand-chose.

– Vous connaissez pas Mœbius ? Philippe Caza ? Philippe Druillet ? » Elle secoua la tête. « Ça vous dit rien, *Métal Hurlant*, le magazine ?

– Je suis pas très BD ; mais j'admire les gens qui savent dessiner. Moi, je suis totalement nulle en dessin.

– C'est vrai ?

– J'te jure, c'est une catastrophe ; j'ai jamais réussi à dépasser le stade de la patate.

– Je vous prendrais volontiers comme modèle, pour un personnage. » Elle fronça les sourcils, perplexe. « Vous êtes bien bâtie, reprit-il, je veux dire... pour une femme. »

Elle baissa les yeux. « Ouais, je sais. » Elle avait dit ça comme si c'était une tare.

« C'était un compliment. »

Elle tourna son regard en direction de la cime des arbres, qui se découpait sur un ciel désormais cobalt. « Merci, alors, dit-elle en revenant à lui.

– Excusez-moi, je réagis en dessinateur. C'est juste que... c'est rare de voir un tel équilibre à l'œuvre dans un corps humain ; autant de souplesse que de puissance. » Voilà bien qui était fait pour être dessiné, ou animé, plutôt qu'expliqué avec des mots. Il se dit qu'il n'était pas en train d'arranger son cas.

« T'as réussi à voir tout ça ? »

Il se demanda soudain si elle avait surpris son coup d'œil, plus tôt. « Ça se voit à la façon dont vous vous déplacez.

– Tu sais que… tu peux me tutoyer.

– Oui, pardon. » Elle sourit et but une autre gorgée de bière. Elle le regardait d'une façon qui lui donnait l'impression d'être une proie – une souris face au mamba. « Et alors, reprit-il, *toi*, ça fait combien de temps que t'es flic ?

– Neuf ans.

– Et, heu… t'as quel âge ? »

La question parut l'amuser. « Trente-deux.

– C'est quoi, ton prénom ?

– C'est vrai, excuse-moi, je me suis pas présentée. Je m'appelle Louise. »

Il hocha la tête. « Moi, c'est Pascal.

– Je sais.

– Ouais, c'est vrai. »

Elle tira une dernière latte et se débarrassa du mégot. « Il fait froid, un peu, non ? »

Depuis plusieurs minutes, il était secoué de tremblements aussi réguliers qu'irrépressibles. C'était moins la température, imaginait-il, que la tension nerveuse. Il sourit : « Oui.

– On va à l'intérieur ? »

Il crut entendre la question avant même de voir ses lèvres prononcer les mots ; comme si, dans son état, il devenait capable de percevoir l'écho d'un futur très immédiat. « O. K. »

3

« Je rêvais d'un autre monde », chantait un autre Aubert – Jean-Louis – et Louise pensa que, dans un autre monde, elle aurait pu se réveiller en regardant le soleil se lever sur le Chari. Les nuages, qui avaient totalement déserté le ciel la veille au soir, étaient revenus en force. Elle se demanda s'il allait pleuvoir.

Elle coupa le feu sous la vieille cafetière, qui s'était mise à cracher comme la Lison, et monta le son du radiocassette Sharp ; c'était un authentique *ghettoblaster*, large d'épaules, et qui impressionnait par sa couleur rouge sang. C'était aussi l'un des deux seuls appareils qu'elle avait achetés pour équiper la maison, avec un petit réfrigérateur d'occasion.

Elle versa le café dans un grand bol ébréché – elle avait pris le premier qui lui était tombé sous la main, quand elle s'était installée, et n'en avait plus jamais changé ; elle ajouta le lait et le sucre, but une longue gorgée. Dans un autre monde, elle n'aurait sans doute pas hérité d'une maison de deux cent cinquante mètres carrés, avec dix pièces, six chambres, et une vue imprenable sur la rivière. Cela l'attristait de laisser la demeure se dégrader, mais elle répugnait à investir dans de gros travaux – à l'exception notable de la chaudière, un autre genre de monstre, qu'elle avait fait remettre en état pour l'hiver ; après tout, elle n'occupait les lieux que dans l'attente de sa prochaine affectation : après son départ pour l'Afrique, il ne serait plus question de revenir en métropole. Le notaire s'occuperait de vendre la propriété.

Elle prit un autre bol, dans le placard, qu'elle rinça sous le vieux caoutchouc qui pendait du robinet. Elle s'était levée particulièrement tard et son rendez-vous avec Laffont ne lui laissait plus beaucoup de temps : elle allait devoir réveiller Pascal, qui n'avait pas même bougé quand elle avait quitté le lit. Dans un autre monde, elle n'aurait jamais couché avec le principal témoin d'une affaire de meurtres en série, dont les victimes n'étaient autres que d'anciens fonctionnaires du boulevard Soult, et sur laquelle, de surcroît, les boiteux n'avaient aucun droit d'enquêter. À présent, elle redoutait bien davantage la réaction de la police judiciaire, si ses hommes se rendaient compte de la situation, que celle de sa propre hiérarchie.

Elle avait aimé le regard du jeune homme, pas seulement sur elle. Ils avaient discuté longtemps, la veille au soir ; avec la bière, il avait progressivement perdu de sa gaucherie, et elle avait été frappée par son intelligence et son charisme : il s'était forgé une vision singulière du monde, à laquelle il demeurait fidèle, plus qu'à tout autre discours de l'époque. Surtout, il avait parlé avec une absence flagrante d'ostentation qui lui avait énormément plu. Plus d'une fois, elle s'était sentie si troublée qu'elle s'était égarée dans la conversation.

À présent, ses sentiments étaient confus ; elle se demandait si l'attirance qu'elle ressentait pour lui était authentique. Depuis qu'elle était tombée amoureuse de Joël, peu de temps après avoir intégré son groupe, elle avait cessé de se faire confiance. Par principe, elle se défiait de ses élans, qui lui paraissaient factices. À son retour de mission, six mois plus tôt, elle s'était rendu compte que le fantôme de Nadia continuait de la hanter, en quelque sorte, et qu'il créait des interférences. Ses propres appétits et désirs demeuraient indiscernables de ceux du personnage qu'elle s'était composé ; ses inclinations véritables lui étaient obstinément inaccessibles, comme anesthésiées, si bien qu'elle se trouvait incapable de se projeter dans l'avenir. *No future.*

Elle souleva le *ghettoblaster* par la poignée intégrée et le posa sur son épaule ; en comptant la dizaine de grosses piles nécessaire à son alimentation, l'engin devait peser pas moins de dix kilos. « Dansent les ombres du monde, hurlait Jean-Louis Aubert dans son oreille gauche ; dansent, dansent, dansent, dansent... » Elle quitta la cuisine, se rendit à la porte d'entrée et descendit les marches du perron ; avec l'arrivée des nuages, la température était nettement plus clémente que la veille.

*

La rosace déployait ses ornementations au plafond, quatre bons mètres au-dessus de lui. Un petit anneau était fiché en son centre, sans doute pour suspendre un lustre. Pascal considéra le détail des moulures qui s'étalaient jusqu'à la corniche, le réseau complexe de végétation entrelacée.

Il avait du mal à se rappeler où il était. Quelques secondes plus tôt, il avait été réveillé par l'afflux massif de décibels. Le bruit devint musique, à mesure que le signal sonore était traité par les différentes couches de son cerveau, et il reconnut Téléphone : *Un autre monde.* Il concentra son attention sur la ligne de basse, qui semblait émaner du sous-sol – plutôt d'un étage inférieur.

La chambre reprit corps dans son esprit, et aussi la maison, la petite cour envahie par les ronces, la soirée et la nuit qu'ils avaient passée, avec Louise, dans le lit grinçant où il se trouvait encore allongé. Il se rappelait aussi le meurtre de Féron. Il modifia légèrement l'angle de sa vision et observa les colonnes de chêne qui s'élevaient en tourbillonnant des quatre coins du sommier. L'imposant baldaquin était appuyé contre un mur, à l'écart, dévoré par les cirons. Le coffrage, il avait gardé ce détail en mémoire, reposait sur quatre larges pattes griffues : celles d'une créature mythologique, avait-il pensé, plutôt que d'un animal véritable.

Il prit conscience qu'il avait mal au crâne et dut faire un effort pour se redresser. Deux statuettes de bronze étaient posées sur le manteau de la cheminée, face à lui : à gauche, un grand fauve dévorait un crocodile ; à droite, c'était un taureau qui était attaqué par un ours. Il n'avait pas eu le temps d'examiner les œuvres en détail, la veille, mais il croyait leur rendu assez fidèle à la réalité – encore plus que le dessinateur, le sculpteur devait maîtriser les connaissances anatomiques.

Les volets n'étaient pas fermés et, avec la lumière du jour, la chambre lui semblait étonnamment vide. Les murs étaient nus et le mobilier rare, quoiqu'ostensiblement luxueux. Il y avait une étroite commode aux formes galbées, sertie de dorures, un large fauteuil de bois sculpté – une bergère, croyait-il savoir – et une chose surmontée d'un plateau incliné, en marqueterie, dont il n'arrivait pas à se figurer l'usage. L'assise rebondie de la bergère, comme les coussins du dossier et des accoudoirs, était recouverte d'une tapisserie à motif de fleurs qui associait intelligemment les nuances de rouge – garance, framboise et cerise.

Ce n'était pas tant la pénurie de meubles qui le frappait, pourtant, que l'absence de signes tangibles que la pièce était effectivement habitée. Il n'y avait aucun objet personnel, pas même un paquet de mouchoirs, sur la table de nuit. Il n'y avait pas non plus de livres – à l'exception curieuse d'une traduction de Mao – et rien de plus moderne que le gros réveil mécanique qui affichait la même heure que la veille au soir. La chambre lui faisait davantage l'effet d'une reconstitution que d'une chambre réelle, comme un décor de théâtre. Ou un zoo humain. Il devait y avoir d'autres lits dans la maison, se dit-il, dans d'autres pièces ; Louise devait dormir ailleurs, quand elle était seule.

Il jeta un coup d'œil à sa G-Shock – il était encore très tôt –, chassa le drap et se rendit à la fenêtre. Le parquet en chevrons allongeait encore les dimensions de la pièce, accentuant l'impression de dénuement.

Il approcha son visage du carreau ; le verre antique souffrait d'évidents défauts de planéité et l'image de la cour, en contrebas, ondulait comme il bougeait la tête. Il eut l'impression étrange – et désagréable – que la végétation avait poussé pendant la nuit ; les ronciers lui semblaient plus touffus et plus enchevêtrés que dans son souvenir. Ce n'était peut-être qu'un effet de la lumière ; la veille, il ne faisait déjà plus très jour quand ils étaient arrivés. (Quand ils étaient montés dans la chambre, il faisait complètement noir.) La cour, également, lui paraissait plus vaste. Louise lui avait fait savoir qu'elle y garait parfois la camionnette – le *monstre*, comme elle l'appelait ; il voyait maintenant que c'était possible.

Il récupéra son jean, au pied – aux pattes – du lit, en même temps que ses vieilles Dr. Martens. La maison n'était peut-être pas très bien entretenue mais le chauffage marchait bien. Il eut davantage de mal à retrouver son tee-shirt et finit par le repérer qui dépassait d'un repli du drap, du côté où Louise avait dormi.

Il posa un genou sur le matelas et se rappela soudain qu'il avait revu Féron en rêve – en cauchemar, plutôt. Le vieux commissaire se relevait de la mare de sang qui s'était répandue sous lui, sur le carrelage de sa cuisine, et l'invitait à jouer une partie d'échecs sur la petite table de Formica. Pendant un moment, ils avaient déplacé leurs pions en silence, en dépit de l'absence de damier ; Pascal s'était alors rendu compte que son adversaire avait été entièrement dépouillé de sa peau, comme écorché vif. Ses globes oculaires, débarrassés de leurs paupières, paraissaient nettement plus ronds et plus mobiles, et leurs mouvements saccadés donnaient à la chose l'air d'une affreuse marionnette. Ce qui avait été le commissaire Féron portait aussi une longue crinière blanche, comme si plusieurs années s'étaient écoulées en quelques heures, tandis qu'il gisait au pied du réfrigérateur, et que ses cheveux avaient continué de pousser tout ce temps. Au moment où Pascal avait levé les yeux vers lui, le sinistre joueur d'échecs s'était mis à lui parler. Il avait enfin vu la réalité, disait-il, de l'autre côté du mur, *au-delà de l'échiquier* : ils n'étaient rien d'autre que des fantômes, tous, déjà morts sans le savoir. Rien de plus que des *scories* – la chose avait employé ce mot dans son rêve sans que Pascal en sût la signification.

Il enfila son tee-shirt, quitta la chambre et prit l'escalier en colimaçon. Le papier peint qui recouvrait le mur incurvé, à sa droite, faisait se succéder des espèces de papillons exotiques ; comme il descendait les marches à pas lents, il examina le bestiaire et se dit que la demeure devait être hantée par une force invisible qui y faisait croître les plantes hors de proportion et attirait toutes ces bestioles.

Il passa le palier du premier étage, qui desservait quatre autres pièces, en plus d'une salle de bains ; il abordait la dernière portion de l'hélicoïde quand Louise franchit le seuil de la cuisine, au bas de l'escalier. En jean et pull de la veille, les pieds nus, elle rejoignit la porte d'entrée en esquissant quelques pas de danse. Il interrompit sa descente pour l'observer, refermant sa main sur la rampe de cuivre ; une fois encore, il ne put s'empêcher de remarquer l'aisance naturelle de ses mouvements, leur beauté plastique. Elle avait son radiocassette posé sur l'épaule, une machine énorme sur laquelle ils avaient écouté l'intégralité de *L'Homme à tête de chou*, la veille, ainsi que des choses de Bashung, Higelin, et même Ferré – qu'il avait moins aimé, mais elle l'avait traité de plouc. De son propre aveu, elle aimait surtout les chanteurs à texte, ce qui ne l'empêchait pas de disposer d'une très bonne culture rock.

Louise reparut dans le couloir de l'entrée, sans son radiocassette, et, cette fois, elle remarqua sa présence. « Bonjour, fit-il.

– Salut. » Il aimait la façon dont sa lèvre supérieure découvrait une assez large portion de ses gencives, quand elle souriait ; l'effet, qui pouvait paraître ingrat chez d'autres femmes, participait chez elle d'une classe supérieure d'harmonie et rendait son visage prodigieusement expressif. « Je venais justement te réveiller ; t'as bien dormi ?

– Heu, oui.

– Tu bois quoi, le matin ? Du café ? »

Il eut du mal à se le rappeler ; il était peiné de constater qu'il se sentait à nouveau intimidé par la jeune femme. La veille, l'alcool lui avait été d'un grand secours pour se débarrasser de son trac, et il avait enfilé les bouteilles de "33" Export avec une régularité dont il n'était pas coutumier. « Du café, oui, c'est bien. » En matière de consommation alcoolique, elle-même n'avait pas été en reste.

Elle sourit : « T'es pas très réveillé, encore. (Il ne savait pas s'il s'agissait d'une question ou d'un simple constat.) Tu prends du sucre ? »

Il secoua la tête.

« Du lait ?

– Non plus, non.

– Noir, alors ?

– Oui.
– On va se mettre dehors. Il fait meilleur qu'hier.
– O. K.
– Installe-toi, j'arrive. »

Il s'avança dans la cour et approcha du vieux roncier qui gardait le portail ; il examina le buisson en détail, retint la forme de ses épines et la façon dont ses tiges s'allongeaient pour aller s'enraciner entre les pavés déchaussés. Une petite chenille verte se mouvait sur une feuille aux rebords denticulés, arquant son corps jusqu'à prendre la forme d'un oméga avant de s'étirer à nouveau, progressant par inflexions successives. Depuis la veille, il regrettait son bloc et son Rotring.

Il se détourna du portail pour faire face à la maison et vit Louise qui posait les bols sur la table, à côté du radiocassette. Il devait être huit heures juste, et le tonitruant bulletin d'information avait coupé la chique à Jean-Louis Aubert pour débiter l'habituelle série de calamités internationales ; à nouveau, il fut heureux de s'être détourné des nouvelles du monde – le problème, pensa-t-il, venait justement de ce qu'il n'y en avait pas d'autre.

« C'est pas encore Fort-Lamy, dit-il, mais t'as déjà la jungle à ta porte. » Louise sourit à sa remarque, et il s'approcha d'elle pour l'embrasser ; ce faisant, il eut la sensation désagréable qu'elle se laissait faire plutôt qu'elle ne participait au baiser.

« Tu travailles, aujourd'hui ? » demanda-t-il comme elle allumait une cigarette.

Elle acquiesça d'un signe de tête. « Je vais pas tarder à y aller, fit-elle en rejetant la fumée. Je suis déjà en retard.

– Je me dépêche de boire mon café. »

Elle secoua la tête. « Te presse pas. Je vais te filer une clé, t'auras qu'à la laisser sur la marquise, en partant.

– La marquise ? »

Elle désigna la structure art déco qui déployait ses vitres sales en éventail au-dessus du perron. Il se demanda comment il réussirait à atteindre le châssis de fer forgé mais s'abstint de poser la question. Louise, pensa-t-il, y parviendrait en allongeant le bras.

« O. K. C'est gentil.

– T'as le RER à cinq minutes, t'as vu ? » Il porta son regard en direction de la route et du pont ferroviaire, en amont du cours de la Seine. « Tu continues et tu prends à gauche au croisement. T'as de l'argent ? » Il hocha la tête. Ils étaient convenus, la veille, qu'il ne rentrerait pas chez lui ; il s'agissait de ne pas se faire emmerder par les flics, au cas où il s'en trouverait encore devant l'immeuble. Il lui avait fait savoir qu'il pourrait dormir chez un cousin, qui habitait Paris. Il appellerait aussi sa sœur, pour la prévenir, et lui dire d'éviter l'appartement pendant quelques jours.

« J'ai passé un super moment, dit-il.

– Oui, moi aussi. » Il était manifeste que Louise avait pris ses distances. Est-ce qu'elle pensait à son enquête ? Le meurtre sauvage de son collègue boiteux devait la préoccuper suffisamment pour accaparer son esprit – il entretenait l'espoir que c'était en fait ce qui motivait sa relative froideur.

« Tu crois qu'on peut se revoir ? demanda-t-il.

– Je sais pas. Peut-être.

– T'as un numéro de téléphone, ou...

– Je t'appellerai moi, d'accord ? Je vais avoir pas mal de boulot, dans les jours qui viennent, j'aurai pas beaucoup de temps. »

Elle sourit à nouveau, mais il se sentait mortifié ; c'était comme s'il avait reçu un coup de poing dans l'estomac. Son instinct lui disait que c'était la dernière fois qu'il voyait la jeune femme. Il sentit soudain sa perception de la durée qui s'altérait ; son esprit fut brusquement arraché au moment présent et le temps cessa de dérouler son cours pour former une unité compacte, sans plus de début ni de fin. Était-ce un mécanisme de défense qui se déployait ? À moins qu'il ne s'agît d'une réminiscence de l'époque où il fumait de la beuh ? Il avait l'impression d'être en train de vivre un événement de son passé, comme si le futur était *déjà* advenu. « O. K. », fit-il.

Elle tira une dernière latte et se débarrassa de son mégot. « Je vais finir de me préparer ; tu te sers dans le frigo si t'as faim, d'accord ?

– O. K. Merci. »

*

Louise s'assit au volant du monstre et aperçut l'A310 noire, garée dans une ruelle perpendiculaire, à la hauteur de la bambouseraie. Elle sentit un profond malaise l'envahir ; elle renonça à mettre le contact et redescendit de la cabine tandis que la voiture de sport s'écartait du mur de la propriété et parcourait la distance qui la séparait de la voie sur berge.

« Sacré machin, que vous avez là ; c'est américain ?

– Qu'est-ce que vous foutez là ? » demanda-t-elle. Perrin avait arrêté l'Alpine devant la bande stop, face à la Seine. Il paraissait encore plus usé que la veille, ce qui constituait une forme de prouesse.

« Je vous attendais.

– Pourquoi vous n'avez pas sonné ? » Elle s'était penchée à la vitre de sa portière.

« Il y a une sonnette ?

– À la grille.

– Je ne voulais pas vous presser, fit-il avec ce qu'elle prit pour un sourire narquois. Ça m'a laissé le temps de fumer un petit cigare, après le fameux petit-déjeuner que je me suis offert au restaurant McDonald's qui est sur la place de la gare : vous y allez ? »

Elle y allait presque chaque soir, mais c'était à cet instant la moindre de ses préoccupations. Elle pensait au mur qui ceignait la propriété, qui ne montait pas tellement plus haut que les épaules ; si Perrin était descendu de voiture pour fumer son cigare, il les avait probablement vus, elle et Pascal, dans le jardin. Elle ne croyait pas qu'ils eussent été complètement dissimulés par les bambous, mais se dit que Perrin n'avait peut-être pas reconnu *le môme*, de l'autre côté des cannes.

Quoi qu'il en fût, elle venait de se laisser piéger d'une façon particulièrement stupide. Si l'inspecteur ne décidait pas de tout déballer à Laffont dans la foulée, ce qui aurait été une excellente façon de se débarrasser d'elle, il disposait désormais d'un moyen de la faire chanter, s'il venait à découvrir la véritable nature de sa mission.

Les premières mesures de *Love affair* se firent entendre, et elle prit conscience que le *ghettoblaster* continuait de gueuler, dans la cour.

« Montez, dit l'inspecteur, il faut qu'on cause.

– Je peux pas, là, j'ai rendez-vous avec Laffont. Je vous rejoindrai plus tard.

– Oubliez Laffont, je nous emmène voir un collègue.

– Qui ça ?

– Georges Thibault. »

Elle secoua la tête. « Connais pas.

– Je ne connaissais pas non plus avant de trouver son nom sur une vieille note de frais. Montez, je vais vous expliquer. »

Elle observa Perrin, qui ne s'était toujours pas rasé. (Est-ce qu'il s'était seulement lavé ?) « Vous êtes rentré chez vous, hier soir ?

– Non, pas eu le temps.

– Vous avez dormi ?

– Non plus.

– Laissez-moi le volant. »

L'inspecteur descendit de voiture sans faire d'histoires. Elle se rappela son rendez-vous avec l'enfoiré ; de toute façon, se dit-elle, elle n'avait pas fait le moindre effort pour *arranger* ses cheveux.

Elle recula le siège et régla les rétros. Elle remarqua que la voiture n'était pas celle de la veille ; au son du ralenti, un peu plus méchant, elle identifia le moteur Volvo. L'insigne Alpine manquait, au centre du volant, et la planche de bord avait été en partie bouffée, côté passager, très probablement par un des clébards tarés de la brigade canine. L'habitacle, d'ailleurs, sentait si fort le chien mouillé que c'en était écœurant – elle se prit à espérer que ce n'était pas son coéquipier qui puait de cette façon. « Où est-ce qu'on va ?

– Paris ; tout à côté du Père-Lachaise. »

Elle saisit le volant et prit à droite, le long de la berge. « Alors ? fit-elle en accélérant, Georges Thibault ?

– Laissez-moi d'abord vous raconter une vieille histoire, qui concerne le boulevard Soult. » Devant elle, le quai Maxime Laubeuf se mua en berge de la Grenouillère, et les abords de la petite route devinrent plus sauvages. « Ça remonte à dix ans, dit-il, c'était en pleine affaire Tariq ; je ne citerai pas de noms, bien sûr, mais plusieurs parlementaires issus de la frange conservatrice de l'Assemblée s'étaient mis en tête de profiter du désordre ambiant pour tenter un coup d'État. » Il se racla la gorge. « À cette époque, sous l'égide de la majorité, le gouvernement avait déjà pris un premier virage libéral, et ces gens-là craignaient de voir leur influence fondre comme neige au soleil s'ils ne faisaient pas rapidement quelque chose pour enrayer le processus. »

Elle ralentit et vint coller au train de l'Acadiane qui les précédait ; elle klaxonna : « Dégage ! » La petite fourgonnette se rangea docilement sur le bas-côté pour laisser le passage à la voiture de police. « Je vous écoute, fit-elle.

– Vous comprenez bien que tout ce que je m'apprête à vous dire doit rester strictement confidentiel ? » Elle acquiesça pour la forme. « Bon, fit-il, les boiteux s'étaient, disons... compromis, en s'alliant avec les conspirateurs parmi les parlementaires. » Pour la troisième fois, il s'éclaircit la gorge. On aurait dit que les mots avaient du mal à sortir. « La Direction générale était consciente qu'un gouvernement plus autoritaire favoriserait les ambitions de la maison ; elle avait donc décidé d'apporter sa contribution en envoyant des équipes neutraliser un certain nombre de cibles stratégiques de la PJ, qui se serait évidemment opposée au coup d'État. »

Elle freina derrière une autre voiture et s'en débarrassa d'un nouveau coup de klaxon. « Continuez, fit-elle en reprenant de la vitesse.

– Oui... Le boulevard Soult savait qu'il n'avait rien à craindre de l'armée, qui ne faisait pas mystère de sa sympathie pour les conjurés, tant les généraux s'estimaient trahis par la République de 57. Les boiteux disposaient donc d'une occasion unique de peser sur le destin de la Nation. »

Elle força une troisième voiture à s'écarter ; il lui tardait d'atteindre la route départementale, qui prenait son élan pour enjamber la Seine, moins de trois cents mètres plus loin, en passant au-dessus de leur propre voie. « Qu'est-ce qui est arrivé ?

– Eh bien, il semblerait que la Direction générale se soit déballonnée ; d'après ce que j'ai compris, elle a eu peur que le coup d'État ne dégénère en guerre civile et ne desserve finalement ses intérêts ; au dernier moment, elle a rappelé les troupes...

– Oui ? » Elle lui jeta un regard en coin : il n'était pas parvenu à boucler sa ceinture et s'agrippait pitoyablement à la sangle.

« Vous pouvez vous arrêter ? demanda-t-il.

– Quoi ? Ici ?

– Oui, s'il vous plaît. »

Elle profita de l'accotement plus large, à droite, pour stopper l'Alpine sous le pont. Perrin quitta son siège et s'éloigna d'un pas rapide ; elle leva les yeux vers le miroir et vit l'inspecteur qui vomissait dans l'herbe. Était-ce l'odeur de clébard ? L'intégralité de son *fameux* petit-déjeuner dut y passer. « C'est pas vrai... », fit-elle pour elle-même avant de couper le moteur et de sortir à son tour. Elle referma sa portière et gagna le talus pour laisser passer les véhicules qu'elle venait de doubler. Il lui sembla que le conducteur de l'Acadiane trouvait la scène excessivement drôle.

Perrin était demeuré immobile ; il se tenait penché en avant, les mains appuyées sur les genoux. « Ça va ? demanda-t-elle.

– Ça va, ça va. » Il cracha et s'essuya la bouche avec la manche de sa veste. Sa figure était effroyable de pâleur. « Je vais m'asseoir un peu. » Il traversa la petite route en chancelant et s'assit sur un tronc couché, face à la rivière. « C'est juste le temps de reprendre mon souffle », dit-il quand elle le rejoignit.

Elle s'adossa à la pile de béton, à côté d'elle, alluma une clope et tira une longue bouffée. Un petit bateau trapu descendait le bras de Seine en poussant une barge aux proportions éléphantesques. « Je savais rien de cette histoire de coup d'État, fit-elle.

– Ça ne m'étonne pas. Même les hommes qui participaient aux opérations ignoraient dans quoi ils étaient engagés ; il n'y avait que les chefs qui étaient au courant. » Il tira un mouchoir de sa manche et souffla bruyamment. « Est-ce que vous avez déjà entendu parler de Lucien Richard ?

– Pas plus que de Georges Thibault.

– Commissaire divisionnaire Lucien Richard ; un ancien des Renseignements généraux qui avait été parmi les premiers à rejoindre le boulevard Soult, à sa création. Beaucoup voyaient en lui le futur directeur général. Il était à la tête de l'un des commandos qui devaient s'en prendre à la PJ. »

Le pousseur de trois ou quatre mille chevaux se rapprochait d'eux en faisant de gros bouillons à la surface de l'eau. Elle s'aperçut que la barge avait son propre nom : *Smack*. « Et ?

– Richard était convaincu de l'absolue nécessité du coup d'État ; d'après lui, c'était le seul moyen de garantir un avenir aux boiteux. Je pense d'ailleurs qu'il n'avait pas tort. » Il s'interrompit un instant, comme absorbé dans la contemplation de l'attelage, et elle se contint pour ne pas lui demander de préciser sa pensée. La stratégie qu'elle avait établie la veille consistait à éviter de brusquer le vieil inspecteur ; elle pensait que c'était ainsi qu'elle aurait les meilleures chances d'obtenir des confidences. « Quoi qu'il en soit, reprit-il, il a choisi de désobéir aux ordres et de s'en tenir au plan initial ; quand les autres équipes ont abandonné leurs positions pour rentrer à la maison, lui s'est emparé de son objectif.

– Le fort de Gravelle. »

Était-ce la satisfaction de constater qu'elle tirait les bonnes conclusions ? Il esquissa un sourire ; du moins le crut-elle, car il ne la regardait pas. « Le fort n'était pas loin du boulevard Soult, dit-il, juste de l'autre côté du bois de Vincennes. Il abritait une brigade d'intervention de la PJ, dit-il, à forte valeur symbolique, mais sans beaucoup de moyens, comme souvent, à l'époque. Richard et ses hommes n'en ont fait qu'une bouchée.

– Qu'est-ce qu'il espérait ? »

Il haussa les épaules. « Forcer la main à l'état-major. Mettre les gens de la Direction générale au pied du mur et les obliger à revenir sur leur décision.

– Ils n'ont pas plié ?

– Non. Ils ont immédiatement envoyé un second commando sur place, avec l'ordre de liquider Richard et tous les hommes de son groupe. »

Elle tourna son regard vers Perrin, qui continuait d'observer le bateau. « Comment ça ? Ils ont fait assassiner leurs propres agents ?

– C'est ce que j'ai dit.

– Pourquoi ils ont fait ça ?

– Eh bien, plusieurs policiers avaient tenté de riposter, dans les rangs de la PJ, et il y avait eu des morts. La Direction générale avait donc besoin d'un gage de bonne foi, en quelque sorte, pour appuyer la version de l'histoire qu'elle s'apprêtait à raconter.

– Quelle version ?

– Officiellement, la police de sûreté et de surveillance ne s'était engagée dans le coup d'État que pour confondre les conspirateurs. Elle avait pris le risque d'agir de sa propre initiative, sans en informer le pouvoir, afin d'éviter que les parlementaires fautifs soient informés de ses véritables intentions. Pour ce qui s'était passé à Gravelle, elle a simplement prétendu qu'un de ses agents avait perdu les pédales. Je ne dis pas que c'est passé comme une lettre à la poste, mais la personnalité complexe de Richard rendait l'explication plausible, et l'Intérieur n'en exigeait pas plus. L'important, au sommet de l'État, était que l'affaire se tasse le plus rapidement possible, en même temps que la crise politique qui menaçait d'éclater. Le pays venait d'enterrer la Quatrième République, et la jeune Assemblée voulait à tout prix éviter la dissolution. Quant au président du Conseil, il redoutait de paraître faible, en laissant penser qu'il n'avait aucun contrôle sur ses propres forces de police. En outre, à l'époque, la majorité de l'électorat soutenait encore l'action du boulevard Soult. Le gouvernement ne disposait pas d'une légitimité suffisante pour s'opposer frontalement à lui, en tout cas pas s'il faisait amende honorable, attendu qu'il s'était lui-même chargé de régler le problème.

– Je suppose que le boulevard Soult n'a pas été jusqu'à ressusciter les morts, parmi les policiers qui étaient en poste à Gravelle.

– Non.

– La PJ a donc été priée de fermer sa gueule.

– C'est ça ; et aussi de mettre un terme à son enquête. » Un coup de sirène retentit comme le pousseur arrivait à leur hauteur, et Perrin répondit d'un salut de la main. « En fin de compte, le seul véritable problème s'est posé tout de suite après l'assaut du second commando, quand nos agents ont extrait les dépouilles de leurs anciens camarades pour les embarquer, et qu'ils se sont rendu compte que Richard ne faisait pas partie du lot.

– Comment ça ?

– Il était manifestement parvenu à leur échapper. Quand ils ont compris qu'ils avaient manqué leur cible principale, il était trop tard pour retourner sur les lieux, d'autant que le fort avait recouvré sa capacité à communiquer avec son état-major et qu'une unité spéciale de l'Antigang avait quitté le quai des Orfèvres en trombe pour se porter à son secours.

– Et alors, Richard ?

– On ne sait pas ce qu'il est devenu ; aujourd'hui encore, il manque à l'appel. » Il souffla dans son mouchoir. « Vous vous doutez bien que la Direction générale n'a jamais divulgué cette information ; elle a fait passer Richard pour mort, et sa fuite est restée l'un des secrets les mieux gardés de la maison. »

Une voiture arriva très vite sur la petite route et freina violemment à l'entrée du pont. Louise tourna son regard vers la Saab qui avait manqué de s'encadrer l'Alpine, sous le tablier. Il fallait dire que la voiture de police était presque invisible, tapie dans l'ombre dense, et qu'elle empiétait généreusement sur la chaussée. Le conducteur de la Saab klaxonna et brandit le poing dans leur direction. En guise de réponse, elle dressa son majeur.

« Vous allez me dire pourquoi vous me racontez tout ça ? demanda-t-elle quand la voiture fut repartie.

– Je vous raconte ça parce que Le Bars, Lecornu, Féron et Georges Thibault comptaient vraisemblablement parmi ceux qui ont été envoyés à Gravelle pour faire le ménage.

– Ils faisaient partie du second commando ?

– C'est ça.

– Comment vous le savez ?

– Je ne le sais pas vraiment – disons que je le suppute. C'est par Féron que j'ai eu connaissance de l'histoire, même s'il n'a jamais donné d'autres noms que le sien. L'affaire lui était restée sur l'estomac, selon ses propres mots. Quant à Thibault, il n'a pas nié avoir appartenu au groupe.

– Qui est Thibault ?

– Un commissaire de chez nous.

– Vous l'avez contacté ?

– Je lui ai téléphoné. Il a accepté de nous rencontrer. Lui pourra peut-être nous confirmer l'implication de Le Bars et Lecornu.

– C'est quoi, votre hypothèse ? Que c'est Richard qui est revenu pour se venger d'eux ?

– Quelque chose comme ça. »

Elle tira sur sa cigarette et souffla la fumée. « C'est fou, comme histoire.

– Pourtant vous l'avez dit vous-même : ça ne peut être qu'un flic.

– Vous avez parlé de tout ça à Laffont ?

– Non, mais vous savez, il est difficile de prononcer le nom de Lucien Richard sans s'attirer les foudres de la hiérarchie. Vous comprenez bien qu'il s'agit d'une affaire doublement embarrassante ; en interne, parce que c'est un ancien agent qui s'en prend à d'autres fonctionnaires du boulevard Soult, et en externe, parce que si la PJ apprenait que l'homme qui est responsable des morts de Gravelle est encore vivant, les boiteux seraient incapables de survivre au scandale politique.

– Je vois. »

Pour la première fois depuis qu'il était assis sur son tronc d'arbre, le vieil ours leva les yeux vers elle. Il souriait. « Je ne m'attendais pas à ça, vous savez, en arrivant.

– De quoi est-ce que vous parlez ?

– Votre maison. Je vous imaginais davantage dans un petit appartement de fonction, ou même un studio, du genre de ceux de la rue Championnet, vous voyez, où logent beaucoup de vos camarades du Choc... Évidemment, il faut apprécier la vie en communauté ; ce n'est pas ce qu'il y a de mieux pour préserver une certaine intimité. » Son sourire s'élargit : « Il doit y avoir une jolie vue, depuis la tourelle ; qu'est-ce qu'il y a, là-haut ? Votre chambre ?

– Vous vous sentez mieux, là ? On peut y aller ?

– Oui, on peut y aller. »

Elle écrasa son mégot sur la pile et regagna la voiture.

Paris, vingtième arrondissement

Rue de Bagnolet, Louise tourna à l'angle d'une maison de brique qui ressemblait assez à la sienne. La vieille demeure se dressait entre les immeubles de dix étages comme un acte de résistance futile, comme s'il lui avait échappé que ce quartier n'était plus le sien depuis déjà très longtemps.

Elle remonta la ruelle en cul-de-sac et profita de ce que la chaussée pavée s'élargissait à son extrémité pour faire demi-tour et ranger l'Alpine contre le trottoir. Elle chassa une petite chenille verte, qui se promenait sur la manche de sa veste de treillis, et poussa l'épaule de Perrin, qui s'était endormi. « Oh... » Le vieil ours releva la tête, légèrement perplexe. « C'est ici ? » demanda-t-elle.

Il tourna son regard vers le jardin public qui s'étendait perpendiculairement à la chaussée, de son côté. « Oui, oui. » D'après ce qu'elle avait compris, ils ne se trouvaient pas très loin de l'appartement de Thibault, mais le commissaire avait refusé de les accueillir chez lui. L'homme avait cru bon de préciser qu'il se contentait de leur rendre service, et qu'il ne se sentait pas d'autre obligation envers les Affaires internes. Ça démarrait fort.

Elle descendit de voiture, se rendit à l'entrée du jardin et attendit que l'inspecteur eût réussi à s'extraire de son siège – la manœuvre semblait lui être chaque fois plus pénible. Elle l'observa qui enfilait son pardessus fripé et tirait piteusement sur sa veste de costume pour tenter de se rendre un peu plus présentable. En cet instant, elle était incapable de dire s'il la dégoûtait ou, au contraire, s'il l'attendrissait.

L'étroit ruban de verdure était pris en étau entre une portion de l'enceinte sud-est du Père-Lachaise, à leur droite, et la façade aveugle d'un grand immeuble, à gauche. Tandis qu'ils progressaient le long de l'allée centrale, Louise eut l'impression que, pour occuper une surface modeste, le jardin s'était développé d'une façon bizarrement sauvage.

« Vous ne m'avez pas dit qui s'était occupé de l'enquête sur la disparition de Richard, fit-elle.

– C'est nous. Les Affaires internes.

– Vous y avez participé, vous ?

– Pas moi, non. Il y avait une cellule spéciale, que Laffont avait mise sur pied. Elle a travaillé pendant des années.

– Sans résultats ?

– Non ; à ma connaissance, elle n'a pas découvert la moindre piste.

– Comment vous expliquez un tel bide ? »

Il haussa les épaules. « Je ne sais pas. Richard n'avait pas d'autre famille que ses parents ; ils ont été interrogés, bien sûr, mais tout indiquait qu'ils n'avaient aucune nouvelle de leur fils. Ils sont restés longtemps sous surveillance, on a mis leur téléphone sur écoute et plusieurs de nos agents se sont relayés aux abords du cimetière, quand madame Richard est morte. » Il se gratta la tête, passa les doigts dans ses longs cheveux blancs et tenta d'arranger quelques mèches indociles. « Il n'a jamais été possible de détecter le moindre signe de lui, en dépit des moyens engagés, et du temps passé.

– Est-ce qu'il avait des amis ?

– Oh, vous savez aussi bien que moi comment sont les choses, les fonctionnaires du boulevard Soult ne sont capables de vivre que parmi leurs frères boiteux. On ne lui connaissait aucun ami en dehors du travail ; personne, en tout cas, qui aurait été susceptible de le cacher, ou de lui fournir le genre d'aide dont il aurait eu besoin.

– Une femme ?

– Il fréquentait une jeune secrétaire de la maison, qui travaillait au matériel ; elle était à son poste au moment de l'assaut, et il est absolument certain qu'elle ne l'a pas revu.

– Il reste nos propres agents. » Elle crut qu'il hésitait à sourire. « À moins qu'il ait été capturé par l'Antigang, reprit-elle, aux abords de Gravelle, et mis au secret ?

– L'éventualité a été évoquée, du moins au début ; mais plus le temps passait, plus il devenait évident que ce n'était pas le cas, sans quoi la PJ aurait inévitablement profité de la situation pour nous porter atteinte : juste après l'affaire de Gravelle, sa haine à l'égard du boulevard Soult ne connaissait plus de limites, tant elle s'était sentie humiliée par les événements, et par l'attitude du gouvernement, qui s'était empressé d'absoudre les boiteux. » Il eut l'air de réfléchir. « L'arrivée de la jeune garde a quelque peu apaisé les relations entre les deux services, heureusement. »

Ce n'était pas l'impression qu'elle avait.

« Comprenez bien, reprit-il, que Richard était l'un de nos meilleurs agents ; comme vous, sans doute, il avait appris à se fondre dans le paysage.

– Comme moi ?

– On dit que les gens du Choc savent se faire discrets, à l'occasion.

– On dit ça ?

– Ce ne sont que des bruits de couloir, remarquez, je n'ai jamais eu affaire à eux... je veux dire, avant vous. Quoi qu'il en soit, Richard avait peut-être noué certaines relations utiles, quand il était en poste, dont il avait gardé l'existence secrète.

– C'était le genre d'homme à se préoccuper de l'avenir.

– Oui, et nous parlons là d'une espèce en voie de disparition au sein de la maison. »

L'inspecteur marchait en gardant les mains dans les poches de sa gabardine, les yeux baissés sur ses chaussures. Elle lui laissa une chance de développer son propos, mais il n'en fit rien. « Est-ce qu'il n'aurait pas pu obtenir l'aide d'anciens collègues, aux Renseignements généraux ? »

Il parut réfléchir à la question. « C'est difficile à dire. L'attitude des RG à notre égard a toujours été ambivalente ; après tout, les premiers d'entre nous étaient presque tous issus de leurs rangs, y compris votre serviteur, et les agents qui sont partis ont parfois été perçus comme des traîtres par leur administration d'origine. À présent, les RG sont cul et chemise avec la PJ, comme vous le savez ; les plus jeunes fonctionnaires, surtout, qui ne connaissent plus rien de l'histoire de la police et de ses institutions. Aujourd'hui, aucun d'entre eux n'accepterait de se mouiller pour un boiteux ; à l'époque de Richard, eh bien, je ne sais pas. L'hypothèse ne présente pas grand intérêt, de toute façon, car elle demeure à jamais invérifiable. » Il tourna son regard vers elle et sourit : « N'allez tout de même pas croire que la juridiction des Affaires internes s'étende au-delà du boulevard Soult.

– Et l'argent ? Il a dû lui en falloir des quantités ; la vie est extraordinairement coûteuse, quand on fait en sorte de rester sous les radars. Je sais de quoi je parle.

– C'est vrai. Mais rappelez-vous que ce n'est pas de cette enquête-ci que Laffont nous a chargés, inspecteur. Nous serions mieux avisés de nous préoccuper du présent plutôt que de perdre le peu de temps que nous avons à fouiller le passé, croyez-en mon expérience... Attendez, je vais boire un coup. »

Perrin s'écarta de l'allée et s'accroupit devant une fontaine à manivelle. Il se rinça soigneusement la bouche et but avec une certaine avidité.

Ils avaient atteint l'autre extrémité du jardin sans rencontrer personne. Une ruelle pavée se terminait en impasse, de l'autre côté de la grille, parallèle à celle par laquelle ils étaient arrivés. Elle lut : « Rue de la Réunion ». Elle rejoignit le portail et repoussa le battant. Immédiatement à sa droite, une très ancienne porte marquait la fin de la chaussée et barrait l'accès au Père-Lachaise ; malgré sa taille imposante, l'ouverture faisait figure de chatière, encastrée dans le formidable mur qui entourait le vieux cimetière. À gauche, la voie descendait jusqu'à la rue de Bagnolet. Quelques véhicules étaient garés contre le trottoir, dont une petite Talbot Rallye équipée de jantes larges. Il y avait aussi un van Bedford, vert armée, qui donnait l'impression d'avoir été racheté à une compagnie de CRS.

« Vous voyez quelqu'un ? fit Perrin derrière elle.

– Non.

– On va l'attendre ici. » L'inspecteur rejoignit un groupe de bancs disposés en arc de cercle, contre le cimetière. À cet endroit, un escalier permettait d'accéder à une promenade en promontoire, à flanc de mur. Deux petites terrasses avaient été aménagées aux extrémités du parcours, comme des belvédères qui surplombaient le jardin.

Perrin choisit celui des bancs qui était adossé au rempart, à l'aplomb de la première terrasse. Louise s'assit face à lui, cracha son chewing-gum et alluma une clope. Elle leva les yeux vers son partenaire quand celui-ci se mit à fredonner : « Les amoureux qui s'bécotent sur les bancs publics, bancs publics, bancs publics, en s'foutant pas mal du r'gard oblique, des passants honnêtes... »

Le vieil ours lui sourit, et elle espéra qu'il ne s'agissait pas d'une sorte de pique qui lui était destinée. S'il avait bel et bien reconnu Pascal, plus tôt, et qu'il avait l'intention de la dénoncer à l'enfoiré, la seule chance qu'elle avait encore de s'en sortir était de le prendre de vitesse. Dès lors, elle ne pouvait plus se contenter d'attendre. D'ailleurs, rien ne disait que l'inspecteur serait jamais disposé à lui faire des confidences. « Je peux vous poser une question franche, Perrin ?

– Si vous voulez.

– Est-ce que vous croyez encore dans l'avenir des boiteux ? »

Il cessa de sourire et prit une longue inspiration. « Je crois que l'État nous maintient en vie artificiellement, comme un patient en état de mort clinique, si vous voulez, mais qu'il n'attend que l'occasion de débrancher le tuyau.

– Ça n'a pas l'air de vous chagriner beaucoup.

– C'est peut-être parce que l'idée n'est pas si mauvaise. »

Elle tira une nouvelle bouffée ; elle ne cessait de scruter ses réactions. « Pourquoi est-ce que vous dites ça ?

– Parce que nous sommes devenus bien davantage une machinerie policière qu'une administration cohérente, vous devez vous en être rendu compte. Il y a bien longtemps que la fin ne justifie plus les moyens.

– Vous croyez ça ?

– Un vieux directeur de service m'a dit un jour qu'il était vain de vouloir s'opposer à l'esprit d'une époque, et qu'il n'y avait rien d'autre à faire que de se résigner à voir s'effacer les formes anciennes. Au début, je n'étais pas d'accord avec lui, et puis, avec le temps, j'ai compris que le passé n'était pas fait pour revenir... C'est heureux, d'ailleurs ; ce doit être une foutue expérience que de revivre ses années de jeunesse. »

Louise surprit un mouvement, à l'extrême limite de son champ de vision. Elle porta vivement son regard en direction de l'homme qui approchait par l'allée, dans le dos de Perrin. La soixantaine, très gros, il donnait l'impression de se déplacer avec difficulté. « À quoi il ressemble, Thibault ?

– Comment voulez-vous que je le sache ? » Elle adressa un signe de tête à son coéquipier, qui se déplaça sur son banc pour jeter un œil au coin de la muraille. Comme il se mettait debout, elle écrasa sa cigarette et se leva à son tour.

« Inspecteur Perrin ? » fit l'homme quand il parvint enfin à leur hauteur. Il s'imposait autant par la puissance de sa voix que par sa corpulence.

« C'est moi.

– Georges Thibault, enchanté.

– Je vous présente l'inspecteur Lassauve. » Elle eut l'impression que l'homme lui tendait la main à contrecœur. Elle croyait déceler une certaine animosité dans la façon qu'il avait de la regarder. Perrin dut se rendre compte de quelque chose, et il s'empressa de détourner l'attention du commissaire : « Asseyons-nous », fit-il. Thibault déboutonna sa veste et prit place sur un troisième banc, faisant craquer le bois. Louise arrêta son regard sur ses souliers rouge vif, impeccablement vernis. « Je n'ai pas réussi à savoir si vous étiez encore en activité, reprit Perrin.

– Non, je suis à la retraite depuis deux ans. » L'inspecteur reçut l'information d'un hochement de tête. « Au téléphone, vous parliez de deux autres victimes, en plus de Féron ?

– C'est exact, dit Perrin.

– Puis-je connaître leurs noms ?

– Il s'agit des commissaires Le Bars et Lecornu. » Thibault prit un air affligé, qui parut à Louise légèrement surjoué. « Est-ce qu'eux aussi faisaient partie du commando de Gravelle ? » demanda Perrin. Il ne perdait pas de temps.

« Certainement. » Perrin croisa le regard de Louise. « Est-ce que vous avez déjà une idée de l'identité du meurtrier ? » reprit le commissaire.

L'inspecteur revint à Thibault et laissa s'écouler quelques secondes avant de répondre. « Je suis persuadé qu'il s'agit de Richard lui-même. »

Thibault prit l'air ahuri. « Vous rigolez ?

– Pas du tout.

– C'est ridicule !

– Pourquoi cela ? » Le vieil ours ne se laissait pas désarçonner, et conservait un visage impassible.

Thibault s'esclaffa, et l'éclat de rire résonna sous les frondaisons. « Les homicides sont l'affaire de la brigade criminelle, dit-il, Richard le sait ! Je ne l'imagine pas chercher à s'attirer l'attention de la PJ ; ce n'est pas ce genre de tête brûlée, si vous me passez l'expression. À moins qu'il ne se soit récemment découvert des pulsions suicidaires. »

Louise intervint : « Qui d'autre faisait partie du groupe de Gravelle, du commando qui s'en est pris à Richard, je veux dire, à part vous et les trois victimes ? »

Thibault tourna son regard vers elle ; à son expression, elle aurait pu croire qu'il avait complètement oublié son existence. Il secoua la tête : « Je ne me souviens de personne d'autre. » Elle ne crut pas un instant qu'il espérait la tromper. Il sourit et ajouta : « Cela fait si longtemps, vous savez.

– Vous vous rappelez pourtant les trois autres commissaires assassinés, dit-elle.

– Je me les suis remémorés à l'instant même, dit-il avec une pointe d'agacement, quand l'inspecteur Perrin a prononcé leurs noms. »

Perrin reprit la parole : « Vous n'avez donc aucun renseignement utile à nous communiquer ? Votre collaboration pourrait s'avérer décisive, pour la suite de notre enquête.

– Votre enquête, hein ? Malheureusement, il m'est impossible de vous aider davantage. Vous savez aussi bien que moi ce qu'est la mémoire d'un vieil homme, inspecteur ; on finit par oublier jusqu'au visage de celle qui vous a fait perdre votre pucelage. Quoiqu'en ce domaine, il me faille faire amende honorable, car je me rappelle parfaitement la première fille que j'ai emmenée dans ma chambre. » Il fit pivoter sa masse ahurissante et planta son regard dans celui de Louise. « C'était la bonne de la maison, une Africaine, comme vous, avec un cul comme seules les Négresses peuvent avoir. »

Elle soutint froidement son air goguenard. « Est-ce que vous avez le sentiment d'avoir trahi Richard ? » fit-elle.

Le sourire de l'ancien commissaire se figea, puis céda la place à une expression de franche hostilité. « Madame, c'est Richard qui nous a trahis. Nous tous.

– Mais vous comprenez qu'il puisse vouloir se venger ?

– Non, et ce serait stupide.

– Pourquoi ça ?

– Parce que nous ne faisions qu'obéir aux ordres. Richard sait cela. À l'époque, nous n'étions que des sous-fifres, tout comme vous l'êtes à présent. » Il revint à Perrin et retrouva son exubérance : « Alors, si Lucien Richard est devenu assez fou pour sortir de sa tanière et chercher à se venger, c'est plutôt vers ces messieurs de la Direction générale que je lui suggère de se tourner ! Vous n'êtes pas d'accord avec moi, inspecteur ? » Ce n'était pas une vraie question, et Perrin s'abstint d'y répondre. « Maintenant, dit Thibault en se relevant, si vous en avez terminé avec vos inepties, j'ai à faire, et j'ai l'honneur de bien vous saluer. Inspecteur, fit-il à la seule intention de Perrin.

– Quel con, dit-elle tandis qu'il s'éloignait.

– Vous l'avez contrarié, avec votre histoire de trahison. »

Une très puissante détonation retentit alors, au moment même où Thibault s'engageait dans l'allée. Un groupe de corbeaux s'envola ; un instant, le corps de l'ancien commissaire continua de se tenir debout, comme si la répartition de son poids permettait à l'homme, dont la moitié arrière de la tête venait d'être emportée, de maintenir un équilibre parfait. La scène était surréaliste. Les jambes de Thibault se dérobèrent finalement et le cadavre heurta le sol, pareil à une énorme poupée molle.

« Merde ! » fit-elle. Elle quitta le banc sur lequel elle était assise et rejoignit Perrin à l'abri de la muraille. « Vous croyez que c'est lui ? Que c'est Richard ? » Sans même y penser, elle avait dégainé le MAB et ramené le chien en arrière.

« Je ne sais pas, peut-être. » L'inspecteur lutta pour défaire la boucle de son holster, sous son imperméable, et sortit son revolver.

« Je crois qu'il est dans le jardin », dit-elle. Le coup de feu émanait nécessairement d'une arme à longue portée, mais la portion de boîte crânienne que le projectile avait arrachée plaidait pour un angle de pénétration à peu près frontal, et une ligne de tir qui ne s'écartait guère de l'allée – du moins, c'était ce qu'il lui avait semblé, tandis que la dépouille de Thibault conservait pour un instant son improbable posture. L'absence de fenêtre visible ou d'un autre affût évident, au-delà des limites du jardin, avait conforté son impression que le tireur se trouvait en fait dissimulé dans les fourrés, suffisamment proche pour se passer d'une lunette.

« Il y a un fusil dans la voiture », fit Perrin.

Elle récupéra les clés de l'Alpine, dans la poche de son jean, et les tendit à l'inspecteur. « Allez-y, faites le tour par la rue, je vais vous couvrir jusqu'à la grille. Prévenez le boulevard Soult, qu'ils nous envoient du monde.

– Et vous ?

– Je vais m'occuper de lui couper la retraite, de ce côté. » Elle était en train de se dire que l'assassin devait les avoir précédés dans le jardin : dans le cas contraire, elle n'aurait pu faire autrement que de remarquer son arrivée. Une sorte de réflexe la retint de s'élancer immédiatement en direction de la sortie, et elle s'obligea à perdre encore quelques secondes pour réfléchir à la situation. C'était la dernière occasion qu'elle avait de le faire : quand ils s'élanceraient, elle n'aurait plus le loisir de penser. Le temps qu'ils allaient passer dans la *dead zone* dépendait exclusivement de sa capacité à prendre les bonnes décisions, maintenant.

Elle s'efforça de dérouler en imagination le cours des événements à venir. Tandis que Perrin se dirigerait vers la rue de Lesseps, où se trouvait l'Alpine, elle prévoyait de se tenir abritée derrière les pissotières, de l'autre côté de l'allée, à quelques mètres du portail. Le petit édifice, à l'air libre, n'était pas plus haut que la taille, mais le bâti était en béton et offrirait une protection sûre. Surtout, il lui permettrait de contrôler l'accès à la rue de la Réunion.

Elle considéra l'immeuble qui bordait le jardin, face au cimetière, s'assurant que la façade aveugle n'offrait aucune prise à l'escalade. Le tireur ne pourrait pas davantage franchir l'enceinte du Père-Lachaise, et devrait obligatoirement passer par l'une ou l'autre des deux entrées pour regagner la rue. Comme elle pensait cela, elle reporta son attention sur la petite Talbot Rallye qui stationnait le long du trottoir, derrière la grille, tout près de l'endroit où ils se trouvaient. Elle commençait à croire que la voiture était en fait celle de Richard – si c'était bien de lui qu'il s'agissait. De toutes celles qui étaient garées dans la ruelle, c'était la seule qui s'était donné la peine de faire demi-tour avant de se ranger, tournant le dos à la porte du cimetière, qui fermait la voie. Louise avait manœuvré de façon identique, dans l'impasse jumelle, afin de se trouver déjà en position de repartir. Si son raisonnement était juste, Richard allait probablement tenter de récupérer le véhicule – et il agirait sans tarder, se dit-elle, pour les prendre de court.

Elle eut conscience qu'elle était en train de gaspiller un temps précieux. Chaque nouvelle seconde qu'elle tentait d'arracher au futur l'obligeait à considérer un plus grand nombre de possibilités, réduisant exponentiellement la fiabilité de ses prédictions. Elle devait se persuader que le jeu n'en valait plus la chandelle, étouffer l'instinct qui l'empêchait encore de s'élancer, faute de mieux maîtriser son environnement, et qui n'était peut-être que de la peur.

Évidemment, elle et Perrin se trouvaient dans une situation extrêmement précaire. Pour atteindre le portail, ils allaient devoir traverser le cône de tir de la carabine, ce qui n'augurait rien de bon. En termes de puissance de feu, leur adversaire était incontestablement le maître du terrain, et la portée réduite de leurs armes de poing rendait toute tentative de riposte inutile, sinon pour faire du bruit. Ils n'avaient cependant aucun intérêt à conserver leur position actuelle, car l'homme devait les avoir localisés. Il lui suffisait de passer le milieu de l'allée, en gros, pour les faire entrer dans sa ligne de mire. Ils se trouveraient alors incapables de s'enfuir, adossés à la muraille, comme au peloton d'exécution – piégés comme des cons. S'ils se déplaçaient les premiers, au moins, ils pourraient jouer de l'effet de surprise.

L'inspecteur rompit le silence : « Il faut y aller ; on va se faire tirer comme des lapins, si on reste ici. » Le pauvre vieux tentait de réprimer le tremblement de ses mains, qu'il gardait serrées sur la crosse de son Manurhin.

« Quand vous serez à la bagnole, restez-y, fit-elle. N'essayez pas de revenir vers moi, d'accord ?

– D'accord », dit-il, mais elle eut le sentiment qu'il répugnait à la laisser.

« On va jusqu'au portail ensemble ; je nous couvre, O. K. ? » Il hocha la tête. « Vous êtes prêt ?

– Je vous suis.

– Bon, à trois, O. K. ? Un, deux... trois ! » Perrin fut plus lent que ce à quoi elle s'était attendue. Elle eut le temps de lâcher les quinze cartouches du chargeur à double colonne en direction du fouillis des arbustes avant de se jeter au bas des pissotières. Elle échangea le chargeur vide contre celui qu'elle gardait à la ceinture et lança un regard à travers la grille, derrière elle, suivant la course de son collègue en direction de la rue de Bagnolet. Tant que le vieil inspecteur n'eut pas dépassé le Bedford, vers le milieu de la ruelle, elle craignit pour sa vie.

*

Perrin rejoignit la rue de Bagnolet et prit à gauche. Il manquait d'entraînement et s'inquiétait de la vitesse à laquelle il fatiguait. Sa course pantelante attirait fatalement l'attention des passants, qui s'empressaient de changer de trottoir quand ils remarquaient le revolver, dans sa main.

Il parcourut une distance équivalente à la longueur du jardin, le long des grands immeubles, et tourna dans la rue de Lesseps, par laquelle ils étaient arrivés. Il voyait l'Alpine, à l'autre bout de l'impasse, qui lui faisait face. Malgré ses efforts, il lui était de plus en plus difficile de ne pas marcher. L'air froid s'instillait toujours plus profondément dans ses poumons et irritait sa trachée. Quand il atteignit enfin la voiture de police, quelques mètres avant l'entrée du jardin, sa respiration était devenue sifflante.

Il déverrouilla la portière, s'assit au volant et décrocha le combiné de la radio de bord. Il appuya l'appareil contre son oreille et se contorsionna pour tenter d'apercevoir le portail, derrière la voiture ; l'aile arrière de l'Alpine était cependant si massive qu'il était incapable de voir quoi que ce soit, dans cette direction. « Allô, central, de Perrin. » Il se rendit compte qu'il avait du mal à parler ; son cœur cognait dans sa poitrine à un rythme effroyable et il s'était mis à transpirer abondamment sous son imperméable. « Central, de Perrin, vous me recevez ?

– Central, j'écoute.

– Une fusillade a éclaté dans le jardin Bruno Lalande, entre la rue de la Réunion et la rue de Lesseps, à côté du Père-Lachaise. Je suis sur place avec l'inspecteur Lassauve, l'agresseur dispose vraisemblablement d'une carabine. On a besoin de renforts immédiats. » Pour le moment, il ne croyait pas nécessaire de mentionner la mort de Thibault.

« C'est noté.

– Merci, Victor. » Il quitta la voiture et jeta un coup d'œil au jardin avant de rengainer son revolver et de basculer le siège conducteur. Le compartiment à bagages, de l'autre côté des minuscules sièges arrière, était à peine plus épais qu'un attaché-case. Il s'empara du fusil d'assaut qui s'y trouvait rangé, et qui servait à son usage personnel.

Il avait découvert l'arme dans une planque, dissimulée sous les lames du parquet, tandis qu'il enquêtait sur les exactions métropolitaines d'un groupe de HLL particulièrement virulent ; c'était sa dernière affaire avant que « le vieux » décidât de s'adjoindre ses services. Le canon portait la mention « Propriété de l'État » et il avait été en mesure d'identifier le numéro de matricule, demeuré intact : le MAS modèle 49/56 avait appartenu à un inspecteur de l'Antigang avant de lui être dérobé lors de l'attaque de la rue de la Sablière, tristement célèbre pour avoir coûté la vie au général Bastien-Thiry. Le fusil avait servi aux fellaghas pendant des années et arborait désormais une inscription en arabe, minutieusement gravée dans le bois, sur toute la longueur du fût : comme il parlait couramment la langue, il n'avait eu aucun mal à lire le nom d'Abdelkader ibn Muhieddine – l'émir Abdelkader. À l'époque de l'enquête, il s'était soigneusement gardé de rendre compte de sa trouvaille à sa hiérarchie – encore moins de restituer l'arme à la PJ, son propriétaire légitime.

Il s'extirpa de la voiture, le fusil à la main : avec ça, il pourrait barrer la route au meurtrier, qu'il s'agisse de Richard ou d'un autre, si ce dernier tentait de s'enfuir par la ruelle.

Il n'eut que le temps d'insérer un chargeur et d'armer la culasse avant qu'une nouvelle déflagration ne retentisse en provenance du jardin, immédiatement suivie de deux autres coups de feu, d'une puissance identique, puis d'une véritable rafale. La cadence de tir devait avoisiner les quinze coups par seconde. En fait de carabine, il s'agissait très manifestement d'une arme de guerre. Comme s'il prenait seulement conscience de ce fait, il fut saisi d'horreur à la pensée que c'était sa partenaire qui se trouvait sous les balles. Est-ce qu'elle était à l'abri ? Il n'avait pas eu le temps de s'en assurer plus tôt, et s'était contenté de courir aussi vite qu'il en était capable, le regard fixé sur son objectif.

Le son mat du 9 mm répondit alors à la rafale, en une série de détonations très rapprochées : Lassauve ripostait.

Elle était en vie.

Était-ce l'afflux d'adrénaline ? Ou bien les muscles de ses jambes se trouvaient-ils tétanisés par l'effort de la course ? Il était incapable de bouger, demeurant aussi foutument immobile qu'un soldat de plomb dans l'une des guerres factices de Lecornu. La peur intense qu'il ressentait, se dit-il, suffisait peut-être à expliquer que son corps refusât désormais de lui obéir. Ce n'était pourtant pas pour sa propre vie qu'il craignait.

*

Ça sentait horriblement la pisse.

Ses quadriceps commençaient à lui brûler, comme la plante de ses pieds, et Louise se dit qu'elle devrait très bientôt changer de position si elle voulait pouvoir se remettre à bouger rapidement. La volée de balles qu'elle avait lâchée durant sa course devait avoir incité le tireur à se protéger – et à détourner le regard – tandis qu'elle gagnait son abri de fortune. Dans ce cas, il ignorait où elle s'était réfugiée. Elle-même n'avait toujours aucune idée de la position de son adversaire, et ne savait pas ce qu'il voyait : pouvait-il croire qu'elle avait rejoint la rue de Bagnolet en même temps que Perrin ? Elle l'espérait, en tout cas.

La petite batterie d'urinoirs occupait l'espace étroit entre la grille, le long de l'impasse, et l'immeuble qui bordait le jardin, de ce côté de l'allée. De là où elle se tenait accroupie, elle pouvait voir le portail et ses abords immédiats : il était impossible que l'homme rejoignît la Talbot sans croiser sa ligne de mire. Armée de son seul pistolet, elle n'était certes pas en mesure d'engager une confrontation directe avec le tueur de flics, mais s'il laissait se réduire la distance entre eux, elle pourrait toujours tirer la première. S'il décidait au contraire de rejoindre la rue de Lesseps, Perrin devrait avoir de quoi l'accueillir. Elle se demanda si le vieil inspecteur avait déjà atteint la voiture. Elle avait remarqué qu'il avait des difficultés à courir.

Elle regrettait de n'avoir plus de chewing-gums. Elle jeta un nouveau coup d'œil à l'impasse, de l'autre côté de la grille, espérant qu'il ne prendrait à personne l'idée saugrenue de venir faire un tour dans le jardin ; l'heure n'était pas encore aux amoureux qui venaient se bécoter, ce n'était pas non plus celle des sandwiches, des siestes ou des lectures solitaires, surtout par un tel temps de chiottes – même si la pluie ne s'était pas encore décidée à tomber. Elle redoutait pourtant les propriétaires de clébards, spécialement les vieux, qui se levaient *foutument* tôt pour aller faire leur promenade. Elle devrait les empêcher d'entrer, si elle voulait éviter que la situation ne se mue en prise d'otage.

Elle reprit sa surveillance de l'allée, ramassant encore son mètre soixante-dix-huit ; elle n'avait pas d'élastique sur elle pour attacher ses cheveux, et elle craignait que sa tignasse ne finît par la faire repérer. Un instant, la situation lui parut si absurde qu'elle perdit une bonne partie de sa réalité. Il était clair qu'elle ne pouvait rester là indéfiniment, le nez dans les éclaboussures de pisse. Sans compter que son adversaire avait peut-être déjà foutu le camp depuis longtemps, par la rue de Lesseps. Elle avait pu commettre une erreur, en se disant qu'il chercherait à rejoindre la Talbot. L'homme pouvait avoir abandonné son arme dans les buissons, pour ne pas éveiller les soupçons. Elle se le représentait qui passait devant l'Alpine et regagnait tranquillement la rue de Bagnolet, les mains dans les poches ; elle imaginait aussi le vieil ours, à bout de souffle, incapable de reconnaître son ancien collègue, après tout ce temps.

Elle était occupée à considérer ce nouveau scénario quand trois tirs successifs atteignirent l'installation sanitaire, frappant la maçonnerie de plein fouet, du côté opposé aux urinoirs. L'épaisseur de béton fut impuissante à arrêter la course des balles, qui fracassèrent la porcelaine en s'extrayant de la structure. L'arme disposait d'une capacité de destruction très supérieure à ce qu'elle avait imaginé, et elle ne devait qu'à la chance d'être encore en vie.

Elle se mit instantanément en quête d'un abri plus sûr, tandis que ses pulsations cardiaques crevaient le plafond. Faute de trouver la moindre solution satisfaisante, elle jeta un regard à la grille, toute proche : le faible écart entre les barreaux ne lui laissait aucun espoir de rejoindre l'impasse en se glissant dans les interstices, même tartinée de Vaseline. Elle leva les yeux : il lui était également impossible d'escalader l'ouvrage – pas sans se faire aussitôt abattre, en tout cas.

Prise au piège, elle fit la seule chose qui lui restait à faire et se coucha au sol ; dans le même temps, sur les pissotières s'abattit une rafale qui lui donna l'impression de ne pas vouloir s'interrompre. Louise aurait voulu pouvoir se boucher les oreilles, tant le bruit était insoutenable, mais elle était trop occupée à rester aplatie. Elle pouvait imaginer les balles haute vitesse qui faisaient éclater la faïence, quelques centimètres au-dessus de sa tête, criblant le ciment mis à nu d'impacts de gros diamètre.

Les projectiles cessèrent finalement de pleuvoir sur la construction, à son immense soulagement. L'attaque avait été d'une si formidable violence que sa notion du temps s'en était trouvée altérée. Elle s'efforça de reprendre ses esprits ; en réalité, se dit-elle, la rafale n'avait pas pu durer plus de deux secondes – trois, maximum. Elle se représenta la culasse rotative, dont le mouvement s'était brusquement figé, le chargeur de vingt ou trente cartouches, très probablement vide.

Il lui fallait profiter du créneau.

Maintenant.

Elle se remit debout aussi vite que le lui permettaient ses jambes ankylosées et se mit à courir vers l'escalier qui menait à la promenade en promontoire, de l'autre côté de l'allée. En chemin, elle tira une nouvelle série de coups de feu en direction des fourrés, et s'aperçut que l'attaque l'avait rendue complètement sourde. Elle escalada les marches dans un silence cotonneux et parcourut les quelques mètres qui la séparaient de la première terrasse, sans toutefois s'avancer jusqu'au garde-corps ; là, avec le mur du cimetière dans son dos, elle se trouvait hors d'atteinte – provisoirement, du moins. Elle vit quelques étoiles, devant ses yeux, et lutta contre un début de nausée. Elle ne devait pas céder à l'abattement. Elle avait compté qu'il restait encore neuf balles dans son chargeur, ce qui lui laissait autant de chances de bousiller son adversaire, s'il tentait de franchir le portail ou s'il se pointait par l'escalier.

Elle tourna son regard en direction de la rue de Lesseps, à l'autre bout du jardin ; elle était incapable de distinguer l'Alpine à travers la végétation, et ne voyait pas non plus Perrin, ce qu'elle considéra comme une bonne chose. Les coups de feu avaient fatalement averti l'inspecteur, et elle redoutait plus que tout de le voir surgir dans l'allée.

Mue par une intuition soudaine, elle procéda à un rapide examen de sa propre personne et s'aperçut qu'une balle lui avait partiellement entaillé l'épaule droite, à moins que ce ne fût un éclat de béton. La blessure saignait mais ne lui causait aucune douleur ; cela ne devrait pas durer, se dit-elle, ses taux de dopamine et d'endorphines allaient rapidement décroître, à présent que la vague d'adrénaline avait reflué, et elle ne pourrait bientôt plus bouger le bras. S'il existait encore un moyen d'appréhender l'assassin de Thibault, elle n'avait plus beaucoup de temps pour agir.

Quelque chose se mit en mouvement, au-delà du portail, qui attira son attention. Sans être capable de percevoir aucun bruit de moteur, elle vit le van Bedford qui s'écartait lentement du trottoir et entamait un demi-tour devant la porte du cimetière. La distance qui la séparait du véhicule rendait impossible l'identification du conducteur, à travers la vitre de sa portière. Quel âge avait-il ? Est-ce qu'il pouvait s'agir de Richard ? Dans ce cas, l'ancien boiteux était parvenu à lui jouer un tour qu'elle ne s'expliquait pas.

Le Bedford acheva son demi-tour, très au-delà de la portée du MAB, sans qu'elle sût dire si c'était vraiment son assaillant qui se trouvait au volant. Elle hésitait à bouger, de peur de se faire faucher par une nouvelle rafale, en provenance du jardin ; l'accélération légèrement excessive du van, pourtant, lui fit penser qu'elle ne devait plus craindre cette éventualité.

*

L'homme changea la position du sélecteur de tir, sur le FN CAL, pour obtenir une rafale continue ; à dessein, il entreprit de vider complètement son chargeur, en prenant garde de ne pas arroser trop bas – il n'avait aucun mal à imaginer la fliquette couchée au bas des urinoirs, de l'autre côté de l'édicule, tout espoir de retraite anéanti par la présence de la grille du jardin, derrière elle. Il avait fait en sorte de loger les trois premières balles au sommet de la structure de béton, près des coins, pour servir d'avertissement.

Il avait immédiatement reconnu la petite métisse qui se trouvait chez Féron, la veille, et qui lui avait collé au cul pendant des kilomètres avec son Alpine – il ignorait que certaines de ces fichues voitures se trouvaient toujours en état de rouler. La petite savait manifestement se servir d'un volant, il avait cru ne jamais réussir à s'en dépêtrer. Encore à présent, elle faisait preuve d'un acharnement certain. C'était le genre de comportement qui était devenu suffisamment rare, parmi les boiteux, pour lui faire croire qu'elle faisait en fait partie du Choc. Quelques instants plus tôt, elle avait couvert son partenaire jusqu'au portail et s'était postée de façon à contrôler l'accès à la rue de la Réunion. Il supputait que le vieux, de son côté, était allé rejoindre la voiture de police ; à cette seconde, le boulevard Soult devait avoir été informé de la situation.

Il avait commis l'erreur de penser que Thibault précéderait les deux enquêteurs dans le jardin. Face à la tournure qu'avaient prise les événements, il avait d'abord cru nécessaire de reconsidérer ses intentions, et avait envisagé de se servir de l'Alpine pour quitter les lieux ; il avait cependant renoncé à cette idée, qui impliquait de devoir liquider le vieux – ce qui n'était pas dans ses projets – et de voir débarquer sa coéquipière avant même d'avoir eu le temps de récupérer les clés de contact. Il avait aussi songé à la fuite à pied, mais avait rapidement conclu qu'il n'aurait guère de chance d'échapper à la petite. (Avec dix ans de moins, peut-être...) Contrairement à ce qu'il lui avait semblé de prime abord, il était donc plus raisonnable de s'en tenir à ce qu'il avait prévu et de récupérer son propre véhicule.

Le truc, dans ce genre de situation, était de se garder de ses premiers instincts, qui poussaient généralement à se jeter dans la gueule du loup. Il fallait s'obliger à voir un peu plus loin que le bout de son nez – s'il pouvait encore s'appliquer l'expression à lui-même –, en dépit des quelques précieuses secondes que cela pouvait coûter ; il y avait toujours un ratio à établir, quand les balles commençaient à siffler, entre l'élaboration d'une stratégie et le temps qu'on pouvait se permettre d'y consacrer.

Elle devait en avoir pris plein les oreilles, derrière son abri pisseux, et il comptait sur sa surdité momentanée pour rejoindre l'édicule sans se faire repérer : à peine son arme eut-elle craché sa dernière balle qu'il changea de position et vint s'accroupir contre le bâti, du côté opposé aux urinoirs. S'il ne se trompait pas, la petite ne tarderait pas à foutre le camp de là où elle se trouvait pour tenter de gagner un refuge mieux adapté au type d'attaque qu'elle subissait ; la promenade qui surplombait le jardin, à flanc de cimetière, était une destination vraisemblable.

Le fusil dans une main, il dégaina son Manurhin, se réservant la possibilité d'abattre la fliquette, au cas où elle n'aurait pas décampé. Heureusement pour lui – et pour elle –, il avait vu juste. Il était possible, dans une certaine mesure, d'anticiper les réactions des agents bien formés ; c'était encore plus vrai s'il s'agissait de membres d'unités spécialisées, telles que le Choc : eux pouvaient, en quelque sorte, se fier à leur instinct.

Dès qu'elle eut quitté les lieux, il contourna le bâti et suivit la grille, le long de l'impasse, progressant à pas rapides en direction du portail. Le doigt sur la détente de son revolver, il gardait un œil sur la course de la petite. Comme il s'y attendait, elle n'avait pas détecté sa présence, derrière elle, mais elle avait tiré plusieurs cartouches vers les massifs, visant assez précisément l'endroit où il se tenait caché quelques secondes auparavant. L'adresse de sa riposte, pensa-t-il, alors même qu'elle fonçait vers son nouvel abri, constituait un véritable tour de force. Après ce genre d'agression, le cerveau humain se trouvait généralement si ébranlé, saturé par l'afflux massif de signaux d'alerte, qu'il perdait sa capacité à appréhender son environnement immédiat. Les règles qui régissaient le monde autour de lui, et qui lui paraissaient jusqu'alors immuables, venaient de changer si brusquement qu'il se montrait momentanément impuissant à produire le moindre raisonnement logique. Dans ces conditions, un flic ordinaire aurait été incapable de localiser son agresseur. Un instant, il se demanda si l'entraînement suffisait à expliquer les dispositions de la petite. Sans savoir pourquoi, il eut l'intuition qu'elles existaient chez elle à l'état naturel.

Il atteignit le Bedford, s'assit au volant et fourra son arme dans le sac de sport, entre les deux sièges. La petite entendit peut-être le véhicule qui démarrait, ou peut-être pas. Il s'abstint de la chercher des yeux, dans le jardin, et quitta sa place contre le trottoir. Il parcourut les quelques mètres qui le séparaient de la porte du cimetière, fit demi-tour et redescendit la ruelle en surveillant sa vitesse : il ne devait surtout pas donner l'impression de s'enfuir. Il fut surpris de constater que sa jambe tremblait quelque peu, sur la pédale d'accélérateur : il était resté trop longtemps loin de l'action.

Il immobilisa le fourgon à l'intersection, au bout de la voie, puis jeta un regard au rétroviseur de sa portière ; dans le miroir, il vit la fliquette qui franchissait le portail et s'avançait sur les pavés, son automatique à la main. À cette distance, il était incapable de déchiffrer son expression, mais son attitude lui laissait penser qu'elle hésitait encore à lui donner la chasse.

Il manqua de caler en tournant dans la rue de Bagnolet.

À cause de l'heure, ça roulait plus lentement qu'il ne l'aurait souhaité. Faute de pouvoir accélérer franchement et de quitter le quartier, il continuait de surveiller attentivement ses arrières.

Il se demandait pourquoi les deux agents avaient cherché à rencontrer Thibault : est-ce qu'ils avaient déjà réussi à établir un lien entre les victimes ? À travers la lunette de son fusil, il avait reconnu Maurice Perrin, des Affaires internes – du moins une version vieillie – et largement décrépite – du policier qu'il avait côtoyé, vingt-cinq ans auparavant, dont il avait admiré les méthodes et, dans une certaine mesure, le tableau de chasse. Il était incapable de s'expliquer, pourtant, comment le vieux boiteux et sa partenaire étaient arrivés si vite chez Féron, et comment ils étaient parvenus à prendre la Crim' de vitesse. S'il s'était trouvé un témoin du meurtre parmi les habitants de l'immeuble, il s'était nécessairement adressé à la PJ. Il était connu que les boiteux ne s'occupaient pas d'affaires criminelles. Surtout, il ne venait plus à personne l'idée de rapporter la moindre information au boulevard Soult. La police, dans l'esprit des gens d'aujourd'hui, c'était la police judiciaire. Quoi qu'il en soit, Perrin était resté prudent, au téléphone, et n'avait rien communiqué à Thibault du résultat de ses investigations. *Ce n'est pas à un vieux singe...*, pensa-t-il.

L'autre chose qui lui semblait étrange était la présence d'un agent du Choc – s'il ne se trompait pas – aux côtés des Affaires internes, dans le cadre d'une simple enquête. Évidemment, un type comme Perrin pouvait avoir déjà tiré quelques conclusions légitimes, et les avoir livrées à son état-major ; les choses, alors, avaient peut-être eu tendance à s'emballer.

Il approchait du croisement avec la rue des Pyrénées quand il vit la fliquette, dans le miroir, qui émergeait de l'impasse et s'élançait dans sa direction. Même à cette distance, elle demeurait très reconnaissable, au milieu des badauds, avec sa veste militaire et sa masse de cheveux en pagaille. Il devinait qu'il ne devait pas la laisser s'approcher trop près ; si la distance se réduisait jusqu'à la portée de son pistolet, il ne faisait plus de doute qu'elle viserait juste. Il baissa les yeux sur le tableau de bord : le gros compteur central l'informa qu'il atteignait péniblement les trente kilomètres heure.

Il s'étonnait de la résistance physique de sa poursuivante, qui ne donnait pas du tout l'impression de perdre du terrain ; elle devait être très bien entraînée pour arriver à suivre une allure pareille, à pied – quoique lui-même eût la sensation de se traîner horriblement. Quel âge pouvait-elle avoir ? La trentaine ? De telles qualités athlétiques étaient remarquables, même pour un agent du Choc. Se trouverait-il bloqué dans la circulation, il n'aurait pas d'autre choix que de se servir de son arme et, cette fois-ci, il devrait tirer pour tuer. L'idée ne l'enchantait guère : le boulevard Soult faisait déjà bien assez d'efforts pour se débarrasser de ses agents les mieux doués. Ces derniers temps, la traque indigne que l'administration menait dans ses propres rangs avait même pris des proportions inédites. Néanmoins, il ne pouvait laisser les boiteux lui mettre la main dessus – pas plus que sur son cadavre – et il ne reculerait devant rien pour réussir à leur échapper.

Il venait de passer la rue des Pyrénées quand la file de voitures perdit encore de la vitesse, devant lui. Un peu plus loin, plusieurs d'entre elles se trouvaient arrêtées par la manœuvre d'un compacteur qui passait d'un trottoir à l'autre. Il leva les yeux vers le rétroviseur comme un camion frigorifique se rapprochait du Bedford. Le gros-cul finit par lui masquer la presque totalité du trottoir, du côté où était la petite. Il saisit alors ce qu'il prit pour sa dernière chance de ne pas se trouver piégé dans le trafic, et engagea le fourgon dans la rue immédiatement perpendiculaire. Il descendit la voie étroite à grande vitesse et ne ralentit qu'à l'approche de la première intersection, pour tenter de se repérer : de l'autre côté de la vitre passager, il voyait la ligne de Petite ceinture qui émergeait d'entre les immeubles pour enjamber la chaussée, suivant une trajectoire parallèle à la sienne. Les rails devaient être sortis de terre dans les parages, car il n'avait croisé aucune sorte de viaduc, en amont.

Il reprit de la vitesse et s'engouffra dans la rue Courat, en face de lui. La bande d'asphalte se rétrécit encore, pressée par les façades des bâtiments insalubres. Il contrôla une énième fois ses rétroviseurs. Depuis qu'il avait quitté la rue de Bagnolet, il ne voyait plus trace de la petite furie, à ses trousses. Le gros cul qui s'était trouvé derrière lui avait vraisemblablement dissimulé son changement d'itinéraire ; si le compacteur avait daigné libérer la chaussée, la fliquette n'avait peut-être jamais rattrapé le camion, et ne s'était rendu compte de la disparition du fourgon qu'en atteignant la rue Saint-Blaise ; de là, ses chances de le retrouver auraient été réduites à néant. C'était peut-être une acharnée, mais certainement pas une magicienne – quoique *sorcière* eût sans doute mieux convenu.

Les immeubles, du côté droit de la chaussée, cédèrent bientôt la place aux contreforts de la Petite ceinture. La voie de chemin de fer était venue tangenter sa rue, et prenait régulièrement de la hauteur. Comme il arrivait en vue du carrefour, sous le viaduc, il dut pourtant s'arrêter derrière une Volkswagen qui bloquait la circulation. La petite voiture jaune avait pris la peine d'escalader le maigre trottoir mais empiétait encore assez sur la chaussée pour empêcher le fourgon de se faufiler – même en raclant la carrosserie. Le conducteur avait quitté le volant : il devait être en train de décharger ses courses, car le coffre, à l'avant, était grand ouvert. Seul demeurait un cocker, sur la banquette arrière, qui gardait la voiture.

Il tourna le bouton de l'autoradio. Il avait le temps.

*

Louise se résolut à quitter la terrasse et descendit les escaliers, fouillant le jardin de son automatique, traquant le moindre mouvement, derrière la végétation, la plus petite variation de couleur dans les taillis. Si elle se trompait, et que le conducteur du Bedford n'était pas celui qu'elle croyait, alors il ne lui restait plus beaucoup de temps à vivre. Elle se représentait le tireur qui guettait le meilleur moment pour presser la détente de son arme, la trentaine d'ogives de 5,56 mm qui n'attendaient que de jaillir du cache-flamme, à plus de mille mètres par seconde, pour pénétrer sa chair et faire éclater ses os.

Comme elle atteignait l'allée, pourtant, il ne s'était toujours rien passé. Elle envisagea de rejoindre l'Alpine – et Perrin –, mais se dit que la voiture était garée trop loin ; en plus, à cette heure-ci, ils risquaient de se trouver coincés dans la circulation. En réalité, se dit-elle, il était vain d'essayer d'atteindre le van autrement qu'à pied.

Elle franchit le portail sans encombre et s'avança dans l'impasse au moment où le Bedford atteignait le croisement avec la rue de Bagnolet. Plutôt que de continuer sa route, cependant, le conducteur immobilisa son véhicule : elle devinait qu'il l'observait, dans le rétroviseur de sa portière.

Il ne faisait plus de doute que c'était en fait le tueur de flics qui se faisait la malle – qu'il s'agisse de Richard ou d'un autre.

Le van se trouvait largement hors d'atteinte, et elle avait baissé son arme – il ne servait à rien de faire semblant. Le MAB, dans sa main gauche, lui semblait inhabituellement pesant. Elle sentait le sang qui coulait le long de son bras droit, sous sa manche, et dégouttait de sa paume. Elle, en revanche, se trouvait certainement à portée du fusil d'assaut. Elle croyait pourtant que le meurtrier de Thibault ne tirerait plus, sans quoi elle serait déjà morte. Elle commençait à soupçonner que l'homme ne faisait pas indifféremment le ménage parmi les boiteux. Perrin devait avoir eu du flair : il s'agissait manifestement de représailles – le seul fait qu'elle soit encore là pour y penser plaidait pour cette hypothèse. Elle se rappela les paroles du vieil ours, dans le jardin ; elle se dit que l'assassin devait appartenir à une époque révolue, lui aussi, et qu'il respectait encore les formes anciennes. La question, à présent, était de savoir s'il se laisserait passer les menottes – si toutefois elle parvenait à le rattraper.

Le Bedford reprit sa route, et elle s'élança derrière lui. Elle crut qu'il allait caler.

Rue de Bagnolet, elle dépassa la vieille maison de brique, à l'angle de l'impasse au bout de laquelle se trouvait l'Alpine ; Perrin, devant l'entrée du jardin, ne devait pas l'avoir vue passer. Elle n'eut même pas le temps de jeter un regard dans sa direction, tant elle était occupée à surveiller la progression du camion de transport frigorifique – *Ets Cavalier, Boucherie Chevaline* – qui la précédait de quelques mètres et commençait à lui cacher le Bedford. Profitant de ce que la température de ses muscles s'élevait graduellement, elle accéléra encore, faisant en sorte de ne pas laisser le poids lourd occulter complètement sa vision. Elle imaginait les carcasses de quatre cents kilos, à l'arrière, pendues à leurs esses, qui se balançaient au rythme de la circulation.

Elle franchit une nouvelle intersection comme la file de voitures commençait à se resserrer ; de justesse, elle aperçut le van qui s'engouffrait dans une rue perpendiculaire, un peu plus loin, sur sa droite. Elle tenta de se rappeler la configuration du quartier, dans cette direction ; elle se représenta le carrefour avec la rue des Orteaux, par laquelle ils étaient arrivés : elle croyait se souvenir d'une voiture en panne, à l'autre bout de la voie étroite, qui pourrait empêcher le Bedford d'accéder au croisement et forcerait le conducteur à continuer à pied – ou à patienter derrière son volant, car toute tentative de marche arrière l'obligerait à rebrousser chemin sur plus d'un demi-kilomètre et le mettrait inévitablement à la merci de la police.

Elle revint à sa propre rue : sur le trottoir d'en face, elle vit la façade d'une petite gare désaffectée, coincée entre deux immeubles, en léger retrait de la chaussée. L'édifice plus que centenaire s'élevait quelques dizaines de mètres en amont de l'endroit où le Bedford avait bifurqué. Elle traversa la rue et manqua de se faire percuter par une R5 pie de la PJ qu'elle n'avait ni entendue, ni vue arriver – depuis la fusillade, elle avait l'impression d'avoir perdu une bonne partie de sa vision périphérique. Devant les accès condamnés de la gare, elle rengaina son pistolet et escalada la gouttière, à l'angle de la façade.

Le bâtiment n'était pas haut ; elle se hissa sur la marquise encore intacte, coiffée d'une vieille enseigne Sernam, s'inquiétant de ce que son épaule commençait à donner de sérieux signes de faiblesse. Ce fut à peine si elle jeta un regard aux policiers, qui étaient descendus de leur voiture et qui l'observaient d'en bas. Elle eut moins de difficulté à accéder au toit, dont elle gravit la pente légère et franchit l'arête. Parvenue de l'autre côté du bâtiment, quelques tuiles s'échappèrent de leur logement, sous la pression de ses semelles, et elle ne réussit à éviter la chute que de justesse. Elle se sentait pataude : elle devait absolument faire attention. Le cœur pompant à tout va, elle considéra la voie de chemin de fer qui débouchait de sous la gare, en contrebas, trois ou quatre fois plus éloignée du bord du toit que ne l'était la chaussée, côté rue – une distance vertigineuse.

Deux escaliers descendaient de la gare et rejoignaient les quais, de part et d'autre des rails, au fond de la tranchée. Elle n'était probablement pas née quand les derniers passagers avaient attendu là le dernier train de voyageurs. Plutôt que d'emprunter la passerelle métallique, au-dessus des voies, elle s'aida du garde-corps de béton pour atteindre l'escalier de gauche et tenter de rejoindre l'unique quai qui fût encore praticable. Elle dévala une première série de marches, qui lui firent l'effet de vieilles dents déchaussées, et fut arrêtée net par les ronciers qui recouvraient la moitié basse de l'ouvrage, à flanc de coteau. L'exubérance de la végétation, à cet endroit, était comme un pied de nez aux désherbants totaux que les compagnies d'exploitation successives, et surtout la SNCF, avaient dû répandre pendant près d'un siècle aux abords de la voie. Elle décida de couper au plus court, à travers une série de broussailles d'apparence moins belliqueuse, et descendit le talus, abrupt jusqu'à devenir vertical, qui la séparait encore du quai. Elle s'arracha la peau des mains en essayant de se retenir aux branches des massifs qui passaient à sa portée, et parcourut les derniers mètres sur son cul ; elle ne sut comment, elle atterrit pourtant sur ses baskets.

Il lui apparut que la gare se trouvait en fait sur un pont, où passait également la rue de Bagnolet ; depuis la rue, il était impossible de s'en rendre compte. Entre les jambes de l'édifice, elle voyait le tunnel qui émergeait du coteau, une cinquantaine de mètres en retrait. Elle reprit sa course sur le quai, dans la direction opposée à la bouche sinistre. Adossées au chemin de fer, trois ou quatre petites maisons donnaient l'impression d'être près de s'écrouler : l'une d'elles n'était plus soutenue que par une série d'imposants madriers. Elle crut deviner le visage d'une très vieille femme qui la considérait d'un air sévère, derrière le carreau de sa fenêtre. La vieille aurait pu passer pour un spectre, tant elle n'était plus qu'une ombre grise.

Elle croyait se trouver sur la ligne de Petite ceinture, celle-là même qui passait devant la Cité du boulevard Soult – elle se trouvait trop au nord pour que ce soit la ligne de Vincennes, qui partait de la gare de Bastille. En suivant les rails, elle pensait rejoindre l'imposant pont ferroviaire qui enjambait le carrefour avec la rue des Orteaux, et atteindre ainsi le Bedford. Elle se prit à espérer que les voies étaient réellement désaffectées, comme elle croyait le savoir. Était-ce à cause de la vieille ? Elle eut la vision d'une locomotive à vapeur, derrière elle, qui franchissait l'embouchure sinistre comme une furie, surgissant du passé pour régler ses comptes avec l'époque qui l'avait condamnée au rebut.

Le train fantôme à ses trousses, elle tâchait de conserver sa vitesse sur la dalle de béton qui avait succédé au quai, et qui semblait vouloir se prolonger indéfiniment. Elle était soulagée de ne pas avoir à courir sur le ballast. Elle allongea encore sa foulée. À la différence de la voie de chemin de fer, le reste du quartier épousait la pente naturelle de la colline du Père-Lachaise, si bien qu'elle se trouvait à présent au-dessus de la chaussée. Immédiatement à sa gauche, derrière un grillage à poules, le remblai avait été arasé pour servir de socle à quelques minuscules jardins potagers qui s'étendaient jusqu'à la rue, assez hauts pour dissimuler la circulation à sa vue.

Après quelque temps, elle prit conscience que la distance qui la séparait du pont était beaucoup plus importante que ce qu'elle s'était figuré. Dans le feu de l'action, elle avait imaginé prendre le Bedford à revers – et en surplomb – afin d'échapper à ses rétroviseurs. La réalité du terrain éprouvait désormais durement sa stratégie, en même temps que sa confiance. En fait, pensa-t-elle, elle était encore loin de son objectif : s'il se trouvait toujours une voiture en rade, au bout de la rue, le tueur de flics aurait tout le temps d'abandonner son véhicule et de disparaître.

Elle s'aperçut qu'elle avait ralenti sa course, presque malgré elle, et se força à reprendre de la vitesse. La dalle s'élargit un peu, à sa gauche, à la hauteur d'une cahute de béton, quelque chose comme un local technique ; la végétation alentour avait pénétré l'édifice abandonné et jaillissait désormais de tous ses trous, conduits de ventilation, persiennes et fenêtres dégondées. La nature, le long de l'ancienne ligne, reprenait ses droits.

Elle dépassa le local, et la piste de béton se mua brusquement en un épais ruban d'acier riveté. Elle fut étonnée de se trouver sur un pont, à cet endroit, qui n'était pas celui qu'elle cherchait à atteindre. La carte mentale qu'elle s'était composée du quartier comportait manifestement quelques lacunes, et elle avait oublié la rue Vitruve, qui passait sous ses pieds. Elle espéra que le van, en croisant la même rue, avait continué tout droit. Dans le cas contraire, elle courait après un fantôme – un de plus.

Elle se força à maintenir son allure en dépit du découragement qui la gagnait. Elle passa au bas de quelques vieux immeubles qui occupaient la surface, de plus en plus réduite, entre les rails et la rue. Un long graffiti s'étalait à hauteur d'homme, sous les balcons du dernier bâtiment, indéchiffrable.

Le béton céda la place aux broussailles. La ligne de chemin de fer continuait de prendre de la hauteur – ou plutôt, la chaussée continuait de suivre la pente de la colline, descendant résolument vers le carrefour que l'Alpine avait emprunté un peu plus tôt. La végétation se fit plus anémique, et elle fut bientôt capable de distinguer les toits des véhicules garés contre le mur de soutènement. La voiture en panne avait dégagé, au bout de la rue ; évidemment, elle ne vit pas le van.

Elle aborda le pont ferroviaire au-dessus du carrefour avec la rue des Orteaux, bien plus haut, et plus long, que le précédent. Elle marchait, à présent, et devait faire appel à toute la volonté qui lui restait pour continuer à mettre un pied devant l'autre. À bout de forces, elle était incapable même de soutenir le poids de sa tête et gardait les yeux fixés sur ses baskets, souillées du sang qu'elle avait perdu.

Comme elle laissait les battements de son cœur se calmer progressivement, elle s'efforça de réfléchir à la meilleure façon de rejoindre Perrin. Elle passa une main dans la masse de ses cheveux, trempés de sueur, sollicita autoritairement les muscles de son cou et jeta un regard alentour, à la recherche d'un passage qui lui permît de regagner la rue. Elle avisa un accès de service, à l'aplomb de la voie, qui ouvrait sur le trottoir : la porte d'acier devait permettre aux afficheurs d'atteindre le panneau publicitaire qui dominait le carrefour, ainsi que la plate-forme qui y était attachée. Quand bien même elle réussirait à franchir la porte, cependant, elle devrait commencer par descendre le talus, plus raide encore que celui qui s'était trouvé à flanc d'escalier, au bas de la gare ; à cette pensée, elle se massa machinalement les fesses et remarqua que son jean était déchiré. Elle se dit qu'elle trouverait un autre moyen de rejoindre la rue.

Clairement, la ligne de chemin de fer était protégée des intrusions extérieures. Louise se trouvait absolument seule, au milieu d'un complexe dont elle n'avait jamais soupçonné l'étendue, sans rien qui semblât fonctionner autour d'elle. Elle eut brièvement la sensation d'avoir été projetée dans un monde d'après l'apocalypse ; sans très bien savoir pourquoi, elle repensa à Pascal.

Elle s'arrêta pour sortir son paquet de Camel. Ses mains n'étaient pas en très bon état, pensa-t-elle ; la droite tremblait, probablement à cause de son épaule blessée. Elle fouilla ses poches, à la recherche de son briquet, et s'aperçut que le Dupont ne s'y trouvait plus : elle devait l'avoir égaré dans sa course. Contrariée, elle remit la cigarette dans le paquet et s'employa à scruter les abords de la voie, en quête d'une nouvelle issue ; si elle n'en trouvait pas, se dit-elle, elle pourrait toujours regagner le pont précédent, au-dessus de la rue Vitruve ; là, il lui serait facile de franchir le garde-fou et d'atteindre la chaussée.

Un long coup de klaxon retentit derrière elle. L'espace d'un instant, elle revit la locomotive vengeresse, dans son dos, et dut faire un effort de volonté pour se retourner. Elle laissa la réalité reprendre corps, devant ses yeux, et s'aperçut que le Bedford se trouvait en fait dans la rue, plus éloigné du carrefour qu'elle ne l'avait imaginé. Une Coccinelle jaune était arrêtée devant lui, à la hauteur de l'immeuble au graffiti ; le coffre était ouvert, à l'avant, et dégueulait de sacs Mammouth. La petite voiture avait partiellement escaladé le trottoir, mais le van était encore trop large pour se frayer un chemin, quand bien même il irait racler le mur opposé. Deux autres bagnoles s'étaient pointées dans la rue à la suite du Bedford, qui attendaient aussi. L'une d'elles devait être celle qui avait couiné.

Elle considéra le van rondouillard, son capot court et ses deux phares circulaires, qui composaient un genre de physionomie porcine. Derrière le pare-brise, le visage du conducteur demeurait invisible ; seules ses mains, sur le volant, accrochaient un improbable rayon de lumière.

Elle tourna son regard en direction du panneau publicitaire et de la plate-forme, au-dessus du carrefour. Avec une carabine, à cette distance, elle aurait été en mesure de réaliser un superbe carton – en fait, elle aurait même été capable de neutraliser le tueur de flic sans l'abattre.

Elle se remémora brutalement la fusillade de Châteaubourg, dans l'ancienne écurie qui avait servi de planque à l'UCP, sur les bords du Rhône : comme elle s'appliquait à jouer son rôle d'apprentie terroriste, il lui avait fallu faire en sorte d'épargner ses collègues du Choc tout en évitant de bousiller sa couverture : selon l'expression des agents qui s'étaient trouvés en face d'elle, elle s'était occupée de les *raser de près*. L'opération, en réalité, avait été minutieusement préparée. Quelques-uns des flics du groupe avaient été chargés de jouer les victimes, on avait demandé aux autres d'identifier Olivier, parmi les terroristes, et de le liquider. Louise avait elle-même imaginé le scénario de l'assaut pour donner une chance à « Nadia » de se rapprocher de Joël de Lattre, l'influent chef de la branche lyonnaise de l'UCP ; une rencontre organisée par Olivier, deux mois plus tôt, l'avait incitée à penser que l'homme saisirait la première occasion de lui proposer de rejoindre son équipe. Elle avait considéré la situation comme son meilleur espoir d'infiltrer le premier cercle du chef suprême de l'organisation : Jean-Marc Aubert.

Il se mit à pleuvoir à grosses gouttes. Elle s'écarta du garde-corps et rejoignit le ballast, pour ne pas risquer de se faire repérer, puis reporta son attention sur le vieil immeuble, côté graffiti, cette fois. Elle doutait que la résidence fût encore habitée. De la façon dont elle voyait les choses, il lui serait facile de se hisser à la hauteur des premiers balcons et de rejoindre la façade opposée : en tenant compte du dénivelé qui existait entre la voie de chemin de fer et la chaussée, elle se retrouverait au niveau des appartements du deuxième étage, côté rue.

Elle repensa à la Coccinelle, en train de décharger ses courses. Elle ne devait plus perdre de temps.

Elle n'avait trouvé aucun signe d'occupation récente, comme si le bâtiment menaçait de s'effondrer depuis déjà des années. Dans la pièce où elle se trouvait – elle pensait à une ancienne chambre d'adolescent –, il ne subsistait qu'une commode massive et une vieille affiche de Stéphanie Milord, avec son fameux trench – comme celui de Perrin, se dit-elle – et ses Dr. Martens cerise.

L'humidité devait avoir fait gonfler le bois, et elle dut lutter pour ouvrir la fenêtre ; elle posa le pied sur le radiateur de fonte, agrippa le montant et se hissa sur la corniche à la force de son seul bras gauche.

Elle baissa les yeux sur la rue : elle se trouvait au-dessus du Bedford, à la verticale de la cabine, suffisamment haut pour ne pas être vue du conducteur. Le coffre de la Coccinelle, devant le van, était encore ouvert. Un cocker, couché sur la plage arrière de la voiture, tourna la tête dans sa direction : elle espéra que le foutu clébard n'attirerait pas l'attention sur elle. Elle commença à ressentir des démangeaisons, sous son jean, de part et d'autre de ses tibias. Elle se demanda si c'était la vue du chien, ou si elle avait récolté des puces sur le parquet pourri.

À cette hauteur, il n'était pas question de sauter, et elle entreprit de suivre la corniche, dans le sens inverse de la circulation. Elle s'était mis en tête d'atteindre la gouttière qui descendait le long du mur, toute proche. La saillie de béton, à peine plus large que les semelles de ses baskets, était recouverte d'une épaisse couche de peinture que la pluie avait rendue très glissante. Tout en avançant, elle faisait en sorte de conserver la majeure partie de son poids du côté de la façade. L'exercice était d'autant plus périlleux qu'elle s'obligeait à contrôler régulièrement le rétroviseur passager du van, veillant à ne jamais laisser apparaître le visage du conducteur dans la glace.

Une demi-minute plus tard, elle agrippa enfin le tuyau et commença à descendre. À la hauteur du premier étage, cependant, son épaule blessée cessa brusquement de lui obéir, et elle chuta violemment sur le trottoir. Elle n'était pas tombée de très haut, mais elle s'était mal réceptionnée ; sa cheville, au moment du contact avec le bitume, s'était pliée selon un angle pas du tout orthodoxe.

Elle serra les dents comme la douleur commençait à irradier de son articulation, s'efforçant de ne pas perdre contact avec la réalité. Un instant, elle eut l'espoir que sa cabriole était passée inaperçue ; avant même d'essayer de se relever, elle dégaina son arme et posa un doigt sur sa bouche à l'attention des voitures qui attendaient derrière le Bedford ; en dépit de son geste, le conducteur qui fermait la file prit peur et commença à reculer.

Elle parvenait à déceler quelques sons assourdis, à présent, et crut identifier des aboiements, par-dessus le martèlement de la pluie ; elle tourna son regard vers la Coccinelle et vit que le clébard s'était redressé, à l'arrière de la voiture, glapissant comme un taré dans sa direction. Ce n'était pas bon. Un nouveau coup d'œil au rétroviseur du Bedford l'avertit qu'elle ne se trouvait plus dans l'angle mort de la cabine – par réflexe, elle s'était laissée rouler après sa chute, afin de dissiper ce qui restait de l'énergie de l'impact. Elle remarqua aussi que le conducteur avait quitté son siège.

Elle se remit debout sur un seul pied, en se servant de son bras valide pour prendre appui sur le mur, et tenta de faire un pas en direction du van ; la douleur en provenance de sa cheville amochée fut si intense, cette fois, qu'elle faillit tourner de l'œil pour de bon. Elle avait la sensation infiniment désagréable que son articulation se mouvait avec une liberté inédite, désormais capable des mouvements les plus débridés. Elle réprima une nouvelle vague de nausée et jeta une série de regards autour d'elle, sans parvenir à repérer son adversaire ; elle n'était plus du tout certaine, soudain, que le tueur de flics ait la moindre intention de l'épargner.

Elle se demanda où en était le vieil ours, avec son fusil.

*

Perrin perçut un cri sinistre, qu'il attribua très provisoirement à sa partenaire avant de comprendre qu'il s'agissait en fait d'un croassement. Quelques corneilles avaient quitté le jardin au premier coup de feu, à la mort de Thibault, et tournoyaient dans le ciel gris, au-dessus de sa tête.

La peur intense qui s'était emparée de lui, comme il croyait avoir entendu la plainte sordide de sa collègue, avait eu pour effet de casser le sortilège, pour ainsi dire, et de le délivrer de sa torpeur musculaire ; ses jambes acceptaient à nouveau de répondre à ses sollicitations.

Le MAS à la main, il laissa l'Alpine et se précipita dans le jardin.

Il jeta toute son énergie – c'est-à-dire le peu qu'il avait encore en réserve – dans sa course. Malgré tout, il restait désespérément lent ; la complaisance de ses membres inférieurs avait manifestement ses limites, et il avait l'impression de vivre un cauchemar.

Il lui semblait également percevoir quelque chose d'étrange, comme un surcroît de silence, depuis quelques secondes. Il leva les yeux et s'aperçut que les corneilles avaient déserté le ciel, de plus en plus plombé.

Comme il continuait d'avancer dans l'allée, il eut conscience qu'il avait agi de façon particulièrement stupide.

Lassauve lui avait pourtant demandé de ne pas quitter la voiture. Il gardait le canon de son fusil pointé en direction des fourrés mais, à dire vrai, il progressait à l'aveugle ; pour ce qu'il en savait, il ne tarderait pas à recevoir une balle en pleine tête. Son incompétence lui faisait honte. Il s'essoufflait très rapidement et demeurait incapable de savoir s'il devait en fait retourner à l'Alpine et faire le tour par la rue de Bagnolet. Lui qui n'avait pas pleuré en plus de quarante ans, il sentit des larmes de désespoir lui monter aux yeux.

Il dépassa la dépouille de Thibault et atteignit les pissotières, criblées d'impacts. L'édicule n'avait pas résisté au calibre militaire, et les ogives avaient traversé l'épaisseur de béton. Au moins, se dit-il, il ne se trouvait aucun cadavre à proximité.

Comme lui-même n'avait toujours pas rejoint le royaume des morts, il se figura que les adversaires avaient quitté le jardin, peut-être pour se donner la chasse – le problème, évidemment, était de savoir lequel des deux était la proie de l'autre. Il repoussa autoritairement le battant du portail et s'avança dans l'impasse par laquelle il avait fui, quelques minutes auparavant. Il s'immobilisa au bout de quelques pas, baissant les yeux sur les pavés. Il chaussa ses lunettes, s'accroupit et recueillit un peu du liquide sombre qui s'étalait en gouttes épaisses à la surface de la pierre. Il éprouva la viscosité de l'échantillon entre le pouce et l'index, et considéra le rouge vermeil qui colorait à présent le bout de ses doigts. Il espérait que le sang était celui du meurtrier de Thibault, même s'il en doutait. Il ne put contenir un cri de rage. « Merde ! »

À nouveau, il se fit l'effet d'une figurine de plomb, figée en position accroupie : il imaginait les détails de sa personne, la gabardine et les lunettes, le fusil, la gravure, sous le canon, comme des fragments de pattes de fourmis. Il pouvait presque sentir le paysage qui se refermait autour de lui, l'univers lui-même qui se rétractait jusqu'à ne plus contenir que le foutu jardin et les trois rues adjacentes.

Ce fut la pluie, cette fois, qui vint à son secours pour le ramener à la réalité. La soudaineté de l'averse le surprit : les corneilles avaient eu raison de foutre le camp. Il se remit péniblement debout et porta son regard en direction de la rue de Bagnolet, au bas de l'impasse. Avec la pluie qui s'occupait déjà de diluer les gouttes de sang frais, il ne pouvait même plus entretenir le fantasme de suivre sa partenaire à la trace. À pied, cependant, elle ne pouvait pas être très loin ; la meilleure chose à faire était de retourner à la voiture et de sillonner les rues du quartier.

La pluie commençait à imprégner la toile de sa gabardine. Incapable de courir, désormais, il jeta un coup d'œil plus attentif au cadavre de Thibault : l'énorme commissaire s'était vidé de son sang et, dans une ultime convulsion, avait aussi évacué sa merde. Perrin allait devoir appeler François, au quai des Orfèvres – à moins, se dit-il, qu'il ne prévînt le boulevard Soult. Lassauve avait fini par le faire douter de ses intentions réelles, il s'en rendait compte.

Parvenu à la voiture, il remisa le fusil dans le compartiment à bagages et s'assit au volant. Il avait laissé les clés sur le contact, tandis qu'il se précipitait dans le jardin, preuve qu'il avait déjà cessé de penser correctement : heureusement pour lui, Richard n'était pas passé par là. Il démarra et perdit alors un temps ahurissant à tenter de se rapprocher des pédales. Avec la tension nerveuse, ses gestes étaient devenus très maladroits. Il était encore occupé à tenter de débloquer le levier, sous le siège, quand un rugissement lui parvint – un moteur, à la limite du surrégime. Il leva les yeux et actionna les essuie-glaces. Les balais chassèrent quelques litres d'eau du pare-brise, faisant apparaître deux petites Renault pie qui remontaient l'impasse à grande vitesse. Les voitures s'écartèrent l'une de l'autre, se répartissant la largeur de la chaussée, et terminèrent leur course en pilant devant l'Alpine.

Perrin pencha la tête pour chercher le klaxon et enfonça résolument la manette. L'avertisseur, après quelques secondes, parut lui-même manquer de souffle.

Quatre hommes descendirent des voitures. À peu près du même âge que Lassauve, ils portaient tous le même genre de blousons de cuir, de chemises ouvertes et de chaussures de tennis, avec le calibre coincé sous le ceinturon. Alain Delon avait mis un terme définitif au règne de Jules Maigret comme modèle de la jeune génération. Perrin fit mine d'arranger sa cravate.

L'un des flics – celui-là était allé jusqu'à chausser une paire de santiags – vint se pencher à la portière de l'Alpine. Perrin actionna la commande de vitre électrique. « Laissez-moi passer, fit-il au cow-boy de la Crim'.

– Coupez le moteur et descendez, s'il vous plaît.

– Allez, dégagez vos voitures, maintenant !

– Descendez, dit le cow-boy, ou alors c'est nous qui vous faisons descendre.

—Vous n'avez aucun droit d'interférer dans nos affaires ; vous allez vous attirer de très graves ennuis.

– C'est toi et ta Négresse qui êtes venus chier sur nos plates-bandes, alors arrête ton baratin et sors de ta bagnole. »

Perrin sentit son visage devenir rouge de colère. Il se résigna finalement à abandonner son siège. Un autre flic en profita pour se glisser derrière lui et s'installer au volant. « Qu'est-ce qu'on est assis bas, dit le flic, j'adore ces caisses !

– Laisse tomber, fit un troisième homme en frappant sur le toit de la voiture, on n'a pas le budget pour se payer ça. »

Perrin voulu extraire l'intrus mais sentit qu'on le tirait en arrière. Il se retourna vers le cow-boy, qui lui agrippait le bras : « Laisse faire, papi, laisse faire. »

Perrin écarta la main de l'homme d'un geste sec. « Ne me touchez pas !

– Oooh… », firent les trois autres flics dans un bel ensemble, faussement indignés.

Le cow-boy saisit Perrin par le col de son imperméable, approcha son visage tout près du sien et fronça ostensiblement le nez : « Tu pues la cloche, papi ! Comment ça se fait ? On a mis les boiteux à la rue, ça y est ? »

Les collègues du cow-boy étaient comme au spectacle, se délectant de la scène qui se jouait sous leurs yeux. Perrin, pour sa part, ne voyait plus qu'à travers un tunnel. Son champ de vision s'était si fortement rétréci qu'il ne percevait plus les détails du monde, autour de lui : l'impasse, le jardin, les voitures avaient brutalement cessé d'exister. Bizarrement, il en éprouva une forme de soulagement.

*

François demanda au chauffeur d'accélérer encore. Ils déboîtèrent pour éviter un camion frigorifique garé en double file, qui déchargeait des carcasses de chevaux. La viande la plus foncée provenait des bêtes les plus âgées, se souvint-il ; parmi elles se trouvaient parfois les montures de la Garde républicaine, qui avaient bravement servi le régiment avant d'être vendues aux équarrisseurs de la région parisienne pour économiser le prix de leur crémation. Il eut un début de haut-le-cœur tandis qu'ils s'engouffraient dans l'impasse en faisant crisser les pneus.

Ils avaient été avertis de l'échange de coups de feu par radio, juste après que les habitants des immeubles voisins avaient appelé la police. Une voiture de patrouille avait ensuite manqué de renverser une fille, rue de Bagnolet, une grande métisse, avec un calibre à la main ; elle s'était pratiquement jetée sous leur capot avant d'escalader la façade de l'ancienne gare de Charonne et de filer par les toits.

Le chauffeur stoppa la voiture banalisée derrière les deux poires pie, et François descendit en ouvrant son parapluie. Il n'aima pas ce qu'il vit – c'était un euphémisme. Vingt-quatre heures plus tôt, devant chez Lecornu, Perrin n'avait pas encore cet air anéanti. La pluie qui dégouttait de ses longs cheveux blancs ajoutait à son aspect misérable. L'inspecteur paraissait extraordinairement fragile, humilié, aux mains de son équipe de blousons noirs – comme des hyènes excitées par l'odeur du sang, pensa-t-il, et il sentit la honte l'envahir. « Qu'est-ce que vous foutez ? fit-il à l'attention de ses hommes. Lâchez-le ! » Le plus gradé parmi ses subalternes – également le plus con – libéra le vieux boiteux à contrecœur, et son collègue descendit de l'Alpine. François se tourna vers Perrin, qui tâchait d'arranger son imperméable sans y parvenir. « Qu'est-ce qui se passe, Maurice ? »

L'inspecteur esquissa un signe de tête en direction de l'entrée du jardin. « On a un mort à nous, là-dedans. »

François avança son parapluie, afin que Perrin profitât de l'abri. « Qui ça ?

– Thibault, un ancien commissaire. On s'est fait piéger, François, je ne sais pas ce qui est arrivé à ma partenaire. »

François prit le policier par le bras et l'emmena à l'écart du groupe des inspecteurs. « Est-ce que c'est notre homme ?

– Je crois, oui.

– Tu l'as vu ?

– Non.

– Comment ça s'est passé ?

– On avait rendez-vous avec Thibault, dans le jardin, je... Je ne sais pas comment il a fait, il nous a peut-être suivis jusqu'ici. On a essayé de le prendre en tenaille, mais ça n'a pas marché.

– Il s'est enfui ?

– Je crois.

– Et la fille ? Je veux dire, ta collègue ?

– Je ne sais pas, elle est sans doute encore dans le quartier. Je dois essayer de la retrouver, maintenant. »

En presque trente ans, c'était la première fois que François voyait Perrin dans un tel état d'abattement. Contrairement à ce que laissait paraître le vieux boiteux, pourtant, c'était un dur à cuire – plus que lui-même, il le savait, et bien davantage qu'aucun des voyous qui lui servaient d'inspecteurs. « Il y a des collègues qui ont vu une fille, dit-il, rue de Bagnolet, qui courait. Une métisse, assez grande – ses collègues avaient ajouté *canon* –, avec des cheveux dans tous les sens ; ça te dit quelque chose ?

– C'est elle. »

François savait déjà qui elle était, en fait, mais il fut heureux de constater que Perrin ne cherchait pas à lui raconter d'histoires. La veille, tandis qu'ils s'apprêtaient à faire enlever le corps de Féron, un incident lui avait été rapporté, qui concernait la même fille ; elle s'était repointée dans la rue, au volant d'un genre de camionnette américaine, et elle avait embarqué un jeune homme qui attendait sur le trottoir, un peu à l'écart des voitures de police. « Santiags » – l'inspecteur qui s'en était pris à Perrin, quelques instants plus tôt – avait tenté de l'arrêter, mais elle avait pris la tangente.

Il y avait plus grave : d'après Santiags, le jeune homme habitait l'immeuble, et, de ce fait, était susceptible d'avoir assisté au meurtre. Dans ce cas, par son refus d'obtempérer, la fliquette avait délibérément entravé l'action de la Brigade criminelle en soustrayant un témoin clé à son enquête. Pour le moment, François et ses hommes ne disposaient d'aucune preuve pour étayer cette hypothèse. Ils n'étaient même pas parvenus à identifier formellement le jeune homme, qui n'avait toujours pas reparu, ni à lui associer un numéro d'appartement : comme souvent, dans ce genre de résidence, les voisins n'entretenaient aucun contact et ne se connaissaient pratiquement pas. D'un autre côté, les policiers avaient également échoué à savoir qui, parmi les habitants de l'immeuble, avait signalé le meurtre au boulevard Soult. De là à imaginer que le jeune homme était en fait à l'origine de l'appel, il n'y avait qu'un pas, que François n'avait pas hésité à franchir. Évidemment, une telle affaire pourrait avoir des répercussions colossales, il n'était pas besoin d'être grand clerc pour le comprendre. Les deux administrations étaient à cran depuis trop longtemps ; elles ne pouvaient raisonnablement plus cohabiter sur un même territoire, et elles n'attendaient que l'occasion de se jeter l'une sur l'autre – au grand jour, cette fois.

Il décida ne pas réfléchir davantage à la question ; à vrai dire, il avait bien d'autres chats à fouetter. À ce stade, en tout cas, il ne voyait aucune raison de cacher des informations à Perrin. Le vieux boiteux jouait manifestement selon les règles : après tout, c'était lui qui avait prévenu la PJ, pour Féron.

« Apparemment, reprit François, ta partenaire a escaladé la vieille gare de Charonne, tout à côté d'ici. Il est donc possible qu'elle ait tenté d'accéder aux voies de la Petite ceinture. » Il marqua une pause. « Tu sais ce qu'elle aurait pu chercher à faire ?

– Non. Je ne sais pas. Elle courait sans doute après l'assassin. »

François hocha la tête et jeta un coup d'œil à sa montre. « On ira vérifier sur place, mais certainement pas en jouant les funambules. Je vais probablement devoir contacter la police ferroviaire, pour avoir accès au site. Il y a encore des trains qui empruntent la ligne, tu le savais ? Ils font transiter du matériel militaire, les Berliet amphibies, les VBRAT, qui reviennent de maintenance, aux ateliers de Satory. »

François eut l'impression que Perrin avait cessé de l'écouter. « Je peux y aller ? demanda l'inspecteur.

– Bien sûr, vas-y. »

Le vieux boiteux bouscula Santiags pour reprendre place à bord de la voiture. François l'observa tandis qu'il avançait son siège : ce devait être la fille qui conduisait, quand ils étaient arrivés. Il se tourna vers la poire, face à l'Alpine, et fit mine de la repousser du pied. « Dégagez-moi ça ! » dit-il à ses hommes.

L'un des blousons noirs regagna promptement la petite voiture et commença à reculer. Perrin fit vrombir le six cylindres et enclencha la sirène, pour inciter le conducteur à presser encore la manœuvre. François dut laisser reposer le parapluie sur sa tête pour préserver ses tympans du fameux ré-do des boiteux, que le bolide crachait à pleins décibels.

*

Vivre.

Ou survivre.

La voix du chanteur, amateur de Paris-Dakar, atteignait des hauteurs extraterrestres. Louise se souvenait de son rôle de chef terroriste dans *Angélina Dumas*, l'opéra-rock de Michel Berger. Une référence discrète à l'histoire de Patty « Tania » Hearst, avait expliqué Olivier, qui lui avait fait écouter le disque : la jeune otage et riche héritière américaine avait fini par épouser la cause de ses ravisseurs, un groupe d'activistes d'extrême gauche. Dans l'ensemble, Louise avait trouvé les chansons assez mièvres, particulièrement *Starmania, Starmania.*

Elle était assise sur le renflement formé par l'aile arrière, au-dessus de la roue. Les amortisseurs étaient nazes, et elle ressentait durement les cahots de la chaussée. Son ravisseur s'était servi des menottes qu'elle portait à la ceinture pour attacher son bras valide à la tige d'acier qui courait le long de la paroi, dans son dos. Il n'avait pas pris le risque de la flinguer sur place.

Il n'existait aucune cloison entre la cabine et la partie arrière du van. Elle pouvait voir le fusil qui émergeait d'un sac Adidas posé entre les sièges conducteur et passager : elle avait identifié une arme d'assaut belge, assez rare, croyait-elle, surmontée d'une lunette de classe militaire. Elle leva les yeux vers le pare-brise et observa le défilement des immeubles, dont les sommets alternaient avec de larges pans de ciel noir. L'essuie-glace ne fonctionnait pas, côté passager, et elle avait les plus grandes difficultés à décrypter l'image, à travers la vitre. Faute d'être capable de se repérer, elle reporta son attention sur les entrailles du véhicule.

Les parois étaient de tôle pleine, sans revêtement intérieur ni aménagement d'aucune sorte, à l'exception d'un matelas moisi, posé à même le plancher. D'épais longerons d'acier s'élevaient de part et d'autre du châssis, épousant la courbe des flancs pour s'arrondir encore et former une série d'arceaux, sous le plafond. Une couche d'antirouille recouvrait l'ensemble, ce qui lui rappelait l'Omaha du monstre.

Elle maintenait sa jambe tendue, le talon posé sur le matelas. Sa cheville avait commencé à enfler. Elle aurait voulu pouvoir resserrer les scratches de ses baskets, pour comprimer l'œdème, mais la douleur empêchait sa main libre d'atteindre son pied. Un instant, elle s'interrogea sur l'étendue de la lésion, puis se souvint que la question était dénuée d'intérêt : elle allait sûrement mourir ici même, à l'arrière du van, et l'état de son articulation n'était plus d'aucune importance pour son avenir. Elle imaginait que l'homme allait conduire le véhicule jusqu'à un coin perdu, peut-être en forêt, et l'abattre comme on achève une bête blessée. *Bye bye, Angélina, ton histoire se termine là.*

« Tu saignes encore ?

– Quoi ? » Elle n'avait toujours pas recouvré son audition, et les sons continuaient de lui parvenir de manière étouffée. Le conducteur allongea le bras pour couper l'autoradio, et Balavoine se tut.

« Je suis étonné que tu aies réussi à courir si longtemps en ayant perdu tout ce sang », fit-il en élevant légèrement la voix. L'homme portait une cagoule, mais elle était capable de distinguer la couleur de ses yeux, dans la glace du rétroviseur. Elle le voyait qui regardait sa veste de treillis, sa manche droite, imbibée d'hémoglobine. Le tissu, en se gorgeant du liquide visqueux, avait pris une teinte marronnasse peu ragoûtante. « Tu m'as joué un drôle de tour, en tout cas. Si le chien ne t'avait pas repérée, je me serais laissé prendre. » Le véhicule réduisit légèrement sa vitesse et prit un virage en épingle à cheveux, obligeant son bras blessé à aller chercher la tige métallique, contre la paroi, pour s'y agripper. Elle serra les dents comme elle s'employait à retenir le poids de son corps, qui exerçait une pression formidable sur sa cheville. Quand elle put enfin relâcher son étreinte, une nouvelle vague de nausée l'envahit, et le monde commença à devenir opaque, devant ses yeux. Elle devait à tout prix éviter de tomber dans les vapes. « C'était Perrin, dans le jardin, avec toi ? » L'homme ralentit encore et stoppa le van, peut-être à un feu rouge. « Hein ? fit-il. C'était lui ? » Comme elle ne répondait pas, il prit le MAB, à côté de lui, et pivota sur son siège – du moins le crut-elle, car sa vision, si elle revenait progressivement, était encore très fragmentaire. « Vous êtes en contact avec la Brigade criminelle ? » Elle peinait à reconstituer une image fidèle de la réalité. Le monde lui semblait une approximation grossière de lui-même, comme un puzzle dont certaines pièces manquaient, ou provenaient d'une boîte qui n'était pas la bonne. Elle devinait pourtant le canon de l'automatique, pointé dans sa direction. Si son ravisseur était prêt à tirer maintenant, se dit-elle, elle ne croyait pas qu'il l'épargnerait jamais. Perdu pour perdu, elle résolut de garder le silence et baissa les yeux.

Il y eut un coup de klaxon, derrière eux, et elle fut presque surprise de sentir le van qui reprenait sa route. « Tu ne manques pas de courage, dit-il, tu fais honneur au boulevard Soult. » Les taches de moisi avaient reparu, à la surface du matelas. Elle hasarda un nouveau coup d'œil à la cabine et vit l'homme qui allumait une clope. « Tu sais qu'on était aux RG ensemble, avec Perrin. » Il manipula l'imposant levier de vitesse, au plancher, et fit craquer les pignons. « On n'a jamais vraiment collaboré, mais j'ai du respect pour le bonhomme. Le bateau coule, mais lui, au moins, il se tient droit.

– C'est quoi, tout ça... ces meurtres ? Une vengeance ? Pour ce qui s'est passé au fort de Gravelle ? » Elle eut le sentiment d'avoir parlé beaucoup trop fort.

« En partie.

– Quoi d'autre, alors ? »

L'état du bitume s'était dégradé, et elle croyait désormais distinguer de grands arbres, de l'autre côté du pare-brise, qui s'élevaient en rangs serrés. « Il y a quelque temps maintenant que j'observe notre vieille maison de loin, fit-il, et que je la vois errer sur les ruines de son propre futur. Aujourd'hui, les boiteux sont les fantômes de l'administration policière. Ils ne sont plus capables d'anticiper le cours des événements, ce qui est un comble, tu en conviendras. Pratiquement, ils ont cessé de jouer leur rôle. »

Il y eut un très violent cahot, bosse ou nid-de-poule, qui lui fit penser qu'elle ne pouvait compter sur rien d'autre que son propre cul pour amortir les chocs. « Qu'est-ce que vous racontez ? dit-elle. On fait tous notre boulot.

– Que tu crois. Mais la vérité, c'est que le boulevard Soult n'est plus concerné que par une chose...

– Quoi ?

– Sa propre survie. Il ne travaille plus qu'à tenter de complaire au gouvernement, poussé par la crainte de disparaître, quitte à s'en prendre à ses propres agents.

– C'est-à-dire qu'il s'en est pris à *vous*. »

Elle crut l'entendre ricaner. « La stratégie du boulevard Soult est sans avenir, car à force de renoncer volontairement à ses prérogatives, il va se trouver sans plus de pouvoir que la police judiciaire, et il perdra corollairement sa raison d'être. »

Elle revoyait les carcasses de chevaux, dans leur camion, les corps massifs écorchés, exsangues, qui se balançaient au rythme de la circulation. « Pourquoi est-ce que vous m'avez embarquée ? Qu'est-ce que vous comptez faire de moi ? »

Richard tira une bouffée de sa cigarette. « Rien, fit-il au bout de ce qu'elle prit pour une éternité. Te laisser rentrer chez toi. Je voulais savoir à qui j'avais affaire, mais tu m'as l'air d'une fille bien, alors je vais te donner une chance de faire ce qu'il faut.

– Je comprends pas.

– À mon âge, tu sais, on a vu beaucoup du caractère des hommes. Il est rare de se laisser encore séduire. » Elle continuait de ne rien comprendre à ses intentions. « L'histoire accélère, inspecteur. La République de 57 agonise et les bouleversements à venir projettent leur ombre en avant. Ceux de nos agents qui refuseront d'intégrer les rangs de la police judiciaire n'auront d'autre choix que de passer devant le juge. » Il avait cessé de la regarder, dans le miroir, et donnait l'impression de parler pour lui-même. « Triste perspective », dit-il.

*

Perrin s'était trompé. Il ne pensait plus très clair, après son empoignade avec les cow-boys de la Crim', et il avait tourné à droite en prenant la rue de Bagnolet. Il lui avait fallu quelques instants avant de se rendre compte qu'il roulait dans le mauvais sens et que la vieille gare, à la sortie du tunnel de Charonne, se trouvait en fait derrière lui.

Plutôt que de faire demi-tour, il avait résolu de suivre les pentes de la colline de Charonne en descendant la rue des Orteaux, dont il suspectait qu'elle croisait la ligne de Petite ceinture, un peu plus loin.

Comme il s'employait à se frayer un chemin dans la circulation, il avait tenté de se figurer la raison qui avait poussé l'inspectrice à rejoindre la voie de chemin de fer – si c'était bien là ce qui s'était passé. Les flics qui avaient manqué de la renverser, rue de Bagnolet, n'avaient vu personne à ses trousses – il ne pensait pas que François aurait omis de lui communiquer une information aussi importante. Dans ces conditions, comment s'était-elle retrouvée à courir après Richard ? L'une des balles de Lassauve avait-elle atteint sa cible, dans le jardin ? Perrin aurait jugé l'hypothèse invraisemblable s'il n'avait pas déjà eu l'occasion de voir sa partenaire à l'œuvre.

Après avoir passé la rue des Pyrénées, il avait vu apparaître l'imposant viaduc, au-delà de la file de voitures, qui enjambait le croisement. L'édifice ferroviaire l'avait surpris par sa hauteur, nettement supérieure au souvenir qu'il en gardait. Petit garçon, il avait souvent emprunté les trains de la ligne. Il se rappelait les tickets à bords vermillon. L'architecture des gares de la rive droite lui était demeurée familière. En conséquence, il n'avait pas eu besoin de faire un grand effort d'imagination pour se représenter la façon dont Richard avait pu se dérober au regard de l'inspectrice, quelques secondes avant qu'elle-même ne pénétrât dans la station désaffectée – et qu'elle ne commît peut-être l'erreur de descendre sur les voies. L'homme n'aurait eu qu'à passer le canon de son fusil par un carreau cassé de la grande baie vitrée, qui offrait une vue imprenable sur les rails, tout au fond de la tranchée.

Frémissant à cette pensée, Perrin s'était obligé à envisager une version très différente de l'histoire : Lassauve avait échoué à rattraper Richard, qui s'était peut-être enfui à bord d'une voiture, et elle avait repris la direction du jardin. Elle y avait rencontré François, en train de s'occuper du corps de Thibault, qui lui avait fait part de la situation. Perrin avait considéré cette hypothèse en se disant que, s'il en avait été ainsi, l'inspectrice ne tarderait pas à contacter le boulevard Soult pour donner de ses nouvelles et, le cas échéant, lancer un avis de recherche. Songeant à cela, il avait jeté un regard à la radio de bord de l'Alpine : Victor veillerait à relayer l'appel.

Les balais d'essuie-glace rejoignaient en cadence le centre du pare-brise, continuant de chasser d'énormes quantités d'eau. Parvenu au carrefour, sous le viaduc, Perrin contourna le terre-plein, où les piles d'acier de la structure Eiffel prenaient appui. Il coupa la sirène, qui lui vrillait les tympans, et jeta une série de coups d'œil alentour, s'évertuant à trouver un moyen d'accéder aux rails. Il pensait que la meilleure chose à faire était de gagner lui-même la voie de chemin de fer, et d'aller à la rencontre de sa partenaire. Comme il envisageait d'escalader le panneau publicitaire, au pied du talus, son regard fut attiré par un cocker qui aboyait frénétiquement, un peu plus loin, dans la rue Courat, peut-être après un chat. Il crut voir passer le félin, du coin de l'œil, avant de se rendre compte qu'il ne s'agissait que d'une ombre. (C'était heureux car, en fait de félin, la masse noire avait été trop imposante pour qu'il ait pu s'agir d'autre chose que d'une panthère.)

Un homme – vraisemblablement le propriétaire du chien – se tenait abrité de la pluie sous le porche d'un vieil immeuble, en léger retrait du carrefour. Une Volkswagen jaune était arrêtée à sa hauteur, à cheval sur le trottoir. L'homme agita le bras à l'attention de Perrin, qui prit la rue étroite à contresens et s'arrêta face à la Volkswagen.

Le chien aboya dans sa direction tandis qu'il s'extrayait de l'Alpine. Perrin se rappela son père : une foutue race de chiens lunatiques, disait le vieil homme à propos des cockers, toujours prêts à mordre quand on se tenait trop près de leur gamelle. Perrin s'accroupit et approcha sa main. Lui avait toujours été à l'aise avec les animaux. D'instinct, ils l'aimaient, il avait pu s'en rendre compte à maintes reprises sans pour autant pouvoir se l'expliquer. Il caressa le crâne fuselé, étirant les paupières de l'animal. Les oreilles tombantes étaient encore alourdies par la pluie. Le chien ne poussa plus que quelques brefs jappements avant de se taire tout à fait.

Perrin se releva pour s'adresser au maître, qui était également le propriétaire de la Volkswagen. L'homme lui fit une description détaillée de la scène à laquelle il avait assisté, quelques minutes plus tôt, tandis qu'il était occupé à décharger le coffre de sa voiture. Il venait d'entrer dans son appartement quand il avait cru voir quelqu'un se jeter d'une fenêtre de l'immeuble d'en face. Sa première réaction avait été de présumer que son imagination lui avait joué un tour, probablement trompée par le vol d'un corbeau. À cette époque de l'année, les grands oiseaux nichaient dans les arbres, le long de la voie de chemin de fer, et les mâles rasaient fréquemment les façades des bâtiments proches, y projetant parfois leurs ombres démesurées. Par acquit de conscience, il avait gagné le balcon et, alors, il avait vu la jeune femme – une métisse, avec de longs cheveux en bataille – par terre, sur le trottoir. Elle semblait mal en point, elle était blessée, mais il ne faisait aucun doute qu'elle était vivante. Elle ne devait pas être tombée d'aussi haut qu'il l'avait d'abord cru.

D'un mouvement de la tête, le propriétaire du chien avait désigné à Perrin des traces de sang, sur une fine bande de trottoir abritée de la pluie, qu'il avait identifié comme celui de l'inspectrice, puis il avait repris son récit. Un homme cagoulé était descendu du fourgon qui se trouvait arrêté derrière sa voiture, armé d'un fusil à lunette – le genre de chose qu'il n'avait pas vu depuis son service militaire. L'homme avait fait le tour du véhicule de façon à surprendre la fille qui était parvenue à se relever, et qui se tenait désormais debout – quoique sur un seul pied –, une main appuyée contre le mur. Il avait épaulé son fusil et avait hurlé une série d'ordres, et elle avait rejoint l'arrière du fourgon en sautillant. Au-delà de sa formidable brutalité, la scène avait eu quelque chose de franchement pathétique.

Pendant tout le temps qu'avait duré le rapt, le spectateur fébrile était resté penché à son balcon, au deuxième étage de l'immeuble, craignant pour la vie de son chien. Après le départ du fourgon – qui avait quitté les lieux en marche arrière, comme deux autres voitures avant lui –, il s'était précipité sur son téléphone pour appeler la police et lui communiquer le signalement du véhicule. Il ne s'attendait cependant pas à voir débarquer les boiteux – cela faisait longtemps qu'il n'avait pas vu rouler une de ces Alpine.

Perrin sentait sa volonté qui se délitait. Ses dernières forces étaient en train de l'abandonner rapidement. Sans plus d'énergie, incapable de réfléchir à la situation, il regardait fixement la Volkswagen, devant lui, qui se trouvait être pratiquement identique à la sienne. Celle-ci était une *treize cent deux*, lui possédait une *treize cent trois*, le modèle le plus récent, avec le pare-brise bombé et les feux arrière comme des pieds d'éléphant. Mais il ne se servait plus de la voiture, qui dormait dans un garage depuis des années : il en concevait une certaine tristesse.

Il sursauta quand l'Alpine se mit à klaxonner toute seule, face à la Volkswagen. Il se précipita pour regagner son siège : « Perrin, brailla-t-il en décrochant le combiné, parlez. »

Il pressa l'écouteur contre son oreille pour entendre plus distinctement : dehors, le chien s'était remis à aboyer.

4
Garage, rue Montéra

Perrin présenta sa carte au gardien et prit de l'élan pour escalader la rampe qui menait à l'étage des Alpine – presque un cimetière d'épaves, pensa-t-il, comme chaque fois qu'il venait là. Il rangea la voiture de course au fond du parking, à côté du vieux Saviem. Il lui arrivait de faire la sieste dans l'autocar, quand il n'avait pas le temps de rentrer chez lui et qu'il voulait se soustraire à l'agitation de la Cité, boulevard Soult. (Il avait même laissé une couverture, à cet usage, sur un siège.)

Comme à son habitude, il laissa les clés sur le contact et prit l'escalier à vis, au coin de la dalle.

« Perrin ! »

Il fouilla la pénombre et vit Laffont qui descendait d'une des Renault 30 garées à l'aplomb du cheval ventru, sous la verrière crasseuse. (Perrin avait entendu la voiture arriver, tandis qu'il quittait son siège.) À la différence des Alpine, les grosses routières de l'administration étaient soigneusement entretenues. Bien sûr, elles étaient réservées au corps des commissaires.

« Où en êtes-vous ? demanda Laffont.

– À quel sujet ?

– Au sujet de votre enquête, qu'est-ce que vous croyez ? Il est devenu très difficile de vous parler, ces derniers temps. On ne vous voit plus, à la Cité.

– Oh, si, je suis là, c'est juste que je passe beaucoup de temps au sous-sol, vous savez... aux archives.

– Qu'est-ce que vous y cherchez ? »

Perrin haussa les épaules. « Rien de bien précis, pour le moment. Je flaire, je me fie à mon instinct.

– Vous flairez ? » Le directeur des Affaires internes – Lassauve disait *l'enfoiré* – avait pris un air franchement mauvais.

« C'est ça.

– Et alors ? Avez-vous *flairé* la moindre piste ?

– Je ne sais pas, c'est encore trop tôt pour le dire. » Laffont plissa les yeux. « Disons que... j'attends de voir venir.

– C'est-à-dire ? Qu'est-ce que vous attendez, exactement ? » Perrin se contenta de hausser les épaules. « Je vous préviens, reprit Laffont, vous n'avez jamais autant marché sur des œufs qu'en ce moment. Laissez-moi vous apprendre que la Brigade criminelle a déjà découvert que le nom de Thibault était associé aux événements de Gravelle. Vos amis du quai des Orfèvres ont peut-être déjà commencé à fouiller le passé des trois autres victimes. » Perrin décida d'attendre que son supérieur eût terminé sa diatribe. « Bien sûr, poursuivit Laffont, nous n'en serions peut-être pas là si vous n'aviez pas mis autant de zèle à collaborer avec eux.

– Vous aviez exigé une coopération plus étroite avec la PJ.

– Dans des limites raisonnables, Perrin ! Vous avez presque quarante ans de maison, ce n'est pas à vous que je vais expliquer ce genre de subtilités ! Qu'est-ce qui vous a pris de les appeler de chez Féron ? Nous aurions pu faire venir une équipe à nous !

– Il fallait faire vite, et nous n'aurions pas été en mesure de relever toutes les traces laissées par l'assassin. Nous n'avons ni le matériel ni le savoir-faire de la Brigade criminelle en la matière. Vous comprenez, n'est-ce pas ? Je ne tenais pas à ce que l'ignorance de nos propres agents compromette l'intégrité de la scène de crime.

– Faites très attention à vos arguments, Perrin. » Le directeur s'était fait menaçant. « Je dois être capable de croire que vous pouvez encore vous ressaisir, c'est pourquoi je vais vous le demander une dernière fois : qu'est-ce que vous attendez, exactement ? »

Perrin décida qu'il était temps de reprendre la main. « Quand l'inspecteur Lassauve doit-elle reprendre du service ?

– Pourquoi ? sourit Laffont, soudain sarcastique. Ne me dites pas que vous espérez son retour ?

– Je dois lui reconnaître une certaine efficacité sur le terrain.

– Tiens donc ! »

La vérité, pensa Perrin, c'était que si les boiteux étaient à l'agonie, alors Lassauve n'était rien de moins que leur chant du cygne. Leur foutu baroud d'honneur.

Une semaine auparavant, Richard avait débarqué l'inspectrice devant l'entrée des urgences de l'hôpital Bégin, à Saint-Mandé ; il avait ensuite abandonné le fourgon devant le bois de Vincennes, sur le parking de l'hippodrome, c'est-à-dire juste en face du fort de Gravelle. Le véhicule avait été – facilement – découvert par la police, qui avait d'abord cru qu'il appartenait à l'un des tapins qui racolaient sur la route du Pesage ou sur les petits chemins alentour. Les techniciens de la Brigade criminelle n'y avaient trouvé que le sang de Lassauve, et quelques cheveux qui, d'évidence, étaient aussi les siens. Eussent-ils découvert d'autres échantillons corporels, ailleurs dans le fourgon, ils n'auraient pas été plus avancés. Richard n'était pas fiché au service de l'Identité judiciaire, et ses empreintes n'y figuraient pas non plus. Pour le reste, les effaceurs des Affaires internes avaient fait leur boulot : à la connaissance de Perrin, il n'existait plus aucun dossier, médical ou dentaire, aucune radio, aucun tube de salive ou flacon de pisse qui fût en mesure d'incriminer l'ancien boiteux. Tout cela faisait que François et son équipe de cow-boys n'avaient pas encore fait le rapport entre Richard et l'assassin qu'ils traquaient. À leur décharge, ils n'avaient aucune raison de penser que le divisionnaire insurgé n'était pas mort avec le reste de ses hommes, ce jour-là.

En dépit des événements récents, les relations s'étaient poursuivies entre Perrin et les hommes du quai des Orfèvres. François continuait à informer son vieil ami des progrès de l'enquête, en contrepartie de renseignements sur les intentions du boulevard Soult. De son propre aveu, il comptait sur cet échange cordial pour prévenir une guerre des polices qui, selon lui, n'aurait profité à aucune des deux administrations. Perrin croyait cependant qu'il ne s'agissait là que d'une partie de la vérité. Le patron de la Brigade criminelle cherchait sans doute à faire oublier le comportement de ses hommes, à l'entrée du jardin. Ceux du *camp des vieux* – c'était l'expression de François – devaient se serrer les coudes.

N'en déplaise au directeur des Affaires internes, Perrin continuait à se préoccuper du sort des boiteux. Ces derniers jours, il avait même trouvé la force de renouer avec certaines de ses anciennes convictions. En quelque sorte, Lassauve avait changé la donne. Ce n'était pas tant ce qu'elle avait dit que ce qu'elle était. Peu importait que le boulevard Soult eût un avenir ou pas.

Perrin avait pourtant résolu de ne communiquer à sa hiérarchie que des informations soigneusement choisies parmi celles qu'il recevait de François : par exemple, Laffont ignorait encore que le fourgon de Richard avait été découvert à quelques encablures seulement du fort de Gravelle. Perrin ne croyait pas que ses supérieurs se montreraient suffisamment lucides pour tirer le meilleur parti des faits qui leur seraient rapportés. Étant donné les circonstances, l'inspecteur pensait qu'il valait mieux avancer à pas de loup, et choisir de sacrifier certains pions pour emporter de plus grosses pièces. Cela, le boulevard Soult n'était plus capable de l'entendre, lui qui avait opté pour une tactique plus grossière, plus primitive, en couvrant systématiquement les agissements des boiteux. Une telle attitude aurait rapidement tari le flux des informations qui émanait de la police judiciaire, laissant Perrin aveugle et, par là même, incapable de progresser dans sa propre enquête. Pour le moment, il s'obligeait donc à jouer le jeu du quai des Orfèvres, et, s'il devait finalement doubler François, il ne le ferait qu'au moment le plus propice. Si l'occasion se présentait.

Pour des raisons qui paraissaient désormais évidentes à Perrin, Laffont ne l'avait pas autorisé à rendre visite à Lassauve, tandis qu'elle était à l'hôpital. L'inspecteur avait protesté pour la forme, mais, en réalité, il s'était volontiers accommodé de la situation. Il fallait dire qu'il se sentait terriblement mal à l'aise, coupable d'avoir si cruellement manqué d'intelligence, alors que Thibault venait de se faire descendre. Armé de son propre fusil, lui seul aurait été en mesure d'arrêter Richard, dans le jardin. L'inspectrice, elle, n'avait fait que courir à la mort.

Perrin avait tout de même fini par se rendre à l'hôpital Bégin, après quelques jours, pris de remords. Là, il avait appris que sa partenaire avait déjà regagné son domicile, où elle allait demeurer en convalescence. Il avait alors pensé appeler la jeune femme, était entré dans une cabine téléphonique, devant l'établissement, mais avait finalement renoncé à composer le numéro. En fait, il n'avait pas reparlé à Lassauve depuis qu'ils s'étaient séparés, dans le jardin.

À force d'insistance, il avait obtenu de Laffont qu'il lui transmît une copie du rapport de l'inspectrice, si bien qu'il avait appris comment les choses s'étaient *réellement* passées, après qu'elle avait couvert sa sortie, rue de la Réunion. En dépit des événements tragiques qui y étaient exposés, le compte rendu l'avait fait sourire, tant Lassauve s'y montrait attachée à la configuration des lieux, émaillant son récit d'un luxe invraisemblable de détails : qui se souciait de connaître la topographie aux abords de la gare de Charonne ? Le style était peut-être propre aux agents du Choc, après tout, ou aux agents infiltrés. Quoi qu'il en soit, il devait reconnaître que l'inspectrice disposait d'un sacré sens de l'orientation, et d'une capacité certaine à anticiper les mouvements de son adversaire.

Perrin ne savait pas s'il disposait en fait du rapport complet, ou si les équipes de Laffont s'étaient employées à expurger le document. Il ne croyait pourtant pas que sa partenaire aurait tenté de lui nuire. Nul propos *blâmable* qu'il avait pu tenir ne figurait dans la description que Lassauve avait faite de leur arrivée dans le jardin, avant que Thibault ne les eût rejoints. Elle s'était aussi abstenue de rapporter leur conversation sur les bords de Seine, et avait apparemment « omis » de mentionner la théorie qu'il avait conçue, quant à l'identité de l'assassin. Il n'imaginait pas pour autant qu'elle avait été détrompée par son ravisseur, l'homme à la cagoule. Dans le cas contraire, il n'aurait pu faire autrement que d'entendre des bruits de couloir – même au sous-sol.

Aux archives, il n'avait été capable de découvrir aucune recension des agents qui composaient le second commando, et qui s'étaient occupés de faire le ménage, au fort de Gravelle. Les seuls noms qui lui étaient connus demeuraient ceux des quatre victimes. Le dossier, s'il avait existé, avait été soustrait aux étagères du service. Une absence si outrageusement suspecte ne pouvait signifier qu'une chose :

les Affaires internes s'étaient elles-mêmes chargées d'effacer les traces de l'opération, probablement à la demande de la Direction générale.

À cause de cela, et n'en déplaise à Laffont, il n'y avait rien d'autre à faire que d'attendre. Jusqu'à présent, Richard se comportait en parfait prédateur, ne révélant sa présence qu'au moment de passer à l'acte. En fait de piste, les futurs cadavres seraient seuls à même de livrer de nouveaux indices, qui permettraient peut-être à Perrin de remonter jusqu'à d'autres agents parmi ceux qui, sans le savoir, s'apprêtaient à subir le châtiment de l'ancien divisionnaire. Si Lassauve était à ses côtés, à ce moment-là, il aurait une petite chance d'arrêter le meurtrier avant que ce dernier eût terminé d'accomplir sa vengeance. Plus important encore, avant que la police judiciaire eût réussi à lui mettre la main dessus.

Il espérait que sa partenaire se remettrait vite de ses blessures, et que l'occasion d'agir se présenterait bientôt, sans quoi Laffont finirait par avoir sa peau. Il leva les yeux vers le vieux canasson, pendu au plafond. *Mort aux vaches.*

5
Quai Maxime Laubeuf

Pascal n'avait encore fait aucun nu de Louise. Il se demanda s'il oserait jamais suggérer l'idée. Il en avait pourtant fait de toutes ses petites amies précédentes, et même de quelques autres filles qui n'étaient pas ses petites amies. À Louis Forton, ses camarades de promotion plaisantaient à son sujet, prétendant qu'il ne couchait avec elles que pour pouvoir les dessiner – l'exact inverse, en fait, de leur propre démarche.

Il était assis en face d'elle, à la table de la cuisine, et faisait courir la mine du Rotring sur le bloc à dessin, traquant avec avidité les détails de son anatomie, s'attachant à rendre son attitude en quelques traits. Le résultat manquait de justesse, cependant, et il en éprouvait de la frustration. Il faisait froid, pour la saison, le chauffage était coupé et ses gestes étaient moins souples qu'à l'ordinaire.

Louise finit son bol de café et prit une cigarette. Elle fit basculer sa chaise pour attraper la grosse boîte d'allumettes, derrière elle, sur la gazinière. D'après ce qu'il avait compris, elle avait perdu son briquet chic en courant après un gars, quelques semaines auparavant. Il ne connaissait pas les détails de ce qui s'était passé ce jour-là, mais, quand elle l'avait rappelé, elle sortait de l'hôpital. Elle n'avait pas voulu s'étendre sur l'origine de la chose enflée et suturée qui lui barrait désormais l'épaule.

Il termina sa chevelure – il aimait restituer son aspect explosif – et attaqua le *Trooper* d'Iron Maiden : elle s'était emparée du sweat-shirt en quittant le lit, si bien que lui-même était resté en tee-shirt et manquait cruellement d'une épaisseur supplémentaire de vêtement.

« T'as créé d'autres personnages ? » demanda-t-elle.

Il leva les yeux de son bloc et vit qu'elle l'observait, en train de dessiner. Il secoua la tête. « J'ai juste poussé un peu les crayonnés de ceux que j'avais déjà. » Elle hocha la tête et tira une nouvelle latte. Il lui avait montré quelques esquisses préliminaires pour un nouveau projet de bande dessinée : *Zonbi*. Le mot désignait les revenants dans les croyances créoles et la culture vaudoue. L'histoire était celle d'un groupe de flics morts-vivants, une cellule spéciale d'enquêteurs capables de voir *au-delà des apparences* – c'était l'expression que la hideuse marionnette décharnée, celle qui avait été Féron, avait employée, dans son rêve. Il cherchait un dessin très brut, cette fois, rien qu'à la plume et à l'encre de Chine. Il se passerait des couleurs. « Je pense qu'on apprendra qu'ils sont manipulés par un genre de sorcier. »

Elle sourit. « Tu sais que... tu pourrais dessiner ça ici. » Sans nouvelles de Louise, il avait continué d'habiter chez son cousin, qui lui avait laissé les clés de son logement parisien, au vingt-septième étage de la tour Beaugrenelle. Sur place, loin de l'appartement de Meaux, où il n'était pas retourné depuis l'assassinat de Féron, il avait recommencé à travailler sur ses planches, s'employant quotidiennement à terminer son dernier album. À présent qu'il sortait de nouveau avec la jeune femme, il avait pris l'habitude de la rejoindre dans la maison du quai Laubeuf, le soir, et de passer la nuit avec elle. « On pourrait rapporter ta table à dessin, fit-elle.

– Celle de Meaux ? Elle pèse une tonne.

– On la chargerait sur le monstre. » Le sérieux apparent de la proposition finit par l'étonner. Depuis qu'ils avaient repris leur liaison, il s'interrogeait fréquemment sur les sentiments de Louise à son endroit. Elle n'était pas du genre à s'épancher. Au début, il avait cru qu'elle voulait simplement jouer avec lui, en quelque sorte ; maintenant, il n'en était plus si certain. « On pourrait aménager la tourelle, là-haut, puisque tu l'aimes bien ; tu serais tranquille. Et puis, comme ça, tu perdrais moins de temps dans le RER. »

Il laissa s'écouler quelques secondes avant de répondre. Comme cela lui arrivait encore de temps en temps depuis la mort de Féron, il avait l'impression que sa perception de la réalité se trouvait altérée – zombie, lui aussi. « O. K., fit-il, d'accord. » Elle sourit, écrasa sa cigarette et reporta son attention sur la fenêtre : une voiture s'était arrêtée, derrière le mur de la propriété, et venait de couper son moteur.

Il la suivit du regard comme elle se levait de sa chaise et rejoignait la vitre en claudiquant. Il y avait quelque chose de bizarrement troublant dans la façon qu'elle avait de déplacer son corps détérioré. La totalité de sa chaîne musculaire avait pris en charge la raideur inédite, antinaturelle, de son articulation. « Un visiteur ? demanda-t-il.

– Un collègue. » Elle s'éloigna du carreau et se débarrassa du sweat-shirt. « Reste là. » Elle emporta la boîte d'allumettes en même temps que son paquet de Camel.

Il enfila le sweat, récupérant un peu de la chaleur de Louise, et acheva le croquis de mémoire.

*

Elle était sortie de révision la veille, et ne donnait nullement l'impression d'avoir passé tant de temps éloignée de l'asphalte. Comme d'habitude, il avait fallu attendre que le moteur fût chaud pour cesser de chercher la seconde. La Volkswagen 1303 de Perrin était la seconde Coccinelle, et aussi la seconde voiture qu'il eût jamais possédée : il avait hérité la première de son père, instituteur, qui devait avoir parcouru près d'un million de kilomètres à son bord, sur les pistes du Maroc et de l'Algérie. Il manœuvra le volant, fiché des armes de la ville de Wolfsburg, où se trouvaient les usines de la marque, et vint se ranger contre le mur de la propriété. Il coupa le contact et approcha son visage du rétroviseur. Il était rasé de frais, coiffé, sa gabardine était propre et repassée. Il s'empara de son vieux cartable de cuir, sur le siège passager, rassembla son courage et descendit de voiture.

Il reconnut l'engin américain, garé à l'étroit dans la petite cour, en partie dissimulé par la végétation qui envahissait la propriété. Il se demanda encore une fois comment Lassauve pouvait se permettre d'habiter une telle maison. Le nom, au-dessus de la sonnette, n'était pas le sien.

« Entrez, Perrin ! » Il réussit à distinguer sa partenaire, qui était assise à la table de jardin, légèrement à l'écart du perron. Il salua d'un geste de la main et poussa le battant du portail en évitant les ronces qui couraient en travers des barreaux : il s'étonnait toujours de voir combien sa peau était devenue plus fine, avec l'âge, et s'écorchait comme un rien. La vieillesse, décidément, était un lent naufrage. Il referma la grille et s'écarta promptement quand il vit le gros tuyau de caoutchouc, à ses pieds, qui ondulait sur les dalles incertaines jusqu'à s'infiltrer dans la maison : de ce diamètre et de cette couleur, il l'avait pris pour un genre de serpent africain, boa ou python.

« Vous auriez dû prévenir de votre arrivée », dit-elle tandis qu'il la rejoignait. Il échoua à trouver une entrée en matière appropriée ; avec son cartable à la main, il se sentait comme un écolier. « Asseyez-vous.

– Merci. » Il tira la chaise, face à l'inspectrice, et posa le cartable à ses pieds.

« Vous avez bonne mine. Vous avez l'air d'avoir rajeuni. » Elle souriait. « Vous voulez boire quelque chose ? Un café ?

– Non, c'est gentil, merci.

– Vous avez déjeuné ?

– Oui.

– Qu'est-ce qui vous amène ?

– Je n'avais plus de nouvelles de vous depuis longtemps, alors... je me suis dit que j'allais vous rendre une petite visite.

– C'est gentil, ça.

– Je suis désolé de ne pas être venu vous voir à l'hôpital. »

Elle secoua la tête : *Ce n'est pas grave.*

« Comment va votre épaule ?

– Ça va. »

Il baissa les yeux sur la chaise, à côté de lui, où l'inspectrice avait appuyé les semelles de ses chaussures de sport. Hormis la couleur, c'était le même genre de grosses pompes qu'elle portait la fois précédente, des variantes en cuir, comme hypertrophiées, des modèles de toiles popularisées par les joueurs de basket-ball de sa propre jeunesse, dans les années 1930. Il ne comprenait pas pourquoi les jeunes gens d'aujourd'hui s'embarrassaient de telles choses à la ville – surtout les filles. « Et votre cheville ? » demanda-t-il.

Elle fit la grimace. « Il faudra encore du temps pour qu'elle se remette complètement.

– C'est une entorse ?

– Je me suis arraché les ligaments et aussi bousillé une partie du cartilage.

– Vous arrivez à marcher ? »

Elle haussa les épaules. « Bof, je traîne la patte. Il est vraisemblable que je garde une certaine raideur.

– Vous pourrez courir ?

– Oui, mais plus comme avant. »

Il hocha la tête, sincèrement désolé. Il n'était probablement pas nécessaire d'épiloguer sur la qualité des soins qu'elle avait reçus. Les experts en chirurgie orthopédique de l'hôpital d'instruction des armées Bégin – où Richard l'avait larguée, et qui s'étaient occupés d'elle – connaissaient vraisemblablement leur affaire. « Quand est-ce que vous reprenez le travail ?

– La semaine prochaine, en principe.

– Bon, dit-il pour dire quelque chose. Oh, à propos... » Il pencha le buste pour ouvrir le cartable et en retira l'automatique de sa partenaire, qu'il posa sur la table en fer. Comme la fois précédente, il s'étonna de ce que l'arme était plus lourde que son propre revolver. « Ça vous évitera pas mal de paperasse. Et aussi beaucoup d'emmerdes. »

Elle s'empara du pistolet et fit fonctionner la culasse à vide. « Comment vous l'avez retrouvé ?

– Grâce à un ami à moi. » Clairement, elle exigeait d'en savoir davantage. « ... de la Brigade criminelle. Ce sont eux qui ont retrouvé le fourgon, votre arme était à l'intérieur.

– Ils ont retrouvé le fourgon ?

– Ils n'ont pas mis longtemps.

– Où ça ?

– Il était garé sur le parking de l'hippodrome de Vincennes. » Elle fronça les sourcils. « Juste en face du fort de Gravelle, ajouta-t-il.

– Merde. »

Il prit une grande inspiration. « Je... n'ai pas encore mis Laffont au courant. » En partie pour échapper au regard de sa partenaire, il fouilla la poche de sa veste, sous sa gabardine. « Ils ont retrouvé ça, aussi. »

Elle prit le Zippo, orné du lapin stylisé qui servait d'emblème au magazine *Playboy*. « C'est pas à moi, ça, fit-elle. J'ai perdu un briquet, mais ce n'était pas celui-là.

– Ah bon ? »

Elle ouvrit le capot et fit jaillir l'étincelle d'un coup de pouce, embrasant la mèche. « Je peux le garder ?

– Faites. » Elle prit une cigarette qu'elle alluma à la même flamme. « J'ai vu que vous n'aviez pas mentionné le nom de Richard, dans votre rapport. »

Elle souffla la fumée et attendit quelques instants. « Non.

– Ce n'était pas lui ?

– Si, c'était lui.

– Il vous l'a dit ?

– Presque. Il vous a reconnu, dans le jardin. Il a l'air de vous estimer beaucoup.

– Ah bon ? » Comme il tâchait de décrypter les intentions de l'inspectrice, il eut la sensation qu'elle s'amusait avec lui – comme un serpent joue avec un rongeur, avant de l'avaler. Il chassa la pensée, qu'il attribuait à sa propre gêne de se retrouver face à elle, après s'être comporté si lâchement. « Est-ce qu'il a retiré sa cagoule, reprit-il, devant vous ? »

Elle secoua la tête. « Non.

– Vous savez que... Richard a été gravement brûlé au visage, quand il était adolescent, dans l'incendie d'un immeuble. Il y était entré pour porter secours à un habitant qui n'arrivait pas à sortir de chez lui.

– C'est une histoire vraie ?

– Il y a eu un article, à l'époque, dans le journal.

– C'est un héros, alors. »

Il ne savait pas si c'était de l'ironie. « C'est ça.

– Je n'ai pas vu sa tête. »

Il frissonna et remonta le col de son imperméable. Avec la Seine si proche, la petite cour était foutument humide.

« Ce que vous vous êtes dit, dans le fourgon, et qui figure dans votre rapport...

– Oui ?

– Je peux me tromper, mais je ne peux me défaire de l'impression qu'il y a des... blancs, dans la conversation. Avez-vous escamoté d'autres informations ?

– Il m'a tenu un long discours sur l'avenir du boulevard Soult, que je n'ai pas jugé nécessaire de consigner.

– Qu'est-ce qu'il a dit ?

– En gros, que les boiteux s'étaient fait prendre de vitesse par le tourbillon de l'histoire, qu'ils étaient tombés dans la cuvette des chiottes, et que quelqu'un n'allait pas tarder à tirer la chasse. »

Il hocha la tête. « Qu'est-ce qu'il a dit d'autre ?

– Il m'a demandé si on était en contact avec la Brigade criminelle.

– Qu'est-ce que vous avez répondu ?

– Rien du tout.

– Il y avait autre chose ? »

Elle hésita, rien qu'un instant. « Non, c'était tout. »

Il lui laissa une chance de se raviser, mais elle se contenta de tirer sur sa cigarette. « Pourquoi n'avez-vous pas dit qu'il s'agissait de Richard ?

– Je n'en sais rien encore. Peut-être parce que je ne fais pas confiance à Laffont. »

C'était inattendu. « Pour quelle raison ?

– Je ne sais pas. Il y a un truc qui cloche, avec lui.

– Quoi ?

– Cette enquête, qu'il nous a confiée. Je ne crois pas qu'elle soit sa préoccupation principale.

– Quelle est sa préoccupation principale, d'après vous ? »

Elle haussa les épaules. Il décida de lui tendre une perche : « Vous pensez qu'il n'agit pas dans le meilleur intérêt du boulevard Soult ?

– Je ne sais pas encore ce que je pense, dit-elle, ce que je sais, c'est que je n'ai plus l'intention de lui rendre de comptes. »

Il considéra l'inspectrice en silence. Elle avait détourné le regard et semblait scruter le bosquet de bambous, qui émergeait du flanc de la maison, à sa gauche. Il considéra lui-même l'alignement de cannes, comme les barreaux d'une prison de fortune, dans quelque parcelle de jungle tenue par les partisans de l'oncle Hô. Il s'étonna de ce que les tiges semblaient porter des fleurs minuscules. Il devait se tromper – à cette distance, il y voyait mal. Ces choses-là, croyait-il se rappeler, ne fleurissaient que tous les cinquante ou cent ans, et la chose était considérée comme un très mauvais présage. « Je ne crois pas que vous ayez le choix, dit-il. Ce n'est pas une très bonne idée de vous mettre Laffont à dos, il pourrait facilement saborder votre carrière.

– Et alors ? Qu'est-ce que ça peut bien vous faire, à vous ? »

Il se sentit blêmir. « Pardon ? fit-il comme il tournait à nouveau son regard vers elle.

– Vous disiez que les boiteux méritaient de disparaître.

– Je n'ai pas tout à fait dit ça.

– Vous avez dit que ce ne serait pas un mal de débrancher le tuyau. »

Il eut encore conscience de la métamorphose qui s'était opérée en lui, ces dernières semaines. Il n'était pas impossible que Lassauve feignît l'insubordination, bien sûr, afin de l'inciter à se livrer davantage, mais il était résolu à croire que ce n'était pas le cas : elle avait trop payé de sa personne pour qu'il se sentît autorisé à penser autrement. De toute façon, qu'elle continue ou non de l'espionner pour le compte du directeur des Affaires internes, cela n'entamait en rien les qualités dont elle avait fait preuve dans l'enquête qu'ils menaient. « Je ne sais pas, dit-il, sans doute que certains d'entre nous méritent encore d'exercer leur métier de flic. » L'inspectrice sourit et tira une nouvelle bouffée. « Il n'empêche, reprit-il, vous ne devriez pas jouer double jeu avec Laffont. Il pourrait tout aussi bien vous faire exécuter. Vous n'auriez même pas droit à la bécane, pour ça, vous vous retrouveriez collée au poteau, dérogation à l'article douze, pour ceux de nos agents qui trahissent la maison. »

Elle étouffa un ricanement ; clairement, il avait échoué à l'effrayer. « Il n'y a pas eu de nouvel assassinat ? demanda-t-elle. Je n'ai rien vu passer, dans le journal.

– Non, il n'y a rien eu. Cela ne laisse pas de m'étonner, mais il semble que Richard soit retourné dans sa tanière.

– C'est mieux comme ça, non ?

– Je ne sais pas. Si le quai des Orfèvres n'a pas déjà fait le lien entre les victimes, il le fera bientôt, d'autant que les noms ont été publiés dans la presse.

– Oui, j'ai vu ça.

– La police judiciaire a la détestable habitude de balancer tout ce qu'elle sait aux journalistes, et les hommes de la Brigade criminelle ne font pas exception à la règle.

– Ils ont peut-être besoin d'arrondir leurs fins de mois.

– Peut-être. Quoi qu'il en soit, ces quatre noms vont bien finir par dire quelque chose à quelqu'un.

– À qui ?

– Je ne sais pas ; un flic à la retraite, par exemple, qui prendra son téléphone pour avertir son ancien employeur.

– Cependant, d'après ce que vous m'avez dit, le ministère de l'Intérieur s'est lui-même chargé d'enterrer l'affaire, à l'époque.

– C'est vrai, mais il n'a pu le faire que parce que Richard était prétendument mort. S'il est établi que le mort en question est ressuscité, alors le procureur aura toute latitude pour rouvrir l'enquête. Et il ne se privera pas de le faire, croyez-moi, l'occasion est trop belle pour la Justice de coincer enfin les boiteux.

– Mais tant qu'ils n'ont pas Richard, ils n'ont aucune preuve de rien ; ils ne peuvent rien contre nous.

– Eh bien, je n'en suis pas si sûr.

– Expliquez-vous.

– Richard ne se serait jamais donné la peine de réveiller les fantômes de Gravelle s'il n'avait pas été certain de pouvoir nous porter un coup très sévère.

– Et ?

– Il a dû penser que plus personne au sein du gouvernement ne voudrait prendre le risque de nous soutenir. Réfléchissez : si on admet que le boulevard Soult n'est plus qu'une maison de paille, alors rien ne dit qu'il sera capable de survivre à un climat de forte suspicion. Que les plumitifs de tous bords entrent dans la danse et les choses ne pourront que dégénérer : sans plus d'appui politique, nous ne pourrons faire face.

– C'était ça, son plan, d'après vous ? Déterrer quelques vieux cadavres pour créer le scandale ?

– Et dresser un portrait "en creux" de lui-même, si vous voulez. Par le truchement des enquêteurs de la Brigade criminelle, il espérait probablement fournir au président du Conseil comme aux parlementaires l'argument dont ils avaient besoin pour engager une réforme des institutions et se débarrasser définitivement des boiteux. »

Un sourire étira la commissure de ses lèvres. « Rien que ça ? fit-elle. Et si nous survivons malgré tout ? »

Il haussa les épaules. « Je ne sais pas.

– Si le but de Richard est d'achever les boiteux, alors qu'est-ce qui l'empêche de se livrer à la PJ ? Je n'ai pas eu l'impression qu'il se souciait beaucoup de son propre sort. Et puis, s'il a la tronche que vous dites, personne ne pourra croire qu'il s'agit d'un imposteur.

– Il n'est pas exclu qu'il finisse par se rendre. Cependant, vous avez raison, quelque chose le retient manifestement de passer à l'acte, un changement quelconque, peut-être dans son environnement, qui contrarie son désir légitime de vengeance.

– Légitime, vous dites ?

– De son point de vue. Ne chicanez pas. »

Elle tira sur sa cigarette. « En quoi son environnement a-t-il changé, d'après vous ?

– C'est plutôt à vous qu'il faut poser cette question. » Une moue d'incompréhension se peignit sur le visage de l'inspectrice. Il poursuivit : « Vous êtes l'une des très rares personnes à avoir pu l'approcher, ces derniers temps, et manifestement la seule qui ait survécu à la rencontre. Vous avez dû vous faire une idée de ce qui le chiffonnait.

– Je ne sais pas, fit-elle après un moment.

– Il vous a dit pourquoi il vous avait laissée en vie ?

– Il m'a dit... (Elle hésita.) Il m'a dit qu'il me laissait une chance de faire ce qu'il fallait.

– Qu'est-ce qu'il entendait par là ? »

Elle secoua la tête. « Je n'en sais rien. » Il ferma les yeux et tenta de clarifier sa pensée. Les choses étaient peut-être plus complexes qu'il ne les avait imaginées – pourquoi Richard avait-il demandé s'ils étaient en relation avec la Brigade criminelle ? Il regrettait amèrement de ne pas s'être déplacé plus tôt. « Qu'est-ce que vous faites ici, Perrin ? »

Il rouvrit les yeux et vit qu'elle le regardait fixement. « Pardon ?

– Pourquoi est-ce que vous êtes venu me voir ? »

Il ne pouvait plus faire marche arrière, désormais. « Eh bien... On a retrouvé la voiture de Richard, fit-il, la Renault 18. Sur l'île de Noirmoutier.

– Tiens donc. C'est encore une info de vos petits copains ?

– Ils ont été avertis il y a moins d'une heure.

– Et ils ont pris la peine de nous mettre au parfum ; la Brigade criminelle est d'une surprenante obligeance à l'égard du boulevard Soult. »

Du regard, il alla chercher le serpent constricteur, qui émergeait d'entre les bambous. Vraiment, il l'avait *vu* bouger, plus tôt, entre ses pieds. « Je connais le directeur d'enquête, il… me devait une faveur. »

Elle n'insista pas, et il en fut soulagé. « Il y a qui, sur place ? demanda-t-elle.

– Personne, encore.

– C'est le territoire de la gendarmerie, là-bas. »

Il hocha la tête. « Ce sont eux qui ont retrouvé la bagnole.

– Ah oui ?

– Elle était mal garée, apparemment ; ils ont relevé le numéro de la plaque et ils sont tombés sur l'avis de recherche. C'est comme ça que la PJ a été prévenue. Maintenant, si la Crim' veut éviter de se faire piquer l'affaire, sur l'île, elle va devoir négocier avec le juge. Ça va lui coûter pas mal de temps en tractations. Nous, en revanche, on peut partir tout de suite.

– Quand vous dites "nous", vous pensez à… ?

– Vous et moi. » Elle se contenta de l'observer. « Qu'est-ce que vous en dites, ça vaut le coup d'aller jeter un œil ? » L'inspectrice avait croisé ses chevilles, sur la chaise. Les dessins complexes qui sillonnaient la gomme rouge sang, sous ses chaussures étaient encore intacts, vierges de toute marque d'usure. « On n'aura pas à marcher beaucoup.

– Est-ce que vous avez parlé de tout ça à Laffont ?

– Bien sûr que non. »

Elle écrasa son mégot. « On y va en touristes, alors ? »

Il sourit. « J'ai pris ma voiture.

– On va plutôt prendre le monstre, fit-elle en glissant le briquet Playboy dans la poche de son jean. Comme ça je pourrai conduire. » Il ne comprit pas ce qu'elle voulait dire. « Vous êtes sûr que vous ne voulez pas de café ?

– Non, merci.

– Je vais me changer, attendez-moi là. » Elle se leva de sa chaise, prit son automatique et ses clopes, et s'éloigna de la table en claudiquant. Un sentiment de honte le submergea à nouveau, qui lui fit détourner le regard. Il eut alors la vision fugace du jeune homme, qui s'écartait d'une des fenêtres du rez-de-chaussée. Lassauve, pensa-t-il, devait continuer à fréquenter le môme. François lui avait rapporté l'incident qui s'était déroulé devant l'immeuble de Féron, le soir du meurtre, mais Perrin lui avait assuré que le môme n'avait pas vu le meurtrier : le commissaire lui avait fait la grâce d'abandonner l'affaire.

Île de Noirmoutier

La boîte automatique du monstre avait permis à Louise de faire la route sans solliciter son pied blessé. Le soleil avait fini par s'imposer du côté d'Angers, mais le vent était devenu plus fort à mesure qu'ils s'étaient approchés des côtes.

Plutôt que de sortir sa carte de flic, elle s'acquitta du prix du péage. Un instant plus tôt, elle s'était arrêtée dans un tabac pour acheter une carte routière et de l'essence à Zippo ; là, on lui avait dit que le pont était le meilleur moyen d'accéder à l'île : depuis sa construction, au début des années 1970, l'ouvrage de béton permettait de s'affranchir du passage du Gois, beaucoup plus long et praticable seulement à marée basse.

La barrière s'ouvrit devant le monstre, et elle entama la traversée du bras de mer, jouant du volant pour contrecarrer les rafales.

Elle jeta un œil à son collègue, sur le siège passager, qui gardait le regard fixé sur l'horizon. À l'évidence, l'inspecteur était mieux disposé à son égard depuis la fusillade dans le jardin. En chemin, il lui avait fait de nouvelles confidences sur le passé du boulevard Soult, plus trouble encore que ce qu'elle avait imaginé. Si le vieil ours s'était montré peu disert sur ses propres enquêtes – rien, dans ses propos, ne paraissait se rapporter au *palmarès* dont Richard semblait si admiratif –, il avait évoqué ses rapports avec l'ancien divisionnaire, du temps où ils fréquentaient la même aile de la Cité.

Richard et Perrin avaient appartenu aux deux tendances opposées qui cohabitaient au sein du boulevard Soult, à ses débuts. La première, celle de Richard, entendait user des prérogatives propres à la jeune administration pour empiéter autant que possible sur le territoire de la police judiciaire : la stratégie consistait à contester systématiquement l'autorité de cette dernière en s'emparant des affaires les plus sensibles, tout en faisant preuve d'une efficacité très supérieure. Il s'agissait de se faire rapidement une place sur l'échiquier des forces de police et d'éviter que l'institution, encore fragile, ne périclitât prématurément.

Évidemment, à la fin des années 1950, la définition du délit politique était beaucoup plus vague, et les conditions de sa qualification moins encadrées qu'elles ne l'étaient désormais : quelques adjonctions au Code pénal avaient suffi à conférer un immense pouvoir au boulevard Soult, et les juges, pratiquement, s'étaient retrouvés sans le moindre recours légal pour contester la prééminence de ses agents – qui n'avaient pas encore hérité de leur surnom de boiteux – sur les hommes de la police judiciaire.

La raison d'une telle impunité, bien sûr, était que le pouvoir de l'époque y trouvait bon compte. Dans un climat de tension sociale extrême, où chaque nouveau procès était le prétexte à une contestation violente de la politique du gouvernement, les prérogatives du boulevard Soult permettaient à l'État de s'affranchir du sort qui était réservé aux ennemis de la Nation – ainsi opportunément qualifiés. Il fallait laisser la police *faire son travail*. La question de la continuité républicaine était devenue trop importante pour qu'on laissât aux magistrats la possibilité de saper son action. En d'autres termes, les boiteux acceptaient de faire le sale boulot, en contrepartie d'une liberté d'action inédite au sein de l'institution policière. Personne n'était autorisé à venir fourrer son nez dans les affaires dont ils se saisissaient, et surtout pas la PJ.

L'autre courant de pensée, majoritaire dans la maison, était le fait d'agents plus discrets, moins préoccupés par la concurrence entre les services de police, qui agissaient davantage dans l'esprit qu'ils avaient hérité des RG. Ceux-là avaient manqué de clairvoyance, et n'avaient pas su tenir compte des réalités du terrain – c'était l'analyse de Perrin, qui avait pourtant fait partie du lot.

Très vite, afin de favoriser les ambitions de la plus volontaire des deux branches, Richard s'était employé à recruter les individus les plus capables parmi les jeunes agents, pour constituer au sein du boulevard Soult une sorte de faction indépendante – dans les faits, si ce n'était dans les statuts – placée directement sous ses ordres, et dont les agissements échappaient largement au contrôle de la Direction générale. L'homme n'en était pas à son coup d'essai ; déjà, en Indochine, il avait usé de sa capacité à identifier les éléments les mieux doués pour enrôler et former une poignée de combattants Hmongs, dans le haut Laos, et créer avec eux des maquis autochtones, des groupes de guérilla qui se battaient contre le Viêt Minh. Les « têtes brûlées », comme les Hmongs s'étaient baptisés eux-mêmes, s'étaient rapidement taillé une réputation de seigneurs de la jungle.

Dès le début, Perrin avait été approché par Richard pour rejoindre ce qui était censé n'être qu'une simple *corporation* à l'intérieur de l'institution, une *association d'intérêts* ;

en bon animal solitaire, pourtant, le vieil ours – qui n'était pas vieux, à l'époque – avait décliné la proposition. Dès lors, il avait préféré se tenir à l'écart des manigances du divisionnaire.

Sans en avoir la preuve, Perrin suspectait aujourd'hui le groupuscule d'avoir été, en sous-main, à l'initiative du projet de coup d'État : Richard n'avait jamais fait mystère de ses idées, alléguant que le gouvernement s'était amolli d'une façon préoccupante depuis le succès du putsch d'Alger, et que la République était plus que jamais fragilisée de l'intérieur. À l'époque, cependant, Perrin n'avait rien vu venir de ce qui se tramait.

Après l'affaire de Gravelle, les choses étaient devenues plus embrouillées. Perrin croyait que les Affaires internes s'étaient chargées de détruire tous les documents qui se rapportaient au coup d'État, les cibles, les stratégies et les matériels engagés, les différents commandos et les noms des hommes qui les composaient. Il était convaincu que la cellule de Laffont, en fait d'enquêter sur la disparition de Richard, s'était davantage employée à effacer ses traces qu'à remonter sa piste. Selon un adage bien connu des agents du service, il ne fallait pas remuer la merde si l'on voulait que les choses se tassent.

Il y eut une secousse comme les roues du monstre quittaient le tablier pour entrer en contact avec l'île proprement dite. Très vite, ils ne virent plus la mer. La végétation était partout clairsemée ; aussi loin qu'il était possible de voir, les arbres étaient rares et regroupés en bosquets dispersés. À leur droite, les vastes terres cultivées s'étendaient sans aspérités jusqu'aux bassins ostréicoles qui bordaient la côte – en tout cas, c'était ce qu'indiquaient les panneaux, presque à chaque intersection. Il y avait aussi quelques maisons basses, éloignées les unes des autres, et un nombre étonnant de carcasses de tracteurs, abandonnées aux bourrasques corrosives, à la périphérie des champs.

Ils croisèrent la route qui menait au passage du Gois, à la hauteur de la commune de Barbâtre, et longèrent bientôt les marais salants. La multitude de canaux et de bassins s'étalaient comme autant de gigantesques miroirs, de part et d'autre de la chaussée. Louise ajusta ses Ray-Ban et approcha son visage du pare-brise. Il lui avait semblé distinguer la silhouette d'un hélicoptère, haut dans le reflet du ciel.

« Qu'est-ce qu'il y a ? demanda Perrin.

– Il m'a semblé voir un hélico.

– De la gendarmerie ?

– Je ne sais pas. » Elle continuait de scruter le ciel, mais l'aéronef – s'il avait jamais existé – s'était perdu dans le soleil.

« Je ne l'entends pas », fit l'inspecteur.

Elle interrompit sa recherche pour éviter de se brûler les yeux. « Je ne suis pas sûre, ce n'était qu'une ombre. C'était peut-être un avion.

– Il y a souvent de grands oiseaux, au-dessus des marais. C'était peut-être un genre de grue, ou d'échassier.

– Hmm. »

En quittant la commune de Noirmoutier, elle se rendit compte qu'ils ne circulaient plus sur la route départementale, qui devait pourtant les mener au Vieil – il s'agissait du village où les gendarmes avaient retrouvé la voiture.

« Je crois que je nous ai paumés, fit-elle.

– Ça ne vous ressemble pas. »

Devant eux, la chaussée devint plus étroite et l'asphalte se couvrit progressivement du sable apporté par le vent. Louise stoppa le monstre à la dernière intersection, avant le panneau qui annonçait la plage des Dames en même temps qu'une voie sans issue. À gauche, la route s'élevait parallèlement à la côte, entre les arbres serrés. Elle se rappela la carte : l'unique bois de l'île se trouvait juché sur un petit promontoire, au sommet de la falaise, entre Noirmoutier et le Vieil.

Perrin jeta un regard à travers la lunette arrière. « On fait demi-tour ? demanda-t-il.

– Non, on n'est pas loin. » Le monstre recommença à avancer dès qu'elle eut retiré son pied de la pédale de frein. Elle prit à gauche et entama la montée sur un filet de gaz.

Perrin identifia des chênes verts, des mimosas et des pins maritimes : une végétation curieusement méditerranéenne, fit-il remarquer, au bord de l'océan. De très anciennes villas, à peine visibles derrière les troncs centenaires, se partageaient les parcelles successives de forêt, de part et d'autre de la route. Les propriétés étaient séparées les unes des autres par de petites allées qui, à droite, menaient à la falaise – et aussi, sans doute, aux nombreuses petites criques que la carte faisait figurer à l'aplomb.

Comme ils quittaient le bois, la route redescendit et vira en direction de la côte. Ils débouchèrent rapidement sur le front de mer, et Louise s'arrêta face à la plage : c'était la première fois qu'ils revoyaient l'océan depuis qu'ils avaient passé le pont. À droite, la côte formait une anse, dont ils occupaient l'extrémité ouest ; à gauche, une série de petites maisons donnaient directement sur le sable : il s'agissait manifestement des premières habitations du Vieil.

« C'est le village ? demanda Perrin.

– Hmm », fit-elle en reprenant sa route. Devant eux, l'unique voie carrossable s'écartait du bord de mer pour se frayer un chemin entre les maisons. Louise engouffra le monstre dans le passage étroit et suivit la ruelle, qui pénétrait toujours plus profondément dans le village désert. Certaines demeures étaient très anciennes, en pierre de taille, d'autres étaient de construction plus récente. Presque toutes entretenaient de petits jardins, à l'abri du vent, où poussaient d'imposants massifs de fleurs – des hortensias, dit Perrin.

« Elle est garée où, la voiture ? demanda-t-elle.

– Je ne sais pas. Quelque part, dans le village. N'allez pas vous arrêter à côté, surtout. »

Louise ne mit pas longtemps à localiser la Renault 18, garée sur le petit parking qui occupait le centre de ce qu'elle prit pour la place du village.

« Arrêtez-vous là, fit Perrin, devant le café. »

Elle rangea le monstre contre le trottoir, coupa le contact et empoigna son bomber. À l'autre extrémité de la banquette, Perrin s'employait à déterminer une façon convenable de descendre de la camionnette. Louise se retint elle-même au montant de la cabine pour adoucir le contact de son pied gauche avec le bitume. Elle cracha son chewing-gum, enfila le blouson et alluma une clope. Le corps du Zippo Playboy était encore imprégné de l'odeur de l'essence, et elle fut satisfaite de constater que la flamme résistait aux assauts du vent.

De loin, elle remarqua les pneus taille basse qui équipaient la Renault. Elle avait vainement essayé de rattraper la voiture, quelques semaines plus tôt, alors qu'elle se trouvait au volant de l'Alpine. Elle tenta de se remémorer les informations que Perrin avait reçues de la Brigade criminelle, le matin même, et qu'il lui avait communiquées dans la cour de la maison. Étrangement, le souvenir qu'elle gardait de leur conversation, bien qu'encore frais dans son esprit, semblait altéré, et la voix de l'inspecteur repassait dans sa tête comme sur la bande d'un vieux magnétophone. Elle eut soudain la sensation que le monde perdait de sa consistance devant ses yeux : quelque chose paraissait clocher, dans le tableau, qui entamait sa crédibilité – la voiture, en premier lieu, stationnait de façon tout à fait licite. « Ils ont dit qu'elle était en infraction ? demanda-t-elle.

– Hmm ? »

Elle voulut rejoindre le parking, mais Perrin la retint d'un geste du bras. L'inspecteur, vit-elle, était occupé à scruter les abords de la place. Beaucoup des rues adjacentes devaient aboutir à la mer, pensa-t-elle comme elle jetait à son tour un regard circulaire, mais cette dernière demeurait invisible. Il semblait évident que la plupart des maisons du village n'étaient plus occupées que pendant la belle saison, et presque toutes avaient les volets clos. « Vous pensez qu'il peut se planquer dans une de ces baraques ? demanda-t-elle.

– Je ne crois pas qu'il aurait laissé sa voiture en vue, comme ça.

– On peut s'approcher, alors.

– Oui. »

Les loquets n'étaient pas abaissés, derrière les vitres de la Renault, et Perrin ouvrit la portière à travers la manche de son pardessus. Les mains dans les poches, Louise laissa son regard errer dans l'habitacle. Elle avisa le dessin de la grille cinq vitesses, sur le pommeau de cuir, et le manomètre de turbo. Dans le vide-poches, côté conducteur, elle reconnut la même carte routière qu'elle avait achetée en chemin. Perrin s'accroupit pour regarder sous les sièges, prenant garde à ne rien toucher, ouvrit la boîte à gants – toujours à travers sa manche –, fit le tour de la voiture, ouvrit le coffre et souleva le tapis, découvrant la roue de secours. « Alors ? demanda-t-elle.

– Alors quoi ? fit-il avec une pointe d'agacement. On va aller demander au café, s'ils savent quelque chose. »

Elle tira sur sa cigarette et suivit le vieil ours d'un pas mal assuré.

« Bonjour, dit Perrin.

– Messieurs dames », fit la femme. En blouse à pois et vieilles savates, il était inenvisageable qu'elle ne fût pas la taulière.

Louise rejoignit Perrin au comptoir et choisit un tabouret éloigné de la machine à cacahuètes. Le café faisait tabac-presse, et aussi restaurant. Derrière eux, le seul autre client de la maison était en train de terminer son repas, assis à une table, contre la vitre. Une vieille chanson de Daniel Guichard passait à la radio – il lui semblait que la version originale était d'un autre, peut-être de Ferrat. Elle posa ses Ray-Ban sur le zinc et jeta un œil au présentoir à journaux, à côté d'elle. À la une de *Paris Match*, elle reconnut le célèbre cliché anthropométrique de Jean-Marc Aubert – l'image avait été prise dans les locaux de la PJ, après qu'il avait échoué à braquer une agence de la Société générale, à Hendaye, et avant son évasion spectaculaire de la prison de Bayonne. L'homme était jeune, sur la couverture du magazine, ses cheveux étaient noirs, il ne portait pas encore son collier de barbe mais on reconnaissait déjà le regard acier, qui défiait l'objectif du photographe judiciaire. « Crimes et châtiment, le dernier jour du chef de l'UCP », annonçait la légende – insuffisant pour qu'elle prît la peine de consulter l'article.

« Qu'est-ce que je vous sers ? » Depuis qu'ils étaient entrés, il semblait à Louise que la taulière lui témoignait une certaine hostilité.

« Je vais prendre un café, fit-elle.

– Et un petit blanc, pour moi », dit Perrin.

La taulière mit le café à couler et vida un fond de bouteille dans le verre ballon. Louise observait la chair flasque qui pendait mollement de ses gros bras. « C'est une drôle de camionnette, que vous avez.

– Les Américains, ils disent *pick-up truck* », fit le client, à la table.

La taulière sourit. Elle avait conservé un genre d'expression enfantine qui lui donnait l'air nigaud. « C'est vrai que t'as habité en Amérique, toi !

– Cinq ans. Dans le Wyoming.

– C'est à vous, ici ? » demanda Perrin.

La taulière posa le café sur le comptoir et approcha la boule à sucre. « Oui, avec mon mari. » Louise fit basculer la moitié supérieure de la sphère d'inox : chacun des emballages était orné d'un dessin de fleur, il y en avait de toutes les couleurs et de toutes les sortes. Elle sourit en repensant à Pascal : le jeune homme avait émis l'idée qu'une force occulte était à l'œuvre, qui faisait s'agréger autour d'elle la faune et la flore.

« Dites-moi, fit Perrin, vous connaissez le propriétaire de la voiture verte, dehors, sur le parking ? La Renault 18 ? »

La taulière secoua la tête. « Non.

– Ça fait longtemps qu'elle est garée là ? Vous le savez ?

– Ils sont venus la mettre là hier soir. » Perrin fronça les sourcils. Elle reprit : « Avant elle était garée dans l'allée au-dessus de la plage des Souzeaux, mais elle gênait le passage, alors ils l'ont bougée.

– Qui ça, "ils" ?

– Les gendarmes ; ils ont fait venir le tracteur. »

Le vieil ours se rembrunissait à vue d'œil : « Quel tracteur ?

– Le tracteur de la plage. Qui tire les bateaux. » Elle avait dit ça comme s'il s'agissait d'une évidence.

« Ce sont les gendarmes qui vous ont dit ça ? Ils sont venus ici ? »

Elle eut l'air de trouver l'idée comique. « C'est Titi. Qui conduit le tracteur.

– Et la voiture, ça faisait longtemps qu'elle était là-bas ?

– Vous êtes de la police ? » Il sembla à Louise que Perrin s'était composé un air exagérément sombre. L'inspecteur hocha gravement la tête, et la taulière sourit d'un air entendu, manifestement satisfaite de la justesse de son intuition. « Je me disais bien. » Elle ajouta : « Avec le pardessus.

– Alors, fit Perrin, la voiture, elle était là-bas depuis combien de temps ?

– Ça, je sais pas.

– C'est où, là-bas ? demanda Louise.

– Où ça ? »

Elle contint un début d'agacement. « L'allée au-dessus de la plage, où la bagnole était garée. On y va comment ?

– Ah ! C'est la plage des Souzeaux ! Il faut que vous passiez par le bois de la Chaize, et que vous tourniez dans l'une des allées, à gauche, entre l'allée du Cob, je crois, et l'allée de... » Elle réfléchit. « Je me souviens plus du nom, reprit-elle, mais je peux vous faire un dessin, si vous voulez. »

Louise revint avec la carte, qu'elle déplia sur le zinc. La taulière se servit d'un stylo Banga pour souligner consciencieusement le croissant d'asphalte, accolé à la plage. « Voilà, c'est cette allée, là.

– Elle permet d'accéder à la plage ?

– Oui.

– C'est pour les gens qui ont des bateaux ?

– Oui, ou pour ceux qui habitent là, il y a des villas, face à la mer.

– Elle était où, la voiture, exactement ? »

La taulière leva les yeux de la carte, l'air interdit. « Ça, je sais pas. Il faut demander à Titi.

– Il est où, Titi ?

– Il est parti.

– Il avait cru voir un gros minet », fit le client, dans le dos de Louise. Elle jeta un regard par-dessus son épaule, et l'homme lui sourit. « *I thought I saw a pussy cat* », ajouta-t-il, et elle supposa qu'il s'agissait de la même phrase en anglais.

« Il travaille pas, Titi, aujourd'hui, dit la taulière, il est allé voir sa mère. »

Louise revint à son interlocutrice : « Elle est où, sa mère ?

– Elle habite où, vous voulez dire ?

– Oui.

– Ça, je sais pas.

– Et lui, il habite où ? »

Elle la regardait avec des yeux de plus en plus ronds, l'air abruti. « Je sais pas non plus.

– Il travaille pour quelqu'un ? Vous savez pas s'il a un patron ?

– Je crois pas, non.

– Vous avez son numéro de téléphone ?

– Non.

– C'est quoi, son nom de famille ? »

Sa propre ignorance semblait lui causer une grande hilarité. Elle s'adressa au client : « Eh ! Tu connais le nom de famille de Titi ?

– Je connais même pas son prénom ! »

Elle pouffa et revint à Louise. « C'est Stéphane, son prénom. » Elle réfléchit. « Peut-être que vous pouvez aller vous renseigner au port de l'Herbaudière.

– On s'en fiche, intervint Perrin, on n'a pas le temps, de toute façon, laissez tomber. » Louise tourna son regard vers l'inspecteur, qui finit son verre d'un trait. « Il a dû abandonner la bagnole, reprit-il. Je nous ai fait déplacer pour rien.

– Qu'est-ce qu'il est venu foutre ici, d'après vous ?

– Allez savoir. » Elle n'insista pas, tant était manifeste le désappointement du vieil ours. « Donnez-m'en un autre », fit-il à la taulière, qui remplit le petit verre et manqua de le faire déborder. L'atmosphère, soudain, s'était appesantie, alors que la voix de Daniel Guichard retentissait seule, désormais, dans la petite salle. Louise baissa les yeux et reprit son examen de la carte. Ils allaient devoir faire demi-tour, en fin de compte. La plage des Souzeaux, à l'aplomb de la falaise, était l'une de celles qu'ils avaient passées, quand ils avaient traversé le bois de la Chaize. Elle se rendit compte qu'elle n'avait pas encore touché à son café. Elle prit un sucre, dans la boule, et défit l'emballage : la fleur était une pivoine.

La taulière se saisit d'un plateau – Banga, lui aussi – et progressa à pas mous jusqu'à la table du client. « T'as choisi ton dessert ? demanda-t-elle comme elle raclait encore le sol de ses savates.

– Je vais prendre la tarte aux abricots. »

Un sourire satisfait se peignit sur la face couperosée. « Une tarte aux abricots qui marche ! »

Louise écrasa son mégot dans le cendrier et pivota sur son tabouret. « Moi aussi je veux bien une part de tarte. » Elle s'attira un regard ahuri de la grosse femme, qui hocha finalement la tête. Elle pencha le buste et posa la main sur le bras du vieil ours. « Vous n'avez pas faim, vous ? »

Louise descendit la vitre de sa portière et cracha son chewing-gum.

« Votre père est mort dans un attentat, fit Perrin, au Tchad. C'était un flic. »

Ils refaisaient en sens inverse le chemin de l'aller, et ils venaient d'entrer dans le bois.

« Pourquoi est-ce que vous me dites ça ?

– Ce n'est pas vrai ? »

Elle hésita. « Si, concéda-t-elle, mais comment vous le savez ?

– Je suis un vieux curieux, vous ne vous rappelez pas ? J'ai fait mes recherches pendant que vous étiez en convalescence. Il semble que le juge a été particulièrement clément avec les terroristes. En tout cas, ils ont échappé à la peine capitale. »

Évidemment, il avait pu avoir accès à son dossier interne.

« Qu'est-ce que vous cherchez à me faire dire, Perrin ?

– Rien. Rien du tout. Je voulais juste vous faire savoir que j'étais de votre côté. »

Elle se rendit compte qu'elle avait cessé de surveiller le nom des allées, à sa gauche. Elle faillit manquer la dernière de celles qui conduisaient à la plage des Souzeaux.

La couche de sable s'épaississait à mesure que le monstre remontait la voie étroite entre les grands pins, en direction des garde-fous qui marquaient le bord de la falaise. Louise immobilisa la camionnette à la hauteur d'une cabine téléphonique, dont elle se dit que la présence était incongrue en ce lieu. L'allée de la plage des Souzeaux débutait immédiatement à leur gauche, à l'angle d'une propriété qui s'étendait jusqu'à la lisière du bois, côté garde-fous : elle était incapable de discerner la demeure, en retrait des murs, dissimulée par une végétation singulièrement compacte.

« C'est là, à gauche », dit Perrin.

Elle modifia légèrement la direction de son regard et relâcha le frein.

Comme elle parcourait le début de l'allée, elle aperçut le toit de la bâtisse, à leur droite, qui émergeait de la cime des arbres. Elle parvint aux limites de la propriété, de ce côté, qui étaient aussi celles de la forêt. Devant eux, la voie étroite se prolongeait en une pente abrupte pour atteindre la plage, en contrebas ; elle reconnut le croissant que la taulière avait souligné, sur la carte, avec une application d'écolière. Elle descendit le raidillon, en légère courbe, et laissa le monstre avancer tout seul. La partie basse de l'allée était la plus longue, de très loin. Du regard, elle fouilla les abords de la bande d'asphalte, à la recherche d'elle ne savait pas quoi. La mer était déjà presque assez haute pour venir lécher les rochers qui bordaient la plage, immédiatement à leur droite. Un peu plus loin, devant eux, une vieille chargeuse Hanomag était garée sur le sable, près d'une rampe de béton. Avec son corps articulé, sa transmission intégrale et ses énormes roues, c'était un autre genre de monstre.

« Arrêtez-vous », fit Perrin. Elle stoppa la camionnette et l'inspecteur rejoignit le sol, nettement plus à l'aise que la première fois. L'alcool, peut-être, avait assoupli ses mouvements. Elle l'observa qui relevait le col de son pardessus et avançait de quelques pas dans l'allée.

« Vous avez vu quelque chose ? » demanda-t-elle. Elle avait elle-même quitté le véhicule et s'était approchée de son collègue, désormais immobile, qui contemplait le large. Plusieurs bateaux de plaisance étaient ancrés au-delà de l'anse et, avec le vent, elle entendait les drisses d'acier qui fouettaient les mâts dans un ensemble admirablement cadencé. Elle connaissait les bateaux mais ne les aimait pas, pas plus qu'elle n'aimait l'eau. « Vous ne croyez pas non plus qu'il ait pu s'installer dans une de ces maisons ? » fit-elle. Quelques villas étaient adossées au bois, derrière eux, avec une vue imprenable sur l'océan.

« Quand bien même il l'aurait fait, dit Perrin, je n'imagine pas qu'il puisse s'y trouver encore. On ne va pas se mettre à fouiller toutes les baraques de l'île, de toute façon. François ne tardera plus, maintenant : il va falloir qu'on foute le camp.

– François ?

– Le commissaire Fougère, de la Crim', qui est responsable de l'enquête. Les gendarmes lui auront peut-être communiqué d'autres informations. » Il marqua une pause. « Je ne pense pas qu'il fera mieux que nous, cela dit. »

La cheville de Louise commençait à lui faire un mal de chien. Elle était en train de transgresser les ordres du médecin qui lui avait interdit de forcer sur son articulation, ou de marcher plus de quelques mètres sans ses béquilles. Elle recula jusqu'à une barque de pêcheur qui reposait à l'envers, sur le talus, au départ d'une allée perpendiculaire. Elle chassa un peu du sable poisseux qui s'était accumulé sur le bois peint et s'assit contre la quille ; penchant la tête, elle lut « Marie Céleste » entre ses Adidas.

Perrin demeurait immobile, quelques pas devant elle, les mains dans les poches de son imperméable. Les mèches de ses cheveux blancs étaient régulièrement balayées par les rafales. Elle remonta la fermeture Éclair de son bomber et reporta son attention sur la chargeuse. Le jaune guêpe d'origine y avait presque partout perdu son combat contre la rouille ; les jantes, aux très larges moyeux, étaient les plus atteintes. Les pneus étaient usés au point d'être devenus presque lisses, et elle distinguait de profondes entailles dans l'épaisseur de la gomme. Elle considéra les puissants vérins hydrauliques, chargés de manœuvrer la taille serrée, qui devaient conférer à la machine une formidable agilité. La chargeuse, pensa-t-elle, devait s'occuper de repousser le sable vers la côte, pour empêcher que la plage ne se fît progressivement rogner par la mer. À moins qu'elle ne fût préposée au ramassage des algues, branches mortes et autres bouteilles de plastiques engoudronnées qu'elle avait vues s'accumuler au bas des rochers – il devait y avoir aussi quelques poissons morts, dans le tas, car un groupe de mouettes venait constamment y picorer.

« Il a peut-être pris un bateau », fit Perrin comme il tournait le dos à l'océan. Il rejoignit la *Marie Céleste* et s'assit sur la vieille coque, de l'autre côté de la quille. « Il a pu se servir d'une barque, reprit-il, et accoster l'un des voiliers qui sont ancrés au-delà de l'anse. Il a pu franchir une frontière par la mer.

– Vous croyez ?

– C'est ce que j'aurais fait. » L'inspecteur fouilla dans sa gabardine et sortit sa petite boîte de cigarillos. « Je peux vous emprunter votre briquet ? » Elle extirpa le Zippo de la poche de son jean et lui tendit la flamme. « Merci », fit-il en retournant à sa contemplation du large. « Mon père à moi était instituteur, dit-il alors, au Maroc, à Rabat. Il avait acheté un petit bateau et il m'emmenait naviguer avec lui, le week-end. On regardait le soleil se faire avaler par l'océan, tous les deux, on attendait de voir le rayon vert. »

Elle crut qu'il allait continuer, mais il n'en fit rien. « Vous l'avez vu ? demanda-t-elle.

– Le rayon vert ?

– Oui.

– Une fois, seulement. »

Elle l'observa qui tirait sur le cigarillo. Il continuait de scruter l'horizon de son regard clair. Elle ne savait pas s'il tentait de se représenter les intentions de l'ancien divisionnaire, ou s'il était simplement perdu dans ses souvenirs. « Vous êtes marié, Perrin ? Je veux dire, vous avez quelqu'un dans votre vie ? »

Elle crut voir passer l'ombre d'un sourire sur le visage du vieil homme. « Non, je n'ai personne.

– Des enfants ?

– Non plus.

– Une vie de boiteux, en somme.

– C'est ça. »

Elle ouvrit la poche de manche de son bomber, sortit son paquet de Camel et alluma une clope. « Qu'est-ce qu'on fait, maintenant ? demanda-t-elle.

– Retournez au café, voyez s'ils ont entendu parler d'un vol de bateau, au large de cette plage, ou à proximité.

– Vous ne venez pas avec moi ?

– Je vous rejoindrai à pied ; ce n'est pas très loin et j'ai besoin de marcher un peu, après toute cette foutue route. »

*

L'homme en était à son deuxième Cointreau quand il vit revenir le gros Dodge, de l'autre côté de la vitre. Le pick-up se gara contre le trottoir et la grande métisse en descendit. *I thought I saw a pussy cat*, pensa-t-il.

Il referma son *Paris Match* et observa la fliquette qui se dirigeait vers le café en traînant la patte. Cette fois, elle était sans son collègue. « Est-ce que vous avez entendu parler d'un vol de bateau, fit-elle en entrant, au large de la plage des Souzeaux, ou pas loin ? » Elle avait rejoint le comptoir et, à nouveau, il se fit la réflexion qu'elle était très bien faite. Son cul, surtout, était superbe.

« Est-ce que je peux voir votre carte ? » Depuis le début, la grosse Jackie semblait nettement moins disposée à collaborer avec la fille qu'avec le vieux. Il n'était pas difficile de voir qu'elle ne l'aimait pas, et il suspectait que la grande métisse le lui rendait bien. Cette dernière sortit néanmoins un étui de cuir noir de sa poche revolver, qu'elle lui ouvrit sous le nez : le visage de la grosse Jackie s'éclaira soudainement : « Ah, vous êtes du boulevard Soult ! fit-elle. J'avais pas compris ! Vous êtes des collègues de Laffont, alors ? »

Des boiteux : c'était assez savoureux.

« Pardon ? fit la fille.

– Laffont, il est pas de chez vous ? Il a une baraque, pas loin, du côté de la plage des Souzeaux, que vous demandiez où c'était.

– Comment ça ? C'est laquelle, sa maison, elle est où ?

– C'est celle qui est sur la pointe, intervint-il, au-dessus de la falaise. Vous êtes allés sur la plage ?

– Oui.

– C'est la grande propriété qui se trouve juste après la montée, côté mer, à l'opposé de l'allée du Cob. Elle n'est pas facile à voir. »

Elle eut l'air de se repérer. « Vous le connaissez, Laffont ? demanda-t-elle. Il est là, en ce moment ?

– Je crois pas, dit Jackie, non. Quand il est là, il vient boire son café, le matin. Il boit aussi un petit coup, le soir, quand il rentre de la pêche. » Jackie se tourna vers lui, cherchant son approbation : « C'est pas vrai ? »

Il hocha la tête à l'attention de la fliquette. « Sa mère est des Souzeaux, fit-il. C'est rien que des bonnes familles, dans le coin, de bonne naissance, si vous voyez ce que je veux dire.

– Mais lui, ça va, il est pas snob, dit Jackie.

– O. K., merci », fit-elle. Elle paraissait avoir complètement oublié son histoire de bateau volé. (De toute façon, il n'avait entendu parler d'aucune affaire de ce genre.) Elle quitta le café et il l'observa qui regagnait le Dodge, à travers la vitre. Comme elle pressait le pas, il lui sembla que sa claudication s'était légèrement atténuée.

« Drôle d'oiseau, cette fille, dit Jackie.

– Hmm. » Il rouvrit le *Paris Match* : coïncidence, il s'y trouvait un article sur une récente opération du boulevard Soult. À ce qu'il semblait, ces derniers temps, les boiteux n'avaient plus beaucoup l'occasion de faire parler d'eux.

*

Louise trouva curieux de ne pas avoir déjà croisé Perrin. Elle avait compté récupérer l'inspecteur au passage, mais elle scrutait en vain les bas-côtés. Cette fois, elle prit l'allée du Cob, la première de celles qui menaient à la plage des Souzeaux, et aborda le croissant par son extrémité ouest. Elle vit la *Marie Céleste*, une centaine de mètres plus loin, mais le vieil ours n'y était plus assis. Comme elle roulait au pas, elle se demanda s'il pouvait avoir emprunté l'une des allées perpendiculaires qui s'échappaient régulièrement d'entre les villas pour rejoindre le bois. Aussi loin que son regard était capable de percer, pourtant, elle demeurait incapable de discerner l'homme au pardessus râpé. Avait-il pu prendre un autre chemin ? Elle arrêta la camionnette et déplia la carte sur la banquette. Aucune des autres voies qui y étaient répertoriées ne permettait d'atteindre le Vieil. Mais il s'agissait essentiellement d'une carte routière, et les sentiers pédestres n'y étaient manifestement pas consignés. Elle releva la tête : il n'y avait toujours personne, dans les environs, pour la renseigner. Elle hésita à faire demi-tour puis se ravisa, se figurant qu'elle pourrait toujours appeler le café depuis la cabine téléphonique, après le raidillon.

Parvenue à l'autre extrémité du croissant, Louise entama la portion de macadam qui s'écartait de la côte en pente raide, prolongeant l'allée. Si elle avait bien compris, Laffont habitait la maison qu'elle avait vue émerger de la parcelle de forêt, au sommet de la falaise. Elle n'avait absolument aucune idée de la situation et ne savait pas à quoi s'attendre. Elle ignorait la raison pour laquelle la Renault 18 avait été abandonnée devant chez Laffont : pour ce qu'elle en savait, le directeur des Affaires internes se trouvait toujours à Paris. Elle commettait probablement une erreur en décidant d'agir ainsi, sans prendre le temps de réfléchir à une stratégie, mais elle commençait sérieusement à craindre pour la vie du vieil ours.

Elle rangea le monstre contre le mur de la propriété, à l'endroit même où Richard devait avoir laissé sa voiture. Elle rejoignit l'arrière de la camionnette et grimpa dans la benne, prenant appui sur le pare-chocs chromé. Elle s'accroupit près du jerrican et défit les attaches du compartiment qui avait abrité pelle, hache, coupe-coupe et tronçonneuse, et dans lequel elle avait rangé le MAS 49. Le numéro de matricule, à gauche de la boîte de culasse, avait été limé. Le matin même, elle s'était enquise de la provenance du fusil auprès de l'inspecteur, qui n'avait pas daigné lui répondre. Elle avait contemplé l'inscription en arabe, gravée dans le bois, sous le canon.

Ainsi équipée, elle quitta la benne et se rendit au portail, qui n'était pas verrouillé.

L'épaisseur de la végétation, à cet endroit, jouait pour elle. Elle avait épaulé son fusil et progressait à pas lents, à l'écart du chemin. Elle était attentive à chaque bruit, épiait chaque fenêtre qui apparaissait entre les branches. Aiguillonné par une forme de peur ancestrale, non encore humaine, son cerveau était tout entier occupé à trier le flot des informations visuelles et auditives à la seule fin d'isoler la marque de l'ennemi, la trace du prédateur qui rôdait *nécessairement* dans les parages.

Devant elle, la demeure prenait corps d'une façon presque théâtrale. C'était un genre de manoir du XIXe siècle, qui donnait l'impression d'avoir été fraîchement restauré. Une serre de jardin, d'apparence plus récente que la bâtisse, était accolée à l'édifice ; à la différence de celle du quai Laubeuf, la construction semblait parfaitement fonctionnelle, et Louise devinait l'explosion de couleurs de l'autre côté des panneaux de verre. Elle tenta de se représenter Laffont en train de faire pousser des plantes en pot, sans y parvenir. Peut-être la femme du commissaire, s'il en avait une ? Ou un jardinier ?

La porte d'entrée s'ouvrit aussi docilement que la grille du portail. Il devait y avoir quelqu'un. (Mais alors, comment expliquer qu'il ne se trouvait aucune voiture garée devant la propriété ?) Elle s'engagea dans le couloir, ajustant sans cesse l'angle de sa visée, pointant le canon de son arme en direction des cibles potentielles que l'animal en elle lui assignait. Les murs étaient habillés de tapisseries anciennes, qui figuraient toutes des scènes de chasses à courre. *Rien que des bonnes familles*, pensa-t-elle. Elle passa devant une commode grand style sur laquelle étaient posés deux téléphones à touches, l'un orange et l'autre noir.

Elle continua de traquer l'hypothétique prédateur dans le salon et dans la salle à manger ; il y avait là d'autres tapisseries qui ajoutaient de nouvelles scènes à ce qu'elle croyait désormais constituer une seule et même partie de chasse – une autre forme de puzzle. Elle explora la cuisine, cherchant le signe que la maison était occupée, en vain, et pénétra finalement dans la serre. Un très grand nombre de fleurs exotiques s'y trouvaient, qui poussaient à l'abri de l'atmosphère salée – Perrin, peut-être, aurait été capable de les identifier. La collection avait été entretenue avec beaucoup de soin, jusqu'à une date récente, du moins, car une forme de sauvagerie commençait à s'épanouir, quoiqu'assez subtilement, au cœur de la moiteur artificielle. On ne s'en rendait pas compte immédiatement, mais l'endroit avait été négligé, dernièrement. L'odeur, surtout, était étrangement répugnante : en fait, Louise avait été attirée par les premiers effluves nauséabonds alors qu'elle se trouvait à la cuisine.

Son cœur se soulevait davantage à mesure qu'elle progressait entre les massifs ; elle aurait aimé pouvoir se couvrir le nez, mais elle s'obligeait à garder les mains bien en place sur le fusil, son index gauche sur la queue de détente, en état de répondre au premier afflux de noradrénaline qui lui commanderait de tirer. « Supprimez toute forme de volonté consciente dans l'action, disaient ses instructeurs du Choc, contentez-vous d'ouvrir vos yeux et vos oreilles, et trouvez-vous en position d'avoir les bons réflexes. »

Elle atteignit la fin de l'allée, achevant de se frayer un chemin entre les corolles en trompettes et les étamines hypertrophiées. La serre, à cet endroit, ouvrait sur l'extérieur. L'homme était assis dos à l'antique porte vitrée, dans un fauteuil en rotin, près du poêle à bois qui avait dû servir, en d'autres temps, à chauffer les lieux. Les lanières savamment tressées et ligaturées se déployaient puis s'incurvaient pour former une structure enveloppante, comme une moitié de cocon, composant un dossier aussi extravagant dans ses dimensions que dans ses ornements. Comme le trône d'un roi tahitien, pensa-t-elle.

Richard n'avait presque plus de nez, plus du tout de cheveux, et son visage était un assemblage de diverses épaisseurs de chair cautérisée. Il n'était pas facile de lui donner un âge, mais elle le croyait légèrement plus vieux que Perrin.

Selon toute apparence, l'ancien commissaire divisionnaire s'était tiré une balle dans la bouche, avec le revolver qui reposait désormais sur ses genoux : le Manurhin MR 73 était identique à celui de Perrin, à l'exception du canon, sensiblement plus long, qui devait être le fameux cinq pouces un quart, rare et exclusif au manufacturier. L'ogive de .357 Magnum devait avoir traversé son palais avant de lui arracher le haut du crâne. Le haut de son corps avait été propulsé en arrière sous l'impact et retenu – *recueilli*, presque – par le couffin tressé dans lequel il se trouvait toujours affalé.

Dans cet environnement particulier, évidemment, il était difficile de deviner depuis combien de temps il était assis là. Peut-être trois jours, peut-être moins. Les premiers effets de la décomposition ne s'étaient pas fait attendre, évidemment, et ils expliquaient la puanteur et le vrombissement des mouches, tout autour du corps : il y en avait des bleues et des vertes, dont les œufs ne tarderaient pas à éclore dans la plaie béante, au sommet de la tête, qui se remplirait d'asticots. Les escouades successives d'insectes nécrophages et nécrophiles viendraient alors compléter le tableau, tandis que les bactéries continueraient leur travail de sape, stimulées par la chaleur et l'humidité. Toutes ces choses, elle les avait apprises de son père, inspecteur à l'Identité judiciaire – c'est-à-dire à la PJ –, dépêché du laboratoire de Marseille.

Elle se retint de vomir et recula de quelques pas. Seulement à cet instant, elle prit conscience qu'elle tenait encore le canon de son fusil pointé sur le cadavre. Elle se couvrit le nez de son bras droit, respirant dans le creux de son coude. Elle hésitait sur la conduite à tenir. Elle devait parer au plus urgent : si la PJ découvrait le corps, c'en était fini des boiteux. Le commissaire du quai des Orfèvres et ses hommes entendraient fatalement parler de Laffont par la taulière ; ou bien, renseignés par les gendarmes, ils se rendraient à l'endroit précis où la bagnole s'était trouvée garée, devant le portail, et ils ne pourraient faire autrement que de se demander qui habitait dans la maison. Elle n'était pas sûre que l'identité du propriétaire suffirait à les empêcher d'entrer – surtout si les effluves cadavériques parvenaient jusqu'à eux.

Elle aurait aimé que le vieil ours fût là.

Elle dénicha l'annuaire, dans un tiroir de la commode, et ne mit pas longtemps à trouver le numéro du café. Au moment de saisir le combiné, elle hésita entre les deux postes. Elle redoutait d'être mise en relation directe avec le bureau du directeur, boulevard Soult, ou même avec la Direction générale. Officiellement, elle et Perrin n'avaient rien à faire ici. Elle opta pour la coque orange – elle croyait se rappeler que les modèles noirs étaient réservés à l'administration.

La tonalité, dans l'écouteur, était normale. Elle composa le numéro et la sonnerie retentit, à l'autre bout de la ligne. Elle imaginait la taulière qui progressait mollement vers l'appareil.

Tandis que le téléphone continuait de sonner dans le vide, elle se souvint de la théorie de Perrin. Elle se dit que Richard avait peut-être volontairement abandonné la voiture, obstruant l'allée, pour attirer les flics dans la maison, de la même façon qu'il y attirait désormais les mouches à viande. Était-il allé jusqu'à faire en sorte de pouvoir être reconnu ? Étant donné la puissance du calibre, pensa-t-elle, il était étonnant que la balle n'eût pas emporté le visage de l'ancien divisionnaire en même temps que le haut de sa tête – à tout le moins la moitié supérieure, au-dessus de la mâchoire. Elle se le représenta sur son fauteuil, en train d'ajuster l'angle de son tir d'une main experte, au fond de sa bouche, afin de circonscrire l'étendue des dégâts.

À présent qu'elle avait recouvré le contrôle de ses pensées, les questions commençaient à se bousculer dans son esprit ; en premier lieu, qu'est-ce qui avait poussé Richard à venir se flinguer dans la maison de famille du directeur des Affaires internes ?

« Allô ?

– Oui ! Allô ! Je suis bien au Mardi gras ? »

Perrin n'avait pas reparu, non, mais d'autres flics étaient arrivés : ils étaient occupés à fouiller la Renault, sur le parking. Ils avaient amené un chien, qui flairait les moindres recoins de l'habitacle en poussant des aboiements stridents.

Le foutu clébard allait les mener droit à la maison.

Louise pria la taulière de s'abstenir de signaler aux flics la présence du boulevard Soult, sur les lieux.

Elle se demanda une fois encore ce que Perrin pouvait bien foutre. Elle avait cessé de craindre pour sa vie, néanmoins. L'inspecteur avait-il croisé les voitures de la PJ, en chemin, ou bien les avait-il vues de loin, garées devant le café ? Dans ce cas, il n'avait pu faire autrement que de remarquer l'absence corollaire du monstre, sur la place. Peut-être était-il parti à la recherche de la camionnette dans les rues du Vieil, se disant que sa partenaire avait elle-même pris soin d'éviter les condés ? Un instant, elle s'interrogea sur la nature exacte de l'arrangement qui existait entre Perrin et son informateur. Il était douteux que l'homme du quai des Orfèvres s'attendît à se faire doubler.

Elle ouvrit le portail en grand, se rassit au volant de la camionnette et entra dans la propriété en marche arrière. Le grondement du *big-block* se répercuta en écho sous les frondaisons, faisant s'envoler tout un tas d'oiseaux. Elle avait décidé de charger le corps dans la benne et de s'éloigner rapidement de l'île. Elle espérait que la distance mettrait la dépouille à l'abri de l'odorat du clébard ; le vent, se dit-elle, emporterait les molécules olfactives.

Elle contourna la maison et amena le monstre à cul, aux portes extérieures de la serre, qu'elle s'était déjà occupée d'ouvrir. L'engin cracha un panache de fumée noire en direction des fleurs multicolores tandis que les roues arrière escaladaient le seuil de ciment.

Comme elle reprenait contact avec le sol, Louise prit conscience que sa cheville avait cessé de lui faire mal. L'adrénaline devait avoir recommencé à affluer dans son sang, en commandant à son système immunitaire la libération d'analgésiques puissants. Elle contourna la camionnette, abaissa le plateau, à l'arrière, et inclina le fauteuil tahitien jusqu'à faire reposer le dossier contre le rebord d'acier. Elle s'empara du revolver, glissa le canon dans son jean, saisit les pieds de rotin et hissa l'ensemble, trône et cadavre, à la force des bras. Elle envoya le tout au fond de la benne, contre la cabine, manqua de glisser sur les dalles et s'aperçut qu'elle pataugeait allègrement dans l'épaisseur de sang visqueux qui s'était trouvé sous le siège. Les semelles de ses Adidas avaient laissé de jolis dessins bien nets de part et d'autre du train arrière. Évidemment, il n'était plus question de se soucier de ce genre de détails.

Il y eut un cri d'oiseau : à travers les vitres, elle vit les quelques mouettes qui s'étaient posées sur le dôme de verre, au-dessus de la serre, manifestement attirées par l'odeur de mort, putrescine et cadavérine, qui s'échappait désormais de l'espace anciennement confiné. Elle devait trouver quelque chose pour couvrir le corps avant de quitter les lieux. Il y avait certainement des couvertures à l'étage, mais elle avait suffisamment forcé sur sa cheville, et elle répugnait à prendre l'escalier. Comme elle pensait cela, elle se rappela le grand cerf qui agonisait, dans le salon.

Les mouettes avaient abandonné leur perchoir et tournoyaient à présent au-dessus des arbres, à la verticale du monstre. L'épaisseur de tapisserie, par-dessus le corps, ne semblait pas avoir entamé la détermination des charognardes. Louise regagna le volant, franchit le portail et descendit l'allée ensablée par laquelle ils étaient arrivés, avec Perrin, la première fois. Elle s'était mis en tête de refaire en sens inverse la route qu'ils avaient suivie à l'aller plutôt que de risquer de tomber sur les flics en rejoignant le Vieil et la départementale. Évidemment, elle répugnait à abandonner son collègue, mais elle ne pouvait plus se permettre de perdre la moindre minute. L'inspecteur pourrait toujours quitter l'île par ses propres moyens. Elle espérait simplement qu'il ne se laisserait pas coffrer par la PJ, sans quoi il risquait de passer un sale quart d'heure : cette fois, ils avaient *vraiment* dépassé les bornes.

Elle ralentit à l'approche du croisement et jeta un dernier regard en direction du manoir de Laffont, derrière elle. Elle vit alors que les roues du monstre avaient laissé de profondes empreintes dans la couche de sable. L'engin qu'elle avait jadis destiné aux pistes africaines lui était devenu un handicap ridicule. L'inspecteur aux santiags avait déjà vu le Dodge, dans la rue de chez Féron, et la largeur des sillons creusés par les pneus tout-terrain ne lui laisserait aucun doute sur l'identité du véhicule. Si l'équipe de François Fougère diffusait un avis de recherche avant qu'elle ait pu franchir le pont, elle était cuite.

La puanteur commençait à pénétrer l'habitacle. Elle défit une tablette d'Hollywood fraise et se la fourra dans la bouche. Elle prit alors la direction opposée au café et accéléra, poussant le *big-block*.

Elle serpentait entre les marais salants quand elle crut détecter les vibrations sourdes engendrées par le cisaillement du vent : elle fouilla le ciel à la recherche de l'hélicoptère, sans plus de résultat que la première fois. Elle approchait de Barbâtre et s'apprêtait à regagner la départementale qui la mènerait au pont. En raison de la très grande proximité des flics, elle avait décidé de modifier légèrement son itinéraire et d'emprunter les chemins de traverse : de cette façon, les voitures de la PJ lui passeraient devant si elles décidaient de lui donner la chasse. Cela dit, elle se croyait surveillée depuis qu'elle avait quitté le bois. L'aposématisme n'évitait pas toujours la prédation, pensa-t-elle, et l'orange Omaha du monstre n'aidait certes pas à se fondre dans le paysage – bien sûr, ce n'était pas son principal souci, vu qu'une bonne centaine d'oiseaux suivaient désormais la camionnette en poussant de grands cris, quelques mètres au-dessus de la benne. Les gendarmes, s'ils étaient là-haut, devaient bien rigoler. Elle profita d'une portion de ligne droite pour accélérer plus franchement, faisant mugir le gros V8 ; les oiseaux se laissèrent distancer en reprenant de la hauteur, mais elle savait qu'il ne s'agissait pas d'une manœuvre d'abandon : les mouettes allaient bientôt revenir à la charge. Le manège durait depuis quelque temps, déjà, et ne pourrait cesser qu'avec le retour de la camionnette sur la départementale.

Elle extirpa finalement le monstre d'entre les marais salants pour récupérer la D38, qui allait la faire sortir de l'île. Elle ne sut ce qui provoqua le dispersement des oiseaux, la vitesse nettement supérieure de la camionnette ou l'irruption des CX GTI de la PJ, derrière elle, toutes sirènes hurlantes. Les voitures de police devaient avoir attendu le signal de l'hélicoptère ; elle les voyait, dans son rétroviseur, qui gagnaient progressivement du terrain – évidemment, elle n'avait pas la moindre chance de leur échapper.

Elle eut alors une idée, en quittant Barbâtre, presque une intuition. Il allait s'agir d'une tentative hautement hasardeuse. En vérité, elle allait jouer son avenir, et peut-être celui du boulevard Soult, sur un coup de dés. Passera ou passera pas.

*

Il devait y avoir une colonie entière de mouettes, dont certaines volaient à moins d'un mètre du sol. François occupait le siège passager, dans la voiture de tête ; à une vitesse pareille, il craignait qu'un oiseau n'entrât en collision avec le pare-brise, et ne le fît éclater. Obéissant à un réflexe, il leva une main en protection de son visage et s'attira un ricanement de Santiags, qui conduisait.

De l'autre côté de la nuée, le gros Dodge quitta subitement la départementale et prit la route, à gauche, qui menait au passage du Gois. C'était déjà le même véhicule qui avait embarqué le jeune voisin du commissaire Féron, très reconnaissable, avec son châssis surélevé et ses quatre énormes roues motrices, sans parler de sa couleur, orange pétard. C'était probablement aussi la même fille, qui était à son volant. Pour la première fois, il regrettait d'avoir partagé ses informations avec le vieux boiteux : comment Perrin avait-il pu laisser se produire une chose pareille ?

Santiags donnait l'impression de s'amuser beaucoup. D'un coup de volant sec, il emboîta le pas à la camionnette. Un panneau annonça l'antique passage, qui permettait de rejoindre le continent à marée basse, après quatre kilomètres de voie pavée. François consulta les horaires d'accessibilité, sur un second panneau, et jeta un coup d'œil à sa montre : la submersion de la chaussée avait débuté une heure auparavant. Le Dodge avait beau être haut sur pattes, il n'allait certainement pas passer.

La route qui filait vers le Gois, autrement plus étroite et sinueuse que la départementale, n'offrait pas aux puissantes CX de l'Antigang la possibilité d'accélérer. Devant eux, l'inspectrice se démenait comme une diablesse pour maintenir son avance, et Santiags s'agaçait de plus en plus – cet aspect-là n'était pas pour déplaire à François, il était forcé de le reconnaître. Le commissaire redoutait surtout que, avant de se trouver arrêtée par l'eau, la camionnette ne réussisse à leur fausser compagnie par un chemin de terre ou un champ de patates, ou n'importe quel terrain qui serait inaccessible aux CX et qui permettrait aux deux inspecteurs de rejoindre le pont. Il se rassura à la pensée que, même dans ce cas, les agents n'auraient pas la moindre chance de s'en tirer. Un barrage de gendarmerie avait déjà été mis en place, côté continent, et l'île entière pourrait être bouclée sur un simple appel radio de sa part. D'une façon ou d'une autre, il allait mettre la main sur les occupants du Dodge, et le boulevard Soult paierait très cher cette ingérence dans une enquête criminelle.

Il repensa au mystérieux chargement de la camionnette, qui avait attiré les mouettes en si grand nombre. Si c'était bien un cadavre qui se trouvait dans la benne – et il s'agissait forcément d'un cadavre : sans même parler de l'odeur insoutenable, dans la serre, l'inspectrice avait littéralement pataugé dans le sang, et ses chaussures de sport avaient laissé quantité d'empreintes bien nettes à l'endroit où s'était trouvé le corps ; s'il s'agissait d'un cadavre, donc, ce ne pouvait être que la dernière victime en date du chasseur de boiteux, en l'occurrence le directeur des Affaires internes en personne, le commissaire Laffont, qui possédait la demeure.

François avait eu l'intuition de l'identité de l'assassin après avoir examiné le fourgon qui avait servi à embarquer l'inspectrice, le jour du meurtre de Thibault, et qui avait été abandonné à quelques encablures de la redoute de Gravelle. Il avait soudain pris conscience que l'homme s'ingéniait à semer des indices, sur son passage, qui étaient destinés aux enquêteurs de la Brigade criminelle – à qui d'autre, de toute façon ? Sa théorie, téméraire, presque irrévérencieuse, se trouvait pourtant confortée par des signes tangibles. D'abord, il y avait les témoins de la rue Courat, qui avaient signalé que le ravisseur dissimulait son visage sous une cagoule. Surtout, les boiteux eux-mêmes avaient changé d'attitude, depuis quelque temps, et semblaient devenus particulièrement nerveux ; ils prenaient davantage de risques et commettaient des erreurs grossières : il en avait encore une preuve sous les yeux.

Vingt ans plus tôt, François avait fait partie des quelques officiers de sa génération qui avaient été mis au courant de la prise de la redoute de Gravelle par un commando dissident du boulevard Soult. Le groupe était emmené par un commissaire divisionnaire, célèbre dans la police pour les cicatrices qui lui lardaient le visage et qui lui donnaient un air de Niki Lauda après son accident du Nürburgring. Le bruit courait que l'homme portait les stigmates des tortures à l'acide que lui avait infligées le Viêt Minh, en Indochine.

L'assaut contre la redoute, particulièrement incompréhensible, alors, avait été attaché à une histoire – demeurée fort confuse – de tentative de coup d'État. La République de 57, à l'époque, était encore jeune et très fragile, et sa survie dépendait largement du travail de ses forces de police, et de la collaboration mutuelle de celles-ci. Dans ce contexte, certains membres de la frange la plus conservatrice de l'Assemblée avaient tenté de convaincre les boiteux, sous le prétexte d'une aspiration commune à refonder le futur de la Nation, de les aider à prendre le pouvoir. Pendant un temps, le boulevard Soult avait fait mine de jouer le jeu – pour confondre les conspirateurs, avait-il déclaré par la suite, et débarrasser le parlement de ses pommes pourries.

Un homme, parmi les boiteux, le divisionnaire aux cicatrices, avait pourtant choisi de mener la partie jusqu'à son terme : il s'était emparé de la stratégie fantoche établie par le boulevard Soult, qui prévoyait de mettre la PJ hors d'état de s'opposer au putsch, et l'avait transformée en réalité.

Richard – c'était son nom – était convaincu que le boulevard Soult bénéficierait largement du renversement politique. Il n'ignorait évidemment pas que les boiteux disposaient d'une capacité d'action et d'une force de frappe nettement supérieures à celles de la PJ, qui n'aurait probablement pas été capable de leur résister. Il s'était ainsi mis en tête de défier sa hiérarchie, lui enjoignant de saisir sa chance et d'épouser finalement la cause des conjurés.

La réaction du boulevard Soult ne s'était pas fait attendre : un second commando avait été envoyé à Gravelle, avec l'ordre de liquider le divisionnaire *devenu fou* en même temps que les agents qui s'étaient placés sous ses ordres. C'était le moins que les boiteux pouvaient faire, à vrai dire, car beaucoup des agents de la PJ qui s'étaient trouvés sur place étaient morts dans le premier assaut.

Dès l'affaire connue, le quai des Orfèvres avait chargé trois de ses cracks d'enquêter sur les circonstances précises du drame, mais les inspecteurs avaient été sommés par le ministre en personne de cesser leurs investigations : le boulevard Soult s'était occupé de liquider les traîtres au sein de ses rangs, et il avait été *absous*.

La version de l'histoire que les boiteux avaient servie au président du Conseil et à l'Assemblée n'était pourtant pas compatible avec le portrait que François s'était fait du meurtrier des commissaires Le Bars, Lecornu, Féron et Thibault – et maintenant Laffont ; à moins, bien sûr, que l'homme ne fût revenu d'entre les morts, car il ne faisait plus de doute dans l'esprit de François que c'était en fait l'ancien divisionnaire du boulevard Soult, Lucien Richard, qui s'était chargé de flinguer ses ex-collègues. L'assomption, d'ailleurs, avait le mérite d'expliquer pourquoi l'inspectrice avait été épargnée par son ravisseur : celui-ci entendait manifestement faire payer les seuls fonctionnaires de police, presque tous à la retraite, qui s'étaient chargés de lui reprendre la redoute de Gravelle.

Bien sûr, le désir de vengeance de Richard n'avait de sens que si l'on opérait une correction significative dans le récit officiel, en formulant l'hypothèse que le divisionnaire et ses hommes avaient, en réalité, agi sur l'ordre de leur hiérarchie. En fait de piège destiné à démasquer les conspirateurs, François suspectait une sorte d'opération avortée : il devait y avoir eu un cafouillage quelconque, au sein du boulevard Soult, qui s'était alors trouvé dans l'obligation de liquider les agents prétendument séditieux. Le divisionnaire était parvenu à échapper à ses assassins, à l'époque, et, en quelque sorte, il était aujourd'hui revenu les hanter.

Richard, pensait François, ne comptait pas s'arrêter en si bon chemin et tentait maintenant de s'appuyer sur le quai des Orfèvres pour faire tomber le boulevard Soult tout entier, en se faisant connaître, ou plutôt reconnaître, des enquêteurs de la Brigade criminelle : il leur fournissait ainsi la preuve que les boiteux avaient menti sur sa mort, et peut-être sur de nombreux autres points. C'était loin d'être une mauvaise stratégie, car la PJ ne se contenterait pas de ravaler sa salive, cette fois.

François se sentait comme le vétéran d'une guerre qui n'avait pas encore eu lieu. Il pouvait presque éprouver la violence du conflit qui s'apprêtait à opposer les deux institutions.

En attendant, avec l'arrestation de Perrin et de sa jeune collègue, il allait devoir s'expliquer sur la façon dont les boiteux avaient eu connaissance de la présence de la voiture sur l'île. Ses supérieurs allaient probablement lui retirer l'enquête, et confier à un autre le soin de retrouver Richard, et de le capturer. L'histoire, se dit-il, n'aurait pas dû se terminer de la sorte.

La petite route vira brusquement à gauche et les voitures se mirent à longer le bras de mer, à leur droite. Le gros Dodge avait réussi à conserver son avance. L'inspectrice était incontestablement douée. François n'avait jamais vu le visage de la grande métisse, mais il était secrètement admiratif de ses qualités d'agent de police et, en tout premier lieu, de sa détermination. Perrin lui-même, qui méprisait la plupart de ses collègues, semblait avoir une *foutue* estime pour sa coéquipière. C'était presque de l'affection, avait-il pensé comme le vieux boiteux lui faisait l'éloge de la jeune femme.

Il jeta un regard aux terres immergées, à travers la vitre de sa portière. Les boiteux étaient-ils trop absorbés pour avoir fait attention aux horaires des marées ? Il vit défiler les panneaux de danger, sur le bas-côté. L'un d'eux annonçait une chaussée glissante, un autre figurait une voiture emportée par la mer, un troisième, un homme qui se noyait – comme un *comic strip* de mauvais augure, pensa-t-il.

La camionnette évita la barrière qui avait été refermée sur leur voie, comme celle d'un passage à niveau, fichée d'un écriteau MARÉE MONTANTE. La route descendit alors contre le flanc d'une digue massive, qui s'éleva rapidement, à leur gauche. L'édifice était surmonté d'une grande croix de bois, à son extrémité la plus lointaine, au-dessus de l'endroit où l'asphalte cédait la place aux pavés.

Le passage du Gois s'étendait désormais devant eux, submergé sur les trois quarts de sa longueur, entre l'île et le continent. Seuls les cinq cents premiers mètres de l'antique chaussée échappaient encore à l'inondation. En dépit de la marée, il était possible de se repérer grâce aux balises en mâts de perroquet qui s'élevaient à intervalles réguliers le long du tracé : surmontées de plates-formes munies de garde-fous, elles devaient servir de refuge aux automobilistes qui se laissaient surprendre par les flots.

Toutes les balises avaient les pieds dans l'eau, à l'exception de la plus proche, et constituaient ainsi des indicateurs efficaces de la profondeur de l'eau. Malheureusement pour François et ses hommes, les choses ne se présentaient pas aussi bien qu'il les avait imaginées. Il ne connaissait rien à la mer, et n'était pas familier des lois mécaniques qui régissaient les courants de flux et de reflux ; le processus était peut-être plus insidieux, au début, et commandait ensuite un recouvrement des terres plus rapide. Quoi qu'il en soit, la hauteur d'eau lui paraissait insuffisante pour arrêter le monstrueux engin : il ne devait pas y avoir plus d'un mètre de fond, à mi-chemin de l'île et du continent.

Ils dépassèrent la croix quelques secondes après le Dodge, et s'engagèrent à leur tour sur la chaussée pavée. À cette vitesse, ils étaient secoués comme dans un panier à salade. Les boiteux allaient continuer leur route, devant eux, et ils ne pourraient rien y faire. Les gendarmes se chargeraient de leur passer les menottes.

« Elle va nous échapper, la salope, fit Santiags. Il faut lui crever les pneus. » François s'abstint de considérer la suggestion de son subalterne. Il avait déjà fait savoir à ses hommes qu'ils ne devraient pas se servir de leurs armes, à moins de se trouver directement menacés. Ils marchaient sur des œufs, ce n'était pas le moment de commettre la moindre erreur de procédure. L'histoire était en train de s'écrire, il en était conscient ; chacune des décisions qu'il prenait, chacun des gestes de ses inspecteurs décidait du futur de leur propre administration, et scellait pareillement le sort du boulevard Soult. Sa seule véritable crainte, désormais, était que la camionnette se laisse entraîner par la force du courant et qu'elle sombre dans une zone de plus grande profondeur, à l'écart de la saillie rocheuse qui soutenait la chaussée pavée. Il était crucial que le cadavre ne fût pas emporté par la marée.

Santiags commença à ralentir, tandis que le monstre entrait résolument dans l'eau. La CX abandonna la poursuite, impuissante, et s'immobilisa à la limite de la portion inondée. François quitta son siège et avança de quelques pas. L'odeur putride lui parvint en même temps qu'une violente bourrasque. Deux voitures derrière eux, le dresseur avait été contraint de faire sortir son chien, qui était comme possédé. L'animal aboyait après la Dodge qui continuait de s'enfoncer dans la mer, et son maître devait user de toute sa force physique pour retenir la laisse.

Plusieurs détonations retentirent soudain dans son dos. C'était Santiags, qui avait dégainé son Beretta, et qui visait la camionnette. « Ne tire pas ! hurla-t-il, hors de lui. Ce n'est vraiment pas le moment de faire une connerie ! »

Il sentit ses chaussettes se gorger d'humidité, baissa les yeux et s'aperçut qu'il pataugeait. L'eau montait à vue d'œil et s'étalait déjà en une large flaque, sous la voiture de tête. Ils allaient bientôt se trouver pris au piège. Il imagina la fine équipe, obligée de se réfugier au sommet de la balise la plus proche. « Reculez ! commanda-t-il à l'ensemble de ses hommes, reculez les bagnoles ! » Il ajouta : « Et coupez-moi ces putains de sirènes ! »

Les CX se turent et commencèrent à faire marche arrière, les unes après les autres. Il n'entendait plus que les cris des mouettes qui, elles, continuaient de donner la chasse au monstre. Au comble de la tension, il regagna son siège et s'empara du micro de la radio de bord. Les boiteux ne pourraient s'en prendre qu'à eux-mêmes, pensa-t-il, puisqu'ils avaient décidé de jouer avec le feu.

*

Louise repoussa à fond le levier de la boîte de transfert, au pied de la banquette, enclenchant du même coup le réducteur de vitesse et le blocage du différentiel. Légalement, la situation exigeait qu'elle obéît aux injonctions de la PJ, elle en était consciente, mais il n'était plus temps de faire marche arrière.

Elle observa les CX qui s'agglutinaient, dans le rétroviseur, incapables de suivre le monstre. Elle éprouvait quelques difficultés à décrypter la scène, de l'autre côté des gerbes d'eau que soulevaient désormais ses énormes roues. François Fougère, le patron de la Brigade criminelle, devait se trouver parmi les agents qui étaient descendus des voitures – non qu'elle fût capable de discerner aucun visage. Elle entendait distinctement les aboiements du clébard, en revanche, et crut un instant qu'il allait se jeter à la flotte, et la ramener par la peau du cul.

Quelques balles sifflèrent, manquant assez largement la camionnette, puis les armes se turent. En dépit des circonstances, les flics ne pouvaient décemment pas prendre le risque de la flinguer.

Devant elle, elle pouvait encore voir les pavés, sous l'eau, qui lui paraissaient beaucoup plus proches de la surface qu'ils ne l'étaient en réalité. Le monstre était assez lourd, heureusement, mais elle pouvait sentir l'adhérence qui diminuait : le véhicule répondait moins franchement aux sollicitations du volant et devenait plus sensible à la houle, qui tentait régulièrement de l'écarter de la chaussée. En dépit de la profondeur de l'eau, le couple camionnesque du *big-block* continuait d'emmener bravement les quatre roues motrices : dût-il caler, l'eau de mer pénétrerait par le pot d'échappement, faute de se trouver refoulée par les gaz, et il serait incapable de redémarrer.

Le *wack wack wack* des pales qui entaillaient durement l'air chaud se fit subitement audible : elle n'eut aucun mal à repérer l'hélicoptère de la gendarmerie, qui se rapprochait dans la glace du rétroviseur, les huit ou neuf cents chevaux thermiques de la turbine propulsant l'Alouette III à plus de cent kilomètres-heure. Cette fois, les oiseaux donnèrent l'impression de s'enfuir plutôt que d'opérer une retraite calculée, comme devant un prédateur dont ils ne s'expliquaient ni la taille, ni la puissance du souffle. L'hélicoptère dépassa le monstre à basse altitude, légèrement sur sa gauche. Deux gendarmes se tenaient accroupis et observaient la camionnette depuis le seuil de la porte latérale, demeurée ouverte. Elle réussit à distinguer trois autres agents, derrière eux, équipés comme pour aller arrêter Jacques Mesrine. Ce n'était pas vraiment une surprise. « Chier », fit-elle.

Elle observa l'aéronef décrire un large demi-cercle au-dessus du continent et se poser à l'autre extrémité du passage, face à l'île, faisant ployer son train d'atterrissage. Malgré la distance – il pouvait rester deux kilomètres de chaussée pavée –, elle continuait de percevoir le sifflement suraigu de la turbine, dont l'intensité ne semblait pas devoir faiblir. Tandis que le pilote gardait la main sur les gaz, elle pouvait distinguer les hommes du groupe d'intervention qui rejoignaient le sol et se disposaient à accueillir la camionnette – en même temps que son chargement.

Elle retira son pied de l'accélérateur et le monstre s'immobilisa au beau milieu du gué, près de l'une des bornes qui jalonnaient le parcours, pratiquement à égale distance des policiers et des gendarmes, qui, cette fois, semblaient s'être ligués contre les boiteux. Elle ouvrit sa portière, saisit la bandoulière du fusil, à côté d'elle, agrippa le bord du toit et s'extirpa partiellement du véhicule. Sous ses baskets, à quelques centimètres du plancher, les roues étaient immergées jusqu'au-dessus des moyeux. Elle fit passer la carabine dans son dos, prit appui sur la banquette et se hissa pour enjamber le rebord de tôle, derrière la cabine.

Debout dans la benne, elle dégagea le jerrican de son logement, sous la lunette arrière. *Gasoline only*. Une vague prit de la hauteur en escaladant le monticule sous-marin et bouscula le monstre. Louise sentit le véhicule qui commençait à pivoter sur lui-même. Elle devait faire attention à ne pas tomber. Elle approcha du sommet du trône de rotin, qui émergeait de la tapisserie, et dégagea un large pan de la scène de chasse.

Elle commença à verser l'essence, arrosant indifféremment cadavre, fauteuil et broderie. Elle avait appris quelque part, sans se rappeler où, que la combustion complète d'un corps humain exigeait une très grande quantité de carburant. Elle n'avait besoin que d'escamoter la défiguration du divisionnaire, et se dit que les vingt litres du bidon feraient l'affaire. Les vapeurs lourdes commençaient à brouiller sa vision. Elle atteignit l'arrière de la benne en laissant s'écouler les dernières gouttes et jeta le conteneur à la flotte. Comme elle fouillait la poche de son jean à la recherche du Zippo, le *wack wack wack* se fit plus sourd, signe que les pales avaient modifié leur inclinaison. Les gendarmes devaient avoir observé son manège aux jumelles. Ou alors les hommes de la Brigade criminelle, qui les avaient informés par radio. L'hélicoptère survolerait le monstre dans moins de quarante-cinq secondes. Elle ne se vit même pas allumer le briquet, tant ses gestes échappaient désormais à tout contrôle conscient. L'instinct avait pris le dessus, et s'était occupé de court-circuiter les parties les moins primitives de son cerveau. Elle approcha la flamme d'un repli de la tapisserie, à l'endroit où s'enroulaient les bois du grand cerf mourant. L'embrasement de l'amas fut instantané et s'accompagna d'une violente détonation – presque une onde de choc. C'était à peine si elle avait eu le temps d'écarter son bras.

Poussée par l'impérieuse nécessité d'échapper à la soudaine fournaise, elle enjamba le plateau, à l'arrière de la benne, et descendit dans l'eau. Le courant était plus fort qu'elle ne l'avait imaginé, et elle eut beaucoup de mal à rester debout. Elle avisa le jerrican, qui flottait désormais à quelques mètres de la borne. Elle se dépêcha de rejoindre le socle de ciment, agrippa l'échelle et entreprit l'ascension du mât. Parvenue au sommet de la charpente, elle se hissa sur la plate-forme et se pencha au-dessus du garde-corps. À l'aplomb de la hune, le feu commençait à se propager à l'ensemble de la camionnette. Quelques flaques d'essence s'étaient étalées à la surface de l'eau, de part et d'autre de la benne, et donnaient l'impression que la mer elle-même s'était mise à brûler.

Une seconde vague poussa le monstre, qui se cramponna bravement à la chaussée sous-marine. Les gendarmes, au-dessus d'elle, ne pourraient pas s'approcher de la dépouille en flammes avant longtemps, et, à moins d'un coup du sort, rien ne pourrait plus servir à son identification.

6
Paris, boulevard Soult

Depuis la fenêtre, au huitième étage, Suzanne contemplait la circulation du boulevard Soult. Trois autobus de la ligne PC s'arrêtèrent à la queue leu leu et replièrent sèchement leurs portes à vantaux, charriant leurs lots de passagers. Le premier véhicule était plein à craquer, le dernier, presque vide. Depuis quand n'avait-elle pas pris les transports publics ? Elle était incapable de se rappeler la dernière fois qu'elle était descendue dans le métro.

Elle revint à l'Alpine noire, qui venait de se garer le long du trottoir, légèrement en retrait de sa fenêtre. Elle observa la jeune femme qui descendait de la voiture, en jean et baskets, et qui se faisait remettre les clés de contact par le chauffeur, un grand costaud : le matin même, on avait envoyé l'agent récupérer l'inspectrice à l'écrou, au quai des Orfèvres. L'homme avait commencé par la conduire à la Direction générale, un peu plus haut, sur le même boulevard, où elle avait fait son rapport.

Suzanne se détourna du carreau et lissa les plis de sa jupe. La veille, elle avait hérité de la direction des Affaires internes, par intérim, et ses supérieurs venaient de lui communiquer les grandes lignes de la déclaration de Lassauve. La réapparition subite de Lucien Richard avait mis l'état-major en grand émoi, mais la nouvelle coïncidente de la destruction – partielle – de sa dépouille laissait encore espérer une issue heureuse à cette désastreuse affaire. L'inspectrice avait refusé de rien révéler aux enquêteurs de la Brigade criminelle et, à cette heure, les techniciens de la PJ n'avaient toujours pas réussi à identifier le cadavre – dans le cas contraire, les boiteux n'auraient pu faire autrement que d'en entendre parler.

Charon était assis à la table, sous la reproduction d'un joueur de pipeau engalonné. Il portait un costume à carreaux qui lui faisait des épaules exagérément larges. Suzanne n'aimait pas le genre des employés du service juridique, et elle était fatiguée d'avoir sans cesse recours à eux.

La porte s'ouvrit sur Lassauve, dont l'expression s'assombrit instantanément. « Pardon, fit la jeune femme, on m'avait dit d'attendre ici.

– Entrez, Louise », dit Suzanne en lui adressant un large sourire. À dessein, elle utilisait son prénom. « Asseyez-vous. »

Lassauve avança jusqu'à la grande table qui servait habituellement aux réunions ; elle s'assit en prenant soin de rester à l'écart, et Suzanne la vit qui jetait un regard en coin à l'avocat. L'inspectrice ne savait pas ce qu'elle faisait là, et elle paraissait nerveuse. Bien sûr, elle devait avoir dépassé les cinquante heures de veille, ce qui n'aidait pas à rester serein. Les policiers l'avaient peut-être un peu bousculée, pendant sa garde à vue, même si Suzanne doutait que Fougère se fût jamais mis en position de commettre une bavure. Le vieux commissaire du quai des Orfèvres avait la réputation d'être un renard : étant donné la situation, éminemment favorable à la PJ, il n'avait sans doute pas commis la bêtise de laisser ses hommes brutaliser la jeune femme. Les juges étaient peut-être acquis à la cause de la maison poulaga, mais il y avait toujours les avocats, qui défendaient aussi les boiteux.

Suzanne tira une chaise face à Lassauve et se composa une expression qu'elle espérait chaleureuse. Elle chercha les ecchymoses, sur le visage de l'inspectrice, mais ne réussit à distinguer aucune marque, aucun bleu ni gonflement suspect. Les yeux de la gardée à vue, en revanche, étaient fortement rougis, et laissaient davantage imaginer un interrogatoire à la chansonnette : les poulets avaient dû jouer au chat et à la souris avec elle. Suzanne se demanda s'ils avaient été capables de détecter certaines réserves, sous le masque, la marque d'une éventuelle défiance à l'égard du boulevard Soult – après tout, Perrin aurait été capable d'influencer le jugement de l'inspectrice. La Direction générale se méfiait déjà beaucoup de Lassauve, du fait de son passé d'agent infiltré, à l'intérieur de communautés punks et d'autres groupes contestataires – son dossier précisait qu'elle avait appartenu aux « Red Skinheads » –, sans parler des terroristes qu'elle avait si longtemps côtoyés au sein de l'UCP.

Suzanne savait qu'il était difficile de résister à la forme de séduction – presque de fascination – que pouvaient exercer des individus de la trempe d'un Jean-Marc Aubert ou d'un Joël de Lattre. Olivier Goldman, qui avait « découvert » puis recruté la jeune femme, était lui-même réputé pour son extraordinaire charisme. À l'époque, l'opération avait été montée en urgence, au mépris des procédures habituelles qui imposaient un temps de latence entre deux missions d'infiltration – cette précaution, obligatoire, devait permettre aux agents de se ressourcer au contact de la meute, en quelque sorte, et de retremper leurs convictions politiques parfois ébranlées. Le boulevard Soult tentait ainsi de s'assurer la fidélité de ses propres fonctionnaires. Suzanne imagina les inspecteurs de Fougère qui se relayaient dans le bureau du commissaire, allant dormir à tour de rôle, reprenant chaque fois l'interrogatoire de zéro sous un prétexte fallacieux. La jeune femme avait-elle fréquenté assez d'idéologies dissidentes pour être tentée de désavouer sa propre administration et de s'allonger devant les poulets ? Ses actions de la veille ne plaidaient pas pour cette hypothèse, évidemment, mais elle pouvait avoir cédé à l'épuisement, pendant son interrogatoire. Même les agents du Choc avaient leurs limites : quand on était trop longtemps privé de sommeil, les nerfs commençaient à lâcher, c'était humain. « J'espère que votre garde à vue n'a pas été trop éprouvante.

– Non, ils ont été corrects. » Elle la vit tâter la poche de manche de son blouson. « Vous n'avez pas une cigarette ?

– Je suis désolée, non. »

La jeune femme tourna son regard vers Charon qui secoua la tête d'un air désolé.

« Il n'y en a pas pour longtemps », dit Suzanne. Elle devait profiter de ce que son interlocutrice n'avait encore été mise au courant de rien pour la prendre par surprise, en quelque sorte. Elle ne devait pas lui laisser le temps de réfléchir – non plus que d'inventer des salades. « Je dois vous avertir que nous sommes toujours sans nouvelles de l'inspecteur Perrin. » Ça, en revanche, l'inspectrice en avait été informée par la Direction générale. « Est-ce que vous avez une idée de l'endroit où il pourrait se trouver ?

– On m'a déjà posé la question.

– Et ?

– Je ne sais pas ce qui lui est arrivé. »

Elle lui trouva l'air sincère, et elle hésita à se méfier. En tant qu'ex-agent infiltré, ce devait être une experte en travestissement ; dans un tel état de fatigue, pourtant, il devait lui être difficile de se composer un masque. « Ça faisait longtemps que vous faisiez équipe ?

– Non, pas tellement. »

La veille, deux enquêteurs du boulevard Soult s'étaient chargés de fouiller l'appartement de Perrin, à quelques encablures de la Cité, côté Saint-Mandé, sans découvrir aucun indice qui pût expliquer sa soudaine disparition. Ils s'étaient ensuite rendus au Croisic, où l'inspecteur possédait une petite maison, sans obtenir plus de résultat. La commune n'était pas très éloignée de l'île de Noirmoutier, mais il pouvait très bien ne s'agir que d'une coïncidence.

Elle chaussa ses verres épais. « Je n'ai pas très bien compris, fit-elle en baissant les yeux sur ses notes, qui vous a prévenus, pour la voiture ? »

Elle regarda l'inspectrice par-dessus ses lunettes pour l'inciter à répondre. « La police judiciaire », finit-elle par lâcher. Ce n'était pas suffisant, et Suzanne ne broncha pas. « Perrin connaît quelqu'un, reprit Lassauve, un commissaire du quai des Orfèvres.

– Qui ?

– François Fougère. »

Suzanne avait été avertie que Perrin entretenait des rapports avec la PJ, mais elle ne s'attendait pas à ce que l'interlocuteur du vieux boiteux fût le patron de la Brigade criminelle en personne, le même homme qui avait passé les menottes à Lassauve, sur l'île, et qui, par ce geste, avait probablement inauguré la guerre des polices. « Fougère vous a-t-il parlé de Perrin, pendant votre interrogatoire ?

– Jamais.

– Quelle était la nature de leur arrangement ? Vous le savez ?

– Non.

– Pensez-vous que Perrin a pu communiquer des informations sensibles, concernant le boulevard Soult, en échange des renseignements qu'il obtenait ?

– Je ne sais pas, il ne m'a jamais rien dit, là-dessus. »

Le débit de la jeune femme était légèrement trop lent, pensa-t-elle, et elle parlait trop bas. « Je vois, dit-elle en revenant à ses notes. Aviez-vous prévenu Laffont de votre intention de vous rendre sur l'île ?

– Non.

– Pourquoi ça ? »

Elle sembla hésiter, et jeta un coup d'œil à l'avocat. « Où est Laffont ? Pourquoi ce n'est pas lui qui s'occupe de m'interroger ?

– Répondez à ma question, inspecteur.

– On n'avait pas le temps, fit-elle après un instant. Perrin craignait qu'il fasse des histoires, et on devait absolument prendre la PJ de vitesse pour disposer d'une marge de manœuvre.

– Vous ne saviez pas que Laffont possédait une résidence sur place ?

– Non. »

Suzanne griffonna quelques lignes sur son bloc. « Autre chose, dit-elle, quand vous avez accepté d'accompagner Perrin, sur l'île, quel était votre état d'esprit ? Je veux dire, s'agissait-il simplement de saisir l'opportunité qui se présentait, et d'assister votre collègue dans sa tentative d'appréhender Richard, ou... » Elle s'interrompit, comme elle voulait être sûre que la jeune femme saisissait ses propos.

« Oui ?

– Était-ce cela, ou était-ce davantage une occasion de reprendre la mission que Laffont vous avait confiée, et qui consistait à lui rapporter les faits et gestes de l'inspecteur ? »

La réponse fut longue à venir, qu'il s'agît d'épuisement psychique ou d'autre chose. « Les deux, je suppose.

– Je vois, fit-elle en retirant ses lunettes. Je dois vous informer que Laffont a été arrêté ce matin même, par nos services. » Elle marqua une nouvelle pause pour laisser à l'inspectrice le temps d'assimiler la nouvelle. « Nous enquêtons sur la possibilité que les Affaires internes aient assisté Richard dans sa cavale, reprit-elle, en tout cas jusqu'à une date récente, car je ne veux pas croire qu'elles soient allées jusqu'à couvrir les assassinats. » Elle continuait d'étudier les réactions de la jeune femme, qui lui paraissait quelque peu désorientée. Elle poursuivit : « Il semblerait que la cellule d'enquête créée par Laffont au sein des Affaires internes ait retrouvé Richard presque immédiatement après les événements de Gravelle, dont vous avez entendu parler, je crois ? » Elle interrogea Lassauve du regard, qui finit par hocher la tête. « Apparemment, ajouta-t-elle, les agents qui composaient la cellule ont choisi de garder cette information pour eux.

– Pourquoi ils ont fait ça ? »

Il ne servait à rien de lui cacher la vérité, désormais ; et puis, le boulevard Soult lui devait bien ça. « Eh bien, nous en saurons davantage après l'interrogatoire de Laffont, mais il est d'ores et déjà évident que Richard était très populaire dans la maison. Certains de nos agents, pas seulement aux Affaires internes, ont pu voir d'un mauvais œil le sort qui lui avait été réservé. » Elle se leva de sa chaise et alla à la fenêtre. « Les meurtres, en revanche, ont dû changer la donne. Laffont a sans doute compris tout de suite qu'ils portaient la signature de Richard, et il a craint que la Brigade criminelle ne découvre le pot aux roses. Je devine à présent qu'il a fait appel à Perrin pour qu'il fasse jouer ses relations : il voulait manifestement surveiller l'avancée de l'enquête, au quai des Orfèvres. » Elle se retourna vers l'inspectrice. « Incidemment, il s'est servi de vous pour suivre les progrès de son subalterne – votre coéquipier – et s'assurer qu'il ne découvre pas lui-même la vérité. »

Lassauve leva les yeux vers elle : il était visible qu'elle accusait le coup. « Qu'est-ce qui vous a mis sur la piste de Laffont ? demanda-t-elle, et Suzanne dut faire un effort pour réussir à l'entendre.

– Une page de votre propre rapport, fit-elle en revenant s'asseoir, qu'il ne nous avait pas communiquée. Il y était question de l'arme utilisée par votre ravisseur, dans le jardin ; un fusil de fabrication belge, si je ne me trompe pas. » Elle sourit. « Votre rapport abondait en détails de ce genre.

– Et alors ?

– Les boiteux avaient acquis six de ces fusils au début des années 1960, pour évaluer leurs performances sur le terrain. » Elle remit ses lunettes et consulta ses notes : « Les armes s'étaient avérées particulièrement efficaces mais leur entretien était délicat, et elles avaient des problèmes de fiabilité. Et puis elles étaient horriblement coûteuses. Pour ces raisons, le service du matériel n'a pas donné suite. » Elle releva les yeux de son bloc : Lassauve continuait à la regarder fixement, l'air d'attendre la suite. « Les exemplaires qui ont servi aux essais sont restés sur une étagère de l'armurerie pendant près de vingt ans, reprit-elle, sans que personne ne se soucie plus de leur sort. En tout cas jusqu'à hier. Votre rapport nous a incités à aller vérifier les stocks, et nous avons constaté que seulement cinq de ces fusils étaient encore en notre possession. Bien sûr, nous n'avons pas la preuve que l'exemplaire manquant est celui qui a été utilisé contre vous, mais le simple fait que Laffont ait tenté de faire disparaître cette information est révélateur.

– C'est-à-dire ? fit Lassauve. Laffont aurait pris le risque de fournir une arme à Richard ?

– Je ne pense pas que Laffont se soit jamais compromis de la sorte, mais peut-être qu'un autre agent l'a fait. Dans ce cas, Laffont a été contraint de fermer les yeux pour éviter que l'affaire tout entière ne se trouve en position d'être ébruitée.

– Si Laffont a pris tant de risques pour protéger Richard, pendant toutes ces années, je ne comprends pas... » Il semblait à Suzanne que l'inspectrice faisait des efforts colossaux pour tenter d'assembler les pièces du puzzle. « Qu'est-ce qui s'est passé, reprit-elle, pourquoi Richard a-t-il trahi Laffont ? »

Suzanne haussa les épaules. « Les relations entre les deux hommes se sont peut-être dégradées avec le temps. Il se peut également que Richard ait eu vent des intentions récentes de son ancien protecteur ; je ne pense pas que vous l'ayez su, mais Laffont était en bonne place pour prendre la tête de la Direction générale. Il avait habilement manœuvré, ces dernières années, et s'était attiré nombre de soutiens au sein de la hiérarchie. Peut-être... » Elle s'aperçut qu'elle s'était mise à réfléchir à voix haute. « Peut-être que, du point de vue de Richard, Laffont aussi avait trahi. » Elle referma son bloc. « Quoi qu'il en soit, reprit-elle, vous nous avez évité un beau scandale en faisant cramer la dépouille de ce salopard. Vous dites qu'il cherchait à se venger du boulevard Soult en abandonnant son propre cadavre aux enquêteurs de la Brigade criminelle, c'est ça ?

– C'était la théorie de Perrin ; enfin, pas exactement, corrigea-t-elle, Perrin n'avait pas imaginé qu'il se suiciderait, mais... – elle tentait manifestement de rassembler ses pensées – il croyait que le véritable objectif de Richard était de se faire, comment... *reconnaître* par la PJ. »

Suzanne hocha la tête. « Et c'est manifestement ce qui se serait passé, si vous n'étiez pas intervenue. Un flic de la génération de Fougère n'aurait eu aucune difficulté à identifier le corps, avec une telle sale gueule. » Elle sourit : « Il est heureux que vous ayez été en contact avec le quai des Orfèvres, dans cette affaire. Vous n'auriez pas été avertis de la présence de la voiture, autrement. » L'inspectrice se contorsionna sur sa chaise. Depuis le début de l'entretien, elle semblait incapable de trouver une position confortable ; elle paraissait agitée, et Suzanne soupçonnait qu'elle éprouvait de plus en plus de difficultés à fixer son attention : il n'y avait plus de temps à perdre. « Il y a une autre chose dont je voulais vous parler, inspecteur. Depuis la mort de Richard, nous faisons face à un souci d'ordre, disons... juridique. Maître ? fit-elle s'adressant à Charon.

– Oui. » L'avocat tourna son regard vers Lassauve. « La police judiciaire a déposé hier une plainte à votre encontre auprès du ministère de l'Intérieur, pour entrave à l'enquête et soustraction de preuves dans une affaire criminelle – qui ne relève donc pas de la juridiction du boulevard Soult. » Il s'éclaircit la gorge, visiblement mal à l'aise. « Vous comprenez ce que ça veut dire ? »

Lassauve haussa les épaules. « Nous n'avons fait que suivre les ordres de la hiérarchie.

– Dans une situation telle que celle-ci, pourtant, le Code de sûreté générale vous faisait obligation de désobéir et de dénoncer les agissements de votre supérieur. » Il se racla de nouveau la gorge, insistant davantage. « Pour ces raisons, reprit-il, l'État est aujourd'hui en droit de vous demander des comptes, à vous et à l'inspecteur Perrin. »

Suzanne intervint : « C'est-à-dire que nos adversaires au gouvernement vont sûrement tenter d'utiliser cette affaire pour nous faire du tort, en vous envoyant, pourquoi pas, devant un juge. Dans un tel cas, nous n'aurions pas le pouvoir de nous opposer à leur décision. Le problème, évidemment, c'est que si on juge un boiteux, on en juge deux... Vous comprenez ce que je veux dire ? Ça pourrait créer un effet domino.

– Je comprends, dit Lassauve. »

Suzanne prit une longue inspiration. « Vous n'avez absolument rien dit à la PJ ?

– Non. »

Elle ne suspectait plus qu'elle portait un masque, désormais, et elle était disposée à la croire. « C'est déjà un très bon point, fit-elle en lui adressant un sourire qu'elle espérait chaleureux. Inutile de trop vous inquiéter pour le moment, nous ferons tout ce que nous pourrons pour éviter que vous en arriviez là. Vous aviez demandé à intégrer le bureau africain, je crois ? On a bien besoin d'agents, là-bas : ce n'est pas le travail qui manque.

– Si c'était possible, je préférerais rester ici.

– En France, vous voulez dire ?

– À Paris. »

C'était inattendu. « Vous avez une maison, ici, c'est ça ? »

Lassauve hésita. « C'est ça. »

Suzanne sentit soudain grandir en elle un profond sentiment d'abattement. Elle s'obligea néanmoins à conserver son sourire. « Très bien, je verrai ce que je peux faire. En attendant, rentrez chez vous, et reposez-vous. Je vous tiendrai personnellement informée de la situation. »

L'inspectrice resta muette un instant, quelque peu décontenancée, sans doute, et finit par lâcher : « Merci.

– Vous pouvez disposer. » Lassauve se leva de sa chaise et Suzanne remarqua le pistolet qu'elle portait encore à la ceinture : les hommes de la Brigade criminelle n'avaient pu faire autrement que de le lui rendre, après sa garde à vue. « Attendez, reprit-elle. Je dois malheureusement vous demander de me remettre votre arme.

– Oui », fit la jeune femme, qui dégaina l'automatique et le posa sur la table.

« Ne le prenez pas trop à cœur, il ne s'agit pas d'une excommunication. Ça va, votre cheville ?

– Ça va.

– Comment comptez-vous rentrer chez vous ? J'ai cru comprendre que votre véhicule personnel avait brûlé en même temps que la dépouille de Richard.

– Je vais prendre les transports en commun. »

Elle baissa les yeux sur le pied blessé. « Dois-je demander à quelqu'un de rentrer l'Alpine au garage ?

– Non, ça va, je peux encore conduire. »

Elle hocha la tête. « Vous savez que... vous êtes un bon flic, Louise. »

« Le juge Caveau rêve de se faire un boiteux depuis trop longtemps, fit Charon quand Lassauve eut quitté la salle. S'il le faut, il enverra Fougère la chercher jusqu'au fin fond du maudit Congo. »

Suzanne honnissait son travail. Pour ce qui allait se passer, on blâmerait un membre d'une fraction maoïste, l'un des fantômes que la Direction générale gardait au secret, enfermés dans les sous-sols de la Cité : les activistes avaient été épargnés à dessein, lors d'opérations mineures, pour servir d'alibi dans des cas tels que celui-ci. L'article de *Paris Match* suffirait à expliquer que l'homme eût décidé de s'en prendre à un boiteux. Évidemment, le boulevard Soult n'aurait aucun mal à obtenir des aveux complets, et la bécane mettrait rapidement fin à toute possibilité d'investigation ultérieure.

Elle ne put contenir le tremblement de son bras tandis qu'elle retirait ses lunettes. Elle aurait souhaité que le monde s'effaçât devant ses yeux.

Garage, rue Montéra

La montre était arrêtée, parmi les cadrans. L'insigne manquait, au centre du volant, et quelqu'un avait profité de l'espace libre pour incruster un badge en forme de petite bouille jaune, qui souriait bêtement au conducteur.

L'homme attendait, à bord de la voiture de sport, au premier étage du parking. Il avait pris le bus depuis la porte d'Orléans. On avait manifestement donné la consigne au gardien de le laisser passer : l'agent, docile, avait fait mine de ne pas le voir tandis qu'il pénétrait à pied dans le garage et escaladait la rampe.

Deux rangées d'Alpine se faisaient face, sur la dalle, toutes du même noir qui semblait ajouter à l'obscurité ambiante. Il s'était installé dans la première voiture de la rangée de gauche, dos au mur, une caisse vraiment pourrie. Les clés étaient restées sur le contact mais il doutait que le gros six cylindres, à l'arrière, fût encore capable de démarrer. Déjà, il ne devait plus y avoir de batterie.

Il perçut le grondement d'un moteur jumeau, par-dessus la complainte modulée des synthétiseurs d'*Oxygène*.

La musique électronique l'aidait à pénétrer dans l'autre monde, où toute chose était subtilement différente, où les gens qui semblaient vivants étaient en fait déjà morts ; dans ce monde, il ne faisait que rectifier le cours des événements. Il s'enfonça un peu plus dans le siège baquet, cherchant à atteindre une forme particulièrement absolue de fixité – invisible, désormais. La voiture prit de l'élan, à l'entrée du garage, et franchit la rampe en rugissant, devant lui. En dépit de la pénombre – le ciel, au-dessus de la verrière, était gris souris –, la jeune métisse avait gardé ses Ray-Ban.

Plutôt que de choisir l'un des emplacements libres qui se trouvaient immédiatement à sa portée, la fliquette alla ranger la bagnole près du vieil autocar, au fond du parking. Il interrompit la lecture de la cassette, écarta les disques de mousse de ses oreilles, rangea le Walkman dans son sac US et en sortit le pistolet-mitrailleur HK. On lui avait dit que l'arme était une relique d'un stock de l'UCP, quand bien même il se serait volontiers passé de cette information. Il n'aimait pas en savoir plus que ce qui était strictement nécessaire à l'accomplissement de sa mission.

À l'autre extrémité de la rangée opposée à la sienne, le moteur se tut. Sans doute pour la dernière fois, pensa-t-il, sans très bien savoir pourquoi.

La conductrice quitta le volant – les voitures de sport étaient basses, et elle était étonnamment grande. Même à cette distance, il lui paraissait que la jeune femme était particulièrement bien bâtie. S'il était daltonien, l'homme bénéficiait d'une acuité visuelle peu commune que l'âge n'avait pas encore réussi à émousser. Il distingua la crosse du revolver qui dépassait du jean de la fliquette et s'en trouva contrarié : il ne s'attendait pas à ce qu'elle fût armée. Il la vit ensuite extraire une carabine militaire de derrière son siège, qu'il identifia comme une version raccourcie de MAS 49. Elle fit passer la carabine dans son dos avant de refermer la portière et de se diriger vers l'escalier. Quand il avait fait le tour des lieux, à son arrivée, il avait repéré le vieux colimaçon métallique, de l'autre côté du car, qui rejoignait le rez-de-chaussée.

À la façon dont elle se déplaçait, il se dit qu'elle devait avoir été blessée au pied, ou à la cheville. Il laissa un sentiment de pitié passer à travers lui : elle serait une proie facile, en fin de compte. Il attendit qu'elle eût disparu derrière le gros Saviem pour quitter sa propre voiture et descendre la rampe : il s'interposerait entre la jeune femme et la sortie du garage. Comme elle allait lentement, même, il irait à sa rencontre ; la chose se ferait simplement, presque sans fureur. En atteignant le rez-de-chaussée, il remarqua que le gardien n'était plus à son poste – il se rappelait avoir entendu sonner le gros téléphone, à l'intérieur de la guérite, quelques minutes à peine avant l'arrivée de l'Alpine. Encore une fois, il s'étonna de ce que les boiteux semblent incapables de laver leur linge sale en famille. Porté par le souvenir du chant synthétique, il dirigea ses pas vers le fond du parking, sans se presser, le doigt sur la gâchette du HK. Le niveau abritait les grosses routières de l'administration, en plus de quelques Estafette qui devaient servir de sous-marins : il avait entendu dire que leur couleur caractéristique les rendait éminemment reconnaissables et, de ce fait, inutilisables.

À sa grande surprise, il parvint à l'escalier sans avoir croisé personne. Le bâtiment ne comportait pourtant aucune issue, aucune autre porte que l'entrée principale, il avait eu l'occasion de s'en assurer. Avait-elle oublié quelque chose, dans la bagnole, qui l'avait obligée à remonter ? Il leva les yeux : l'étage des Alpine formait une sorte de balcon en saillie, au-dessus de lui. Des voitures les plus proches, garées dos à l'extrémité de la dalle, il ne réussissait à voir que les grandes antennes radio qui dépassaient du parapet. Il n'était capable de détecter aucun bruit, en dehors des claquements réguliers du six cylindres qui refroidissait. Un instant, il imagina le bloc-moteur qui se rétractait, micron par micron, pour retrouver ses dimensions d'origine. Toute chose, pensa-t-il, devait retourner à son état premier.

La fliquette ne l'avait pas vu : de ça, il était certain. Il n'y avait donc aucune raison de croire qu'elle cherchait à se cacher. Elle *devait* être retournée à la voiture. Il entreprit l'ascension du colimaçon : les semelles en caoutchouc de ses Onitsuka Tiger – les mêmes que Bruce Lee avait portées successivement dans *Le Jeu de la mort* et *Le Dragon de Hong Kong* – l'aidaient à rester parfaitement silencieux. Quand son regard eut franchi le seuil de la dalle, il interrompit sa progression et tenta de localiser sa cible par-dessous le ventre du Saviem – sans résultat. Elle pouvait s'être rassise au volant de la voiture, pour récupérer quelque chose dans la boîte à gants, par exemple. Il reprit son ascension à pas de loup, contourna le car et rejoignit la deuxième Alpine de la rangée, côté parapet, dont le moteur continuait de claquer – quoique à intervalles moins réguliers. Il scruta l'habitacle, de l'autre côté du pare-brise feuilleté, qui était vide. Il y avait décidément quelque chose qui n'allait pas. Il s'approcha du bord de la dalle, au cul de la voiture, et se pencha par-dessus le garde-corps de béton. Il se rappela ses années de service, chez les tireurs d'élite : il s'était fait remarquer pour sa capacité à déceler les camouflages les plus élaborés, en pleine forêt, quand ses camarades étaient incapables de distinguer quoi que ce soit : une conséquence heureuse de sa deutéranomalie, qui l'avait rendu mieux apte à saisir les contrastes, surtout quand la lumière venait à manquer.

La jeune femme, pourtant, lui demeurait obstinément invisible.

Il se détourna du rez-de-chaussée et considéra les deux rangées de voitures de sport, face à face : comment s'était-elle débrouillée pour quitter la dalle sans se faire voir ? Elle avait forcément profité de ce qu'il était en train de monter l'escalier pour descendre la rampe. Dans ce cas, elle l'avait délibérément roulé, en contournant l'autocar. Son sang ne fit qu'un tour : était-il possible qu'elle s'y fût réfugiée ? Il espéra tout à coup ne pas se trouver dans le viseur de la carabine.

Il se pressa de rejoindre le vieux Saviem, fit le tour du véhicule et profita de ce que la porte était ouverte, à l'avant, pour monter à bord. Comme il avançait entre les sièges vides, il se représenta soudain le compartiment à bagages, sous le plancher. Il allégea encore le pas ; ayant atteint l'arrière du car, il replia les vantaux, forçant sur le vieux système pneumatique, saisit la mini Maglite qu'il portait à la ceinture et rejoignit souplement la dalle. Il fouilla le volumineux casier, entre les roues, le canon de son arme accompagnant le faisceau de la lampe : c'était comme s'il chassait une ombre, pensa-t-il.

Il y eut un bruissement d'ailes, sous la verrière. Il leva les yeux mais ne vit aucun oiseau. Un soupirail aux rebords crasseux était fiché dans le mur, assez large pour laisser passer un homme, mais bien trop haut pour pouvoir être atteint. Pris d'une intuition subite, il recula de quelques pas et vit l'échelle, fixée à l'arrière du car, qui permettait d'accéder à la galerie, sur le toit ; de là, il était sans doute possible de se hisser jusqu'à l'ouverture – si l'on disposait d'une bonne détente et de muscles efficaces.

Son regard fut attiré par le cheval de bois, exagérément furieux, qui oscillait presque imperceptiblement au bout de ses élingues.

La jeune femme allait hanter ses rêves pour les nuits à venir.

*

Louise avait mal à la tête, et son cœur battait trop vite. Ses yeux, aussi, lui brûlaient horriblement. Après sa garde à vue, et avec le manque de sommeil, elle éprouvait des difficultés à décoder l'image du monde, autour d'elle ; certaines composantes essentielles de son environnement semblaient manquer, c'était comme si les choses ne lui apparaissaient plus qu'en noir et blanc. Elle tentait d'envisager les conséquences des informations qu'on venait de lui communiquer, mais elle n'arrivait pas à raisonner correctement : elle était devenue incapable de se projeter dans l'avenir. Elle avait désespérément besoin d'une cigarette.

« Vous savez que... vous êtes un bon flic, Louise », entendit-elle. Elle ne sut que dire et se contenta de hocher la tête. Elle n'avait toujours pas très bien compris qui était son interlocutrice, ni quelles étaient ses attributions, mais la femme à l'imposant chignon s'était montrée chaleureuse, tout au long de l'entrevue. Malgré cela, elle se trouvait très soulagée d'en avoir enfin terminé.

Elle ne croisa personne, dans les couloirs de la Cité – conséquence, sans doute, des derniers développements de l'affaire Richard et des interrogatoires qui devaient s'ensuivre. La Direction générale paraissait avoir mis le service en coupe réglée, et elle s'estimait heureuse qu'on l'eût autorisée à rentrer chez elle.

Elle avait pratiquement atteint la sortie quand elle entendit quelqu'un appeler, dans son dos. « Inspecteur ? » Elle se tourna vers l'agent au visage juvénile, en uniforme, qui se dirigeait vers elle. « Vous êtes l'inspecteur Lassauve ?

– Oui ?

– On m'a chargé de vous donner ça. »

Il lui remit une enveloppe, format lettre, qui ne comportait aucune inscription. « Eh ! fit-elle comme il regagnait son poste, au standard. T'as pas une clope ? »

En dépit de l'épaisse couche de nuages, la lumière l'éblouit au point que ses yeux se trouvèrent rapidement mouillés de larmes. Elle s'assit au volant de l'Alpine et chaussa ses Ray-Ban, qui étaient restées dans le vide-poches. Elle prit une cigarette – Victor lui avait fait cadeau de son paquet de Lucky – et fouilla ses poches à la recherche du briquet Playboy ; les flics de Fougère lui avaient permis de conserver le Zippo pendant sa garde à vue, mais n'avaient eu que des Gauloises ou des Gitanes à lui offrir. Elle n'aimait pas le goût des brunes.

Elle tira sur sa clope et sentit la nicotine qui pénétrait son cerveau. Le monde reprit des couleurs, et elle se laissa aller contre l'appuie-tête. Comme elle se trouvait au pied de la Cité, elle se remémora l'allocution de Laffont à ses inspecteurs, alors qu'elle venait d'arriver dans le service. Elle comprenait désormais que le directeur des Affaires internes n'avait rien fait d'autre que dissuader les agents d'enquêter sur la mort de leurs collègues : à l'époque, Le Bars et Lecornu. En leur rappelant que le boulevard Soult n'avait pas le pouvoir de s'occuper d'affaires criminelles, et en chargeant le seul Perrin des investigations illégitimes, il avait fait en sorte de garder la main sur la partie qui se jouait. Elle-même n'avait été qu'une pièce sur l'échiquier.

Elle ouvrit l'enveloppe et déplia la feuille, marquée des adresses et numéro de téléphone d'un pressing, à Saint-Mandé. L'écriture était soignée, parfaitement lisible, et il n'y avait aucune rature – comme une écriture d'instituteur, pensa-t-elle. La lettre était datée de la veille : il y avait une éternité. Perrin devait l'avoir remise à Victor avant même de se rendre chez elle, quai Laubeuf.

Chère Louise,

Si vous lisez cette lettre, c'est que nous n'avons rien trouvé d'autre qu'une voiture abandonnée, sur l'île. Dès lors, je devine que l'animal ne se montrera plus. Quelles qu'aient été ses intentions à l'égard des boiteux – pour ma part, je suis persuadé qu'il entendait précipiter leur fin, moins par vengeance, peut-être, que par dépit, mais cela n'a pas d'importance –, la machine judiciaire s'est emballée, et elle dispose désormais d'assez de cadavres pour qu'il ne soit plus nécessaire à notre homme de courir de nouveaux risques. Les boiteux ne survivront pas à l'opprobre.

Il n'a jamais fait aucun doute dans mon esprit que vous aviez été débauchée par Laffont dans l'unique but de surveiller mes faits et gestes, et de les lui rapporter ; ne le prenez pas mal, mais vous n'avez vraiment pas la tête de l'emploi. Je ne vous tiens pas rigueur, évidemment, d'avoir exécuté les ordres de vos supérieurs, et je vous suis à jamais reconnaissant d'avoir gardé certaines informations pour vous.

Je ne peux pas dire que la méfiance que je suscite au sein du boulevard Soult me soit une surprise : il y a longtemps que mes relations avec la hiérarchie – pas seulement avec Laffont – se sont dégradées. Dans ces conditions, je ne me fais guère d'illusion sur mon sort : dès le moment où je n'aurai plus d'informations profitables à soutirer au quai des Orfèvres, mes relations avec la police judiciaire me seront reprochées.

Plutôt que de me voir accusé de trahison par mes pairs, il me paraît donc opportun de devancer les événements en prenant une retraite anticipée, pour ainsi dire. Quelques économies que j'ai pu faire me permettront de me réfugier dans un certain endroit, où je suis sûr que personne n'aura l'idée de venir me chercher.

Pardonnez à un vieil ours de n'avoir pas toujours été à la hauteur de la situation. Pardonnez-lui aussi sa lâcheté.

Peut-être nous reverrons-nous un jour, qui sait ? – Qui connaît le foutu avenir ?

En attendant, vous avez toute mon estime.

P.

P.-S. Méfiez-vous, vous aussi, des gens de la Direction générale. Outre le fait que vous vous trouviez désormais, à leurs yeux, associée à ma personne – bien malgré vous, je le concède –, vous en savez trop sur notre homme et sur l'affaire de G. pour qu'ils vous « lâchent les baskets », comme vous dites. Vous pourriez vite devenir un casse-tête pour eux ; vous avez compris, n'est-ce pas, que le boulevard Soult n'hésite plus désormais à s'en prendre à ses propres agents.

P.-P.-S. Je vous en prie, ne prenez pas cet avertissement à la légère et faites très attention à vous. Surveillez vos arrières ; si vous avez le moindre doute, faites ce qu'il faut et disparaissez. Recommencez votre vie, le plus loin possible, loin des boiteux – en Afrique, peut-être ? Avec votre passé d'agent de terrain, je suis sûr que vous trouverez un moyen de vous en sortir. Croyez-moi, cela vaut mieux que de vous faire flinguer dans la rue par un prétendu dissident ; pour ma part, je serais infiniment triste d'apprendre pareille nouvelle dans le journal.

Fougère avait voulu savoir où était Perrin – c'était à lui que le commissaire s'intéressait, bien davantage qu'à elle. Les inspecteurs de la Crim' avaient été persuadés qu'elle couvrait son coéquipier ; la vérité, pourtant, c'était qu'elle ignorait totalement ce qu'il était devenu – du moins jusqu'à ce qu'elle lise cette lettre. Même à présent, elle n'en savait pas beaucoup plus. Elle était très soulagée de savoir le vieil ours en vie, cependant, et en sécurité.

Sans en avoir la moindre preuve, elle avait l'intuition qu'il s'était servi d'un bateau pour regagner le continent sans se faire remarquer par les flics. Elle l'imaginait en train de jouer avec l'idée, tandis qu'ils observaient les voiliers, au large de la plage des Souzeaux. Évidemment, il n'avait rien su de ce qui était arrivé après qu'ils s'étaient séparés ; rien du suicide de Richard, de la maison de Laffont, au-dessus de la falaise, ou de ce qu'elle avait été obligée de faire pour soustraire la dépouille à l'examen des techniciens de la PJ.

Un frisson lui parcourut l'échine lorsqu'elle perçut le son rythmé des boggies, sur les rails. L'imposante motrice diesel apparut sur la voie, entre deux immeubles, à l'autre bout de la rue du Niger – c'était la même ligne qui s'extrayait du tunnel de Charonne, plus en amont, et qu'elle avait empruntée pour tenter de couper la route à Richard. La locomotive tirait de longues plateformes à quatre essieux, vides, qui étaient manifestement conçues pour le transport de matériel lourd – peut-être militaire. Le convoi, en tout cas, lui paraissait formidablement réel.

Elle ouvrit sa portière et enflamma la lettre avec le bout de sa clope. Elle regarda le papier se racornir en même temps qu'il se consumait entre ses doigts. Quand il n'y eut plus rien à lire, elle abandonna ce qui restait de la feuille dans le caniveau.

Elle consulta l'heure, à la montre du tableau de bord. Elle laisserait tout de même la voiture au garage.

7

Louise s'engagea sur la route sinueuse et parvint enfin à trouver la seconde : la vitesse n'acceptait de passer qu'une fois le moteur chaud. Comme toujours, elle fut saisie par la majesté du panorama. Immédiatement à droite du talus, le plateau s'interrompait brusquement pour former une falaise à pic ; les formidables parois de granit descendaient alors jusqu'à la rivière qui serpentait au creux du canyon, près d'un demi-kilomètre en contrebas. L'étroite vallée avait autrefois porté le nom d'*antre du diable* : il valait mieux savoir se servir d'un volant.

La voiture sentait la noix de coco – comme toutes les Volkswagen, croyait-elle savoir – et le cigarillo. Louise passa la troisième, nettement plus docile, et prit de la vitesse. Le son du quatre cylindres à plat refroidi par air se fit un peu moins rauque, dans son dos. Le bloc était fameux pour avoir été conçu par le docteur Porsche. Elle aimait les basses vibrations qu'il émettait, particulièrement au ralenti, quand elle tournait la clé de contact : elles l'apaisaient.

Après quelques kilomètres, elle s'écarta des gorges par un chemin de terre. Le monstre aurait été particulièrement à son aise, dans la région, même si peu de routes résistaient à la Coccinelle, elle avait pu s'en rendre compte. Elle suivit le chemin jusqu'à son terme et reprit la route, désormais certaine de n'avoir pas été suivie. Elle atteignit le premier village au bout d'un quart d'heure. Elle arrêta la voiture devant le rade local, qui vendait aussi des clopes, et quitta son siège. Elle n'avait cessé de malmener sa cheville, dernièrement, ce qui n'avait pas arrangé sa claudication. C'était un moindre mal, évidemment ; après tout, elle avait de la chance d'être encore en vie.

« Salut Tania !

– Salut. » Elle fit la bise au taulier par-dessus le comptoir.

« Un café ?

– Oui, dit-elle en se dirigeant vers les toilettes. Tu mettras deux cartouches de Camel, avec. »

Elle ouvrit le robinet et passa ses mains sur le savon, en forme de gros citron, qui tourna sur son axe chromé : elle avait toujours connu ces machins, qui pendaient du mur de façon presque obscène et paraissaient incapables de s'épuiser. En France métropolitaine aussi bien qu'au Tchad, ils s'étaient immanquablement trouvés au-dessus des lavabos communs, dans les toilettes de toutes les écoles qu'elle avait fréquentées.

Elle se sécha les mains et réunit ses *rastas* en une masse compacte qu'elle rangea sous un ample bonnet de tricot. Ici, elle était Angélina « Tania » Dumas, fille à papa, qui vivait en marge de la société. Par chance, les gens du coin n'étaient pas bégueules, et ils l'aimaient bien. Il fallait dire que l'Ardèche abritait un certain nombre d'anticonformistes, surtout des anciens *hippies*, dont le mode de vie s'inspirait du mouvement pacifiste américain des années

1960, et qui, pour une raison quelconque, avaient essaimé dans la région.

Il était étrange de penser que le punk, qui avait suscité un si grand engouement dans les milieux underground français, était justement né en réaction aux idéaux hippies qui, eux, n'avaient éveillé qu'un intérêt marginal dans le pays. L'Ardèche constituait une exception curieuse, où les *babas cools* de tous poils avaient afflué en masse pour vivre à l'abri des regards – et aussi, à l'époque, des sanctions pénales.

Elle s'empara de l'édition locale du Dauphiné, à côté de la machine à cacahuètes, et emporta sa tasse à l'autre bout du zinc. Là, un présentoir en forme de tourniquet abritait quelques bandes dessinées pornographiques au format poche, en noir et blanc. Elle tira un tabouret et déplia le quotidien, qu'elle ouvrit aux pages nationales. Depuis quelques semaines, il y était question d'accrochages de plus en plus fréquents entre les hommes de la Brigade criminelle et les boiteux. Pour la première fois, le journal parlait de guerre des polices. La France, écrivait l'auteur de l'article, ne saurait s'abstraire plus longtemps de la marche du monde : l'État devait avoir le courage de se débarrasser de sa police politique, indigne des valeurs de la République.

Dans leur ensemble, les boiteux récusaient le qualificatif de police politique – même si c'était de cela qu'il s'agissait, il fallait bien le reconnaître. La République de 57 arrivait à épuisement, poursuivait le journaliste, et s'accrochait à l'institution moribonde comme à son vieil empire colonial pour éviter de rendre son dernier souffle – ce que l'immense majorité de la population appelait pourtant de ses vœux. Une résurrection, concluait-il, était à souhaiter.

Lassée, Louise se mit en quête des pages locales. Il était évident que le foutu monde changeait, se dit-elle, et peut-être dans le bon sens, après tout. Elle se demanda si Perrin avait accès à la presse française, là où il se trouvait. Sans raison particulière, elle avait pris l'habitude de se le représenter en Amérique du Sud, peut-être au Chili, guettant le rayon vert au-dessus de l'océan Pacifique. Mais bien sûr, il pouvait tout aussi bien s'être réfugié dans un pavillon de la banlieue parisienne.

Elle colla son chewing-gum dans le cendrier Ricard et alluma une cigarette. « Joli briquet », entendit-elle. Elle leva les yeux vers l'homme qui venait de s'installer au comptoir, à côté d'elle. « C'est à vous, la Coccinelle, dehors ? » Elle jaugea son interlocuteur, s'employant à décrypter ses intentions au plus vite. « C'est une petite voiture, poursuivit-il avec un sourire suffisant, pour une grande fille comme vous. » Comme elle ne répondait pas, l'homme vida son perroquet d'un seul coup et commanda son jumeau. La cinquantaine, il n'avait pas la dégaine d'un flic ; c'était le genre de dragueur obstiné, vulgaire, phallocrate et très probablement raciste, propriétaire d'une boutique quelconque dans la rue commerçante d'une ville voisine, peut-être Montélimar, ou même Valence, et qui n'attendait que l'occasion de parler de la maille qu'il rentrait. Elle restait sur ses gardes, quand bien même il ne lui semblait pas dangereux – elle était bien placée pour savoir qu'il fallait se méfier des apparences. Depuis plusieurs mois, elle ne se séparait plus du Manurhin qui avait appartenu à Richard et que les hommes de la Brigade criminelle lui avaient obligeamment restitué après sa garde à vue, en même temps que la carabine de Perrin – ils lui avaient également rendu son automatique, mais elle avait dû se séparer de l'arme à l'issue de son interrogatoire par la femme au chignon. Elle se rassura en effleurant la crosse du revolver à canon long, sous l'épais tissu de sa chemise Jah Army.

L'avocat du boulevard Soult avait vu juste et, quelques jours après les événements de Noirmoutier, elle avait appris sa convocation par le juge Caveau, dans le journal ; à ce moment-là, évidemment, elle avait déjà pris la tangente.

Si les deux institutions cherchaient désormais à lui mettre la main dessus, elle craignait pourtant moins la PJ que les agents de sa propre administration, qui veilleraient à ce qu'elle ne se trouve plus en mesure de parler au juge – ni de dire quoi que ce soit à quiconque. Les boiteux ne disposaient certes pas des moyens techniques et scientifiques de la police judiciaire, mais la chasse à l'homme était leur grande affaire, et leurs méthodes, quoique plus rudimentaires, avaient largement démontré leur efficacité.

Pour ce qui était de la Brigade criminelle, elle était certaine d'avoir définitivement lâché Fougère et son équipe, cinq mois plus tôt, en passant la frontière espagnole, à Hendaye. Sur place, elle avait pris soin de laisser un certain nombre de pistes crédibles, qui laissaient croire qu'elle avait rejoint l'Afrique en franchissant le détroit de Gibraltar. Elle espérait que la situation politique et sociale, déplorable, dans ce que le continent comptait encore d'États et de territoires *associés*, inciterait, ou même obligerait les flics à abandonner leur traque. L'étendue des pays qui composaient encore l'Union française, de toute façon, les empêcherait de jamais savoir qu'elle ne se trouvait pas, en réalité, en Afrique.

Plutôt que de traverser la Méditerranée, elle avait regagné la France par la Catalogne et le massif des Corbières. Elle avait vécu quelques mois dans la Drôme, avait rejoint Le Teil, sur les hauteurs du Rhône, puis Alba, avant de s'enfoncer plus profondément au cœur de l'Ardèche. De faux documents d'identité qu'elle avait conservés de ses années punk lui avaient été extrêmement utiles.

Il lui avait fallu près de six mois pour atteindre sa destination finale, et mettre au point chaque élément de sa couverture. Malgré tout, elle était consciente que les précautions qu'elle avait prises ne suffiraient pas à arrêter un fonctionnaire zélé ; elle savait mieux que quiconque ce que les boiteux, en particulier les agents infiltrés, étaient prêts à accepter de sacrifices pour s'acquitter de leur mission. Si elle n'avait aucune idée du genre de chiens que le boulevard Soult lui avait lâchés au cul, elle doutait que l'individu qui s'était trouvé dans le garage, rue Montéra, fût un flic de la maison. Elle avait entendu dire que la Direction générale avait parfois recours à des assassins professionnels, des tueurs solitaires à la sauce Jef Costello, le samouraï du film de Melville. Ceux-là, évidemment, ne lâchaient jamais leur proie. Un tel homme mettrait le temps qu'il faudrait pour remonter sa piste, kilomètre après kilomètre, *reniflant son odeur*, jusqu'à venir la surprendre chez elle.

« Vous habitez le coin ?

– Va te faire foutre. »

Sa peau grêlée, sa moustache épaisse, qui lui mangeait la lèvre supérieure, tout en lui la dégoûtait. Son sourire devint carnassier. Il fouilla dans la poche de son pantalon, extirpa une liasse de billets de deux cents francs – elle eut le temps de reconnaître la tête de Jules Verne –, fouilla plus profond, à la recherche de sa monnaie, et s'acquitta du prix des perroquets en toutes petites pièces. « Salope de négresse », fit-il en s'éloignant.

Elle le suivit des yeux tandis qu'il rejoignait une grosse BMW, garée sur la place, devant l'église. Comme il s'installait au volant, elle repensa à la voiture de Richard, sur l'île. Elle avait commencé à se faire sa propre idée des intentions réelles de l'ancien divisionnaire, qui s'écartait sensiblement des conclusions de Perrin.

Elle en était convaincue, désormais, la voiture avait été un appât. L'homme qui lui avait laissé la vie sauve savait forcément que la gendarmerie préviendrait la PJ plutôt que le boulevard Soult – quand bien même celui-ci avait émis son propre avis de recherche ; d'un autre côté, il avait manifestement deviné que Perrin avait un contact à la Brigade criminelle.

Son instinct lui disait que Richard avait voulu pousser les deux administrations à s'affronter dans une sorte de jeu de la mort, dont il avait lui-même fixé les règles : les boiteux seraient-ils foutus d'avoir un coup d'avance, et de pénétrer les premiers dans la maison de Laffont ? Tandis qu'il s'adressait à elle, dans le fourgon, elle avait été certaine qu'il continuait à se soucier du sort de ses anciens coreligionnaires, en dépit de leur trahison. L'engagement particulier qui avait été le sien, au sein du boulevard Soult, devait expliquer en partie son rapport ambivalent à l'institution : avait-il voulu obliger les boiteux à se dégager du cadre de la loi, qui se refermait sur eux comme un piège à loup, et les pousser, une nouvelle fois, au coup de force ? La Direction générale ne pourrait bientôt plus se contenter de composer avec le gouvernement, et elle allait être contrainte de revoir sa stratégie de survie – la guerre des polices allait monter en puissance. À nouveau, Louise se demanda si elle avait en fait répondu à l'espoir du divisionnaire, sur l'île : est-ce qu'elle avait fait *ce qu'il fallait* ?

La BMW démarra et repartit en trombe, dans la direction opposée aux gorges. Elle retint l'immatriculation pour la forme et revint à son journal : il allait faire beaucoup plus froid. L'effroyable sensation de solitude la saisit alors au ventre, sans prévenir, venue du fond des âges. C'était la première fois depuis qu'elle était en cavale, la première fois depuis le jour où elle avait été prise d'un vertige comparable, au Cosmonaute, rue du Chevaleret, tandis que les mécanos finissaient de s'occuper du monstre. L'isolement de sa tanière, soudain, lui parut insupportable.

Elle jeta un œil au taulier, qui remontait de la cave avec une caisse de Sprite. « Tu vends des cartes postales ? » demanda-t-elle.

Elle ouvrit le coffre, à l'avant de la Coccinelle, avec dedans une bouteille de gaz. Une fois par mois, elle allait se ravitailler à l'Unico de Valence, ou dans l'un des autres supermarchés de la région. Le samedi, elle faisait le marché, sur la place du village, pour s'approvisionner en produits frais.

La maison était une ancienne planque de l'UCP, adossée à la pente de la colline, construite une quarantaine de mètres en retrait de la route, au-dessus de celle-ci. Elle, ou plutôt Nadia, y avait passé une semaine en compagnie d'Olivier, peu de temps après qu'il l'avait recrutée – c'était la seule fois où ils avaient couché ensemble. Elle l'avait aidé à entreposer du matériel, et ils étaient repartis.

La planque abritait suffisamment de munitions et d'argent pour monter une opération d'envergure. Elle était la propriété d'un ami d'Olivier, descendant d'une grande famille d'industriels du Creusot, sympathisant de la cause, qui vivait en Suisse. Avec le temps, Louise/Nadia s'était demandé si Olivier ne cherchait pas à monter son propre réseau, ou s'il ne projetait pas une sorte de putsch au sein de l'organisation. Il fallait dire que la personnalité de Jean-Marc Aubert était loin de faire l'unanimité, dans les rangs du groupe terroriste. Olivier, pour sa part, trouvait que le chef de l'UCP avait une fâcheuse tendance à faire passer son propre intérêt avant celui du groupe ; et puis il avait beaucoup de mal à accepter la place qu'occupait Claudia Benedetti, la « petite souris », au sein de la hiérarchie – spécialement imméritée, selon lui. Quelles qu'eussent été les ambitions d'Olivier, pourtant, il était mort avant de pouvoir les réaliser.

Quand Joël était venu la trouver pour lui proposer de rejoindre son groupe, après qu'Olivier avait été tué dans la fusillade de Chateaubourg, Nadia pensait à bien autre chose qu'à cette histoire de planque ; plus tard, quand Louise avait fait son rapport au boulevard Soult, après la mort d'Aubert, elle avait également omis de mentionner l'existence de la maison. En fait, elle ne se l'était rappelée que récemment, tandis qu'elle réfléchissait au meilleur itinéraire pour échapper à ses poursuivants.

Il y eut un léger sifflement, suivi d'un grondement soudain, au-dessus de sa tête ; elle leva les yeux en direction du ciel bas, mais trop tard : l'avion de chasse était déjà hors de vue. Le seul signe de son passage était le tremblement sourd qui se diffusait lentement dans l'atmosphère.

Elle pénétra dans la maison par le garage, qui occupait le rez-de-chaussée du bâtiment. La pièce avait été partiellement creusée dans la pente de la colline, et deux de ses murs venaient s'appuyer à la roche, à leur extrémité, du côté opposé à la route.

La demeure abritait toujours de quoi mener une petite révolution. Ou soutenir un siège. Louise s'était attendue à ce que l'argent et les armes eussent été récupérés par une branche quelconque de l'organisation, après la mort d'Olivier, mais ce n'était pas le cas. Elle avait retrouvé près de trois cent mille francs en petites coupures, l'argent d'un braquage, peut-être, à moins qu'il ne s'agisse de la contribution d'un généreux donateur, pariant sur l'avenir d'Olivier au sein de l'organisation. L'argent se trouvait à l'intérieur d'une cache forée à même la roche, dans un recoin difficile d'accès, où la lumière ne pénétrait pas : il fallait savoir qu'elle était là pour la remarquer. Nadia se trouvait avec Olivier quand il en avait obstrué l'ouverture, avant leur départ. Par acquit de conscience, Louise avait vérifié l'état de la cachette, en arrivant, avait sondé la pierre et trouvé le bouchon de ciment encore intact : quelques coups de barre à mine avaient suffi à le faire sauter. Elle et Olivier avaient été les derniers occupants de la maison, à l'évidence, avant qu'elle ne revienne investir les lieux.

L'argent était une bénédiction ; cela coûtait extrêmement cher, de vivre sans attirer l'attention – c'était l'une des premières choses qu'elle avait apprises au contact des terroristes. Quand on se déplaçait, surtout, les liasses de billets filaient d'autant plus vite qu'on tâchait de passer sous les radars.

Jusqu'ici, elle n'avait pratiquement pas puisé dans le trésor de guerre, sauf pour acheter une Yamaha Ténéré d'occasion, un gros mono dérivé des motos que le constructeur avait engagées sur le Paris-Dakar. Le premier propriétaire avait parcouru tout juste assez de kilomètres pour se rendre compte qu'il cherchait quelque chose de moins brutal.

La moto était pourvue d'un réservoir rallye, une chose énorme qui pouvait engloutir trente litres d'essence et qui conférait à la machine une autonomie record, y compris en tout-terrain : il s'agissait de disposer d'un moyen de s'éloigner le plus possible, et le plus rapidement possible, si elle voyait les flics approcher de la maison. Dans une chambre, elle avait trouvé de vieilles cartes de la région qu'elle avait soigneusement étudiées, s'attachant à composer différents itinéraires qui lui permettraient de s'enfuir sans risquer d'être suivie ou de tomber nez à nez avec une voiture de gendarmes. Elle avait terminé de roder la moto en parcourant inlassablement les anciens chemins, parfois de simples sentiers, oubliés à force de n'être plus empruntés. Elle s'était enfoncée profondément dans la forêt, par tous les temps, avait gravi les pentes abruptes, debout sur les cale-pieds, sillonné les plateaux déserts à fond de train jusqu'à connaître chaque piste, chaque embranchement qui fût susceptible de la tenir éloignée des routes départementales et des axes les plus fréquentés.

Par réflexe, elle vérifia les sangles qui servaient à arrimer le sac étanche au minuscule porte-bagages, maintenu haut par le formidable débattement de la suspension arrière ; elle y avait fourré quelques affaires de première nécessité, des vêtements chauds, des munitions pour le Manurhin et aussi tout l'argent qu'elle n'avait pas déjà sur elle. Quelques coups de kick suffiraient à faire démarrer la bête, en cas de nécessité.

Elle tira la porte d'acier, entra dans la cabine étroite et pressa le bouton. Lors de sa première visite, elle s'était étonnée de ce qu'une maison individuelle se trouvât équipée d'un ascenseur. Les précédents propriétaires étaient des gens âgés, lui avait dit Olivier, les propres parents de son ami et protecteur du Creusot, qui avaient fait construire la demeure pour y passer leurs vieux jours, retirés du monde.

L'appareil faisait la navette entre le garage et la cuisine, au premier étage, facilitant le transport des provisions. Le dispositif, d'ailleurs, tenait davantage du monte-charge que du véritable ascenseur, et la cabine était excessivement lente à atteindre sa destination. S'il prenait à la machine l'idée saugrenue de s'arrêter entre deux étages, Louise doutait sérieusement de sa capacité à forcer la porte. Selon toute probabilité, elle serait condamnée à mourir de la façon la plus stupide qui fût, enfermée là comme dans une oubliette, sans qu'il y eût personne, à l'extérieur, pour se soucier de son sort.

À cette pensée, elle ressentit une forme d'angoisse inédite, comme un écho à la vague de solitude qui l'avait submergée au café. Elle avait assurément pris un risque insensé en envoyant la carte postale, mais, après le départ de l'homme à la BMW, elle avait senti des modifications radicales s'opérer en elle, en dehors de toute volonté consciente, et son besoin de sécurité avait été relégué au second plan : d'autres formes de nécessités vitales étaient brusquement sorties de leur léthargie, et elles criaient famine.

Avec le temps, elle avait fait le tri dans ses attachements. Le fantôme de Nadia avait cessé de la hanter, à moins qu'il ne fût parvenu à la posséder complètement ; la question lui importait peu, désormais – elle ne se défiait plus de ses instincts.

Les vantaux de la cabine se replièrent enfin et Louise repoussa la porte extérieure, pénétrant dans la cuisine en traînant la patte. Elle rangea les courses, raccorda la bouteille de butane à la gazinière et rejoignit le salon pour alimenter la cheminée. Il avait fallu quelques jours pour que la demeure consentît à se réchauffer, et il régnait désormais une température décente jusque dans la plus éloignée des trois chambres, où elle dormait – de toutes les pièces, c'était celle qui offrait la meilleure vue sur la portion de bitume qui s'écartait de la route pour grimper jusqu'à la maison. Elle ne croyait pas que l'actuel propriétaire de la maison y fût déjà venu, ni qu'il y viendrait jamais. L'affaire de l'UCP était encore fraîche et l'homme préférerait longtemps se tenir éloigné de la propriété : après tout, s'il avait autant de pognon que le disait Olivier, il pouvait se permettre de la laisser à l'abandon.

Louise se rappela sa propre maison du quai Laubeuf, à Chatou. Elle avait été contrainte d'y renoncer, à elle aussi, sans espoir de pouvoir y retourner un jour. Elle s'y était rendue tout de suite après avoir quitté le parking, rue Montéra, en passant par les toits. Elle avait braqué la première voiture qu'elle avait croisée, rue de la Voûte, et s'en était emparée. Elle était montée sur le capot pour franchir le mur de la propriété, du côté de la bambouseraie, au cas où il se serait trouvé certains de ses « collègues » sur place. Ne trouvant personne, elle n'avait pas compté sur plus de quelques minutes de répit : elle avait pris des vêtements, son argent et ses papiers, et s'était enfuie au volant de la Coccinelle, qui était restée garée devant le portail, se disant que Perrin n'aurait plus besoin de la voiture, désormais. La

Volkswagen n'était pas connue du boulevard Soult, et Louise avait roulé longtemps, ne s'arrêtant que pour passer un coup de fil à Pascal, depuis une cabine téléphonique. Comme elle se l'était imaginé, le jeune homme avait regagné l'appartement de son cousin, situé au dernier étage, ou presque, d'une tour du quartier de Beaugrenelle. Elle lui avait dit de ne pas chercher à la revoir et d'attendre qu'elle lui donnât de ses nouvelles. À présent, elle regrettait de n'avoir rien dit d'autre.

La pièce, adossée au palier de l'ascenseur, devait avoir servi de salon d'appoint en même temps que de cabinet de travail. Quoique de dimensions modestes, elle justifiait à elle seule que la résidence eût été qualifiée de « nid d'aigle » par Olivier. D'épais tapis avaient été disposés sur le sol, au pied de deux grands fauteuils et d'un canapé Chesterfield ; il y avait aussi un bureau à cylindre, tout en métal, et une bibliothèque en bois sculpté. Surtout, deux immenses fenêtres en angle offraient un panorama unique sur la vallée et les collines environnantes, dévoilant de très larges portions de la route qui serpentait jusqu'au village, dont il était possible d'apercevoir certains des toits les plus hauts. Sur le bureau, elle avait trouvé une ancienne paire de jumelles Leitz, dont elle avait découvert qu'elles offraient une excellente résolution des détails, même au crépuscule. Les jumelles étaient étonnamment petites et légères pour leur grossissement, et elle avait pris l'habitude de les garder sous la main en toute occasion. En vérité, elle les utilisait bien moins pour observer les allées et venues des véhicules, sur la départementale, que les animaux qui se risquaient à traverser la voie.

Elle retira son bonnet de tricot, laissant retomber ses *rastas* sur ses épaules. C'était dans cette pièce qu'elle passait le plus clair de son temps. C'était là, aussi, qu'elle gardait le MAS 49 *Abdelkader ibn Muhieddine* ; avec ça, elle pouvait allumer n'importe quel intrus à deux cents mètres, avec la certitude de mettre dans le mille. Si cela devait arriver, elle pourrait enterrer le corps dans les bois, ou le laisser se faire bouffer par les sangliers, qui pullulaient dans la région.

Le ciel se remit à gronder, et elle s'approcha des vitres : cette fois, elle vit les deux chasseurs qui passaient sous la couche de nuages, à la verticale des gorges. Elle reconnut des Mirage G8, avec leurs ailes à flèche variable : des avions conçus pour la pénétration à basse altitude, savait-elle, capables de voler assez lentement pour effectuer des missions de reconnaissance. Un grand nombre de ces appareils avaient été déployés au Tchad pour photographier les positions séparatistes sur le terrain. Tandis que les chasseurs s'éloignaient, elle se demanda ce qu'ils cherchaient – bien sûr, ce pouvait être un simple exercice. Elle prit les jumelles : ils devaient avoir commencé à survoler les Cévennes quand elle les perdit définitivement de vue.

Elle abandonna le ciel et alluma une clope, promenant tranquillement son regard sur les arbres, autour de la maison. Presque tous avaient perdu leurs feuilles, mais se trouvaient curieusement couverts d'une mousse vert amande qui conférait au petit bois un aspect féerique, presque surnaturel : elle n'aurait pas été étonnée d'en voir surgir la bête du Gévaudan, ou quelque autre forme de lycanthrope.

Elle sourit pour elle-même. Depuis qu'elle avait rejoint la maison, sa vie était devenue moins dangereuse. Elle dominait son environnement, désormais ; elle avait tout ce qu'il lui fallait à portée de main, et elle avait les moyens de se défendre. Presque imperceptiblement, elle avait commencé à baisser la garde. Elle ne croyait plus courir de danger immédiat : même un tueur à gages ne l'atteindrait pas tout de suite. Elle allait pouvoir se reposer.

Elle s'assit dans celui des deux fauteuils qu'elle trouvait le plus confortable et se débarrassa de ses baskets. Les

Adidas avaient morflé, ces derniers mois, et la moto les avait achevées. Elle irait s'en racheter une paire, la prochaine fois qu'elle irait en ville.

Elle songea qu'il ne lui restait plus qu'à se faire oublier. Le moment était venu pour elle de rentrer définitivement dans l'ombre. Avec de la chance, le temps se chargerait d'effacer les empreintes de ses pas.

8
Meaux

Pascal referma le coffre de la petite LNA et pénétra dans le hall, ses courses à la main. Il pressa le bouton d'appel de l'ascenseur et l'œil rouge se mit à clignoter, lentement. Depuis longtemps, il pensait que l'appareil avait sa volonté propre. Les interventions répétées des techniciens d'Otis n'y avaient rien changé. On pouvait demander le septième étage et atterrir au deuxième sous-sol, sans autre forme d'explication, et sans que la cabine consentît à remonter. Une de ses anciennes petites amies, étudiante en médecine, pensait que la machine souffrait d'un genre de psychose maniaco-dépressive. Dernièrement, il s'était demandé si l'ascenseur n'avait pas été la cause de la claustration volontaire de Féron.

La cabine eut un soubresaut. Il se rappelait Louise, adossée à la paroi, qui le regardait. Plus le temps passait, plus sa relation avec elle prenait des airs de rêve éveillé, et plus l'idée qu'elle puisse le rappeler un jour lui semblait chimérique. Malgré tout, il répugnait encore à s'éloigner du téléphone. (Il avait dépensé beaucoup d'argent dans l'achat d'un répondeur, mais, après coup, il s'était dit qu'elle n'était pas du genre à laisser un message.)

Une seule fois, il était repassé devant la maison du quai Laubeuf ; il n'avait pas osé s'approcher, cependant, comme trois grosses Renault noires étaient garées le long du mur de la propriété. Il avait constaté la disparition de la Volkswagen – le *monstre*, lui non plus, n'était pas rentré. Il n'était plus retourné à Chatou après ça, et n'avait plus cherché à revoir Louise, de peur de lui créer des problèmes.

Quand son cousin était rentré à Paris, quelques semaines plus tard, il avait regagné son propre appartement de Meaux, et ne s'en était plus éloigné. Sa sœur, entre-temps, avait déménagé pour s'installer avec son nouveau compagnon. Contrairement à ce qu'il avait longtemps craint, la police – la police *judiciaire* – n'était jamais venue frapper à sa porte.

Il alluma la lumière, posa le courrier sur la table et commença à ranger ses courses dans le réfrigérateur. Encore maintenant, il répugnait à s'approcher des fenêtres de la cuisine, et les volets demeuraient fermés.

Avec les mois, sa misanthropie s'était accrue, et il ne quittait pratiquement plus sa table à dessin. Il lui était de plus en plus difficile de s'arracher au monde de la fiction, qui lui paraissait désormais plus réel que le monde extérieur. Il consacrait tout son temps à sa nouvelle série de bande dessinée, entièrement en noir et blanc, dont il était en train d'achever le premier tome. L'image de Louise hantait chaque planche, flic intègre forcée de collaborer avec une bande de zombies ripoux. Il s'était largement inspiré des nombreux croquis qu'il avait faits d'elle pour créer son personnage, et il espérait qu'elle ne lui en voudrait pas de l'avoir prise comme modèle.

Il alluma la petite radio et reconnut instantanément *Love affair* de Scorpions : « If we'd go again all the way from the start… » Il entreprit de séparer le courrier véritable de la masse des prospectus. On était à la veille de 1985, et les catalogues de jouets s'étaient accumulés dans la boîte aux lettres : les robots géants venus du Japon en étaient les vedettes incontestées. Il prit la carte postale qui dépassait de la pile – *souvenir de l'Ardèche*. Il la retourna et lut : Au futur ?

Il y avait aussi une date, une heure et l'adresse d'un café de la région.

Votre livre est fabriqué en France sur un papier certifié PEFC,
pour une gestion durable de la forêt.

Ouvrage réalisé par Cédric Cailhol Infographiste

Reproduit et achevé d'imprimer en août 2020
par Corlet (Condé-en-Normandie)

Dépôt légal : octobre 2020 – Numéro d'impression : 20080251
ISBN : 978-2-8126-2064-5

Imprimé en France